# 將門俗女

3 完

輕舟已過 著

風 文創 908

# 目錄

# 第二十五章

闊別京城多年，如今走在街上竟覺得有些陌生，但是沈成嵐有自己的適應技巧，拒絕齊修衍他們相陪，自己帶著牧遙如龍潛大海一般鑽進人群。先在七韻茶樓聽說書，接著去梨園聽了兩折戲，還到尚青坊的古玩街逛一圈，踩著最後一絲餘暉才回到家。

接下來幾天，沈成嵐很安分地待在家裡，早起練拳，陪老夫人用個早膳，上午被哥哥拘著一起看書，午睡後去三姊那邊幫一會兒忙，然後被親娘拎回去學習打理府務，晚上再偷偷挑燈推演兩場經典戰事，日子過得極其充實忙碌。

儘管如此，她還是擠出時間三不五時造訪蒼先生的新居，嘴上說得歡，要幫三姊的聘禮把關，實際上卻連蒼郁主動遞過來的禮單都推拒了沒有插手干涉，反而從自己的小金庫裡掏出不少好東西倒貼給他。

投桃報李，蒼郁也幾乎把自己家廚房裡新琢磨出來的好料都搬給她。

這一日是長公主府的宴會，許氏母女倆乘坐一輛馬車。

許氏看著換回女裝、容貌越發清麗的女兒，笑吟吟地說：「這幾天妳來來回回往蒼府搬東西，妳三叔、三嬸覺得過意不去，私下對我說要貼補給妳。」

蒼郁是寧王的客卿，沈成嵐作為寧王的伴讀，和他關係篤厚一些，旁人也說不得什麼。

想到馬上就要到家的大哥，再想到大哥房裡快要被她偷光的茶葉，沈成嵐如見救星一般大大吁了口氣。「那回頭我就去找三哥，讓他給我多補貼點好茶，不然等大哥回來，我這個年恐怕是要過不去了！」

許氏佯嗔著拍了她一巴掌。「偷拿的時候可沒見妳手軟。」

當年剛當上寧王伴讀的時候，偷拿家裡東西還有點節制，如今倒是一點顧忌也無。

「聽三郎說，妳要給南方來的朋友準備年禮，需要銀子的話就去帳上支，妳就不要動自己手裡的銀子了。」

沈成嵐笑得燦然，湊近娘親壓低聲音悄聲道：「娘，我銀子夠花著呢，買下尚青坊的半條古玩街都用不完！」

許氏的心跳一陣紊亂，好一會兒才堪堪平復。她知道沈成嵐在三房的生意裡投了錢，再加上老夫人和自己給的貼補，她手頭上比較寬裕很正常，但萬沒想到竟然寬裕到這個程度。

尚青坊的半條古玩街那得值多少錢，恐怕至少也要十幾萬兩銀子。她一個小小伴讀哪來這麼多錢，必定是寧王縱著她。可短短幾年，寧王又是怎麼攢下如此豐厚的家產呢？各種不能搬上檯面的手段和途徑霎時湧上心頭。

沈成嵐看到許氏臉色乍變，忙低聲寬慰道：「娘，您別擔心，王爺的那些產業早在皇上跟前過了明路，只是外人不知道罷了。家裡給我的銀子，我都跟著投了一份，除了每年的紅利，逢年過節王府裡還有打賞，平日裡我也沒有什麼太大的花銷，這才攢了不少銀子。」

許氏的臉色緩和下來，擔憂消散大半，左右現下說話方便，就讓她大致說了一下都入了哪些產業，每年紅利多少，王府的打賞又有多少，結果越聽心情越複雜。「從前也沒仔細問妳，王爺的賞賜是不是太重了……」

沈成嵐沒敢說王府的大帳都在她手上，笑著打哈哈道：「不重、不重，王爺手下的產業都很賺錢，尤其是福州港開埠之後，王府不僅有貨物周轉的商行，還有一支海上商隊，獲利頗豐，三叔也投錢入股，只是王爺有交代，所以一直沒透露消息。」

許氏心下了然，難怪這幾年聿懷時常往京外跑，想來大部分時間都是去福州了。

這幾年間，寧王主持開闢兩處軍屯，還修建福州港開埠貿易，王府不說盆滿缽滿，也不適合再哭窮。

所以，齊修衍這次回來很高調，送進宮裡的孝敬既珍且貴，短短幾天就讓前朝後宮對寧王府的財力有了鮮明的認知。結果是除了收穫無數明裡暗裡的羨慕嫉妒，還有一沓陳放在御書房大案上的彈劾奏疏。

寧王在外面奮力給自己拉仇恨，沈成嵐則在努力適應自己的景國公府四小姐身分。待拜見過長公主後，沈成嵐又跟著許氏與各大勛貴權爵世家的女眷們打了一圈招呼，最大的感受是：比帶兵打仗還累！

許氏見她這樣也不勉強，放她自己去找個地方清靜。

長公主府的這處園子建得極為雅致，仿江南園林的風格，亭臺樓閣掩映於松翠之間，以通幽曲徑相連，蜿蜒流水穿鑿其間，每隔不遠就是一座造型別致的小橋。可惜現下已是隆冬，流水凍結，看起來就少了許多樂趣。勝在園子裡有一處面積不小的梅林正值初甫吐蕊。

沈成嵐對這些花花草草什麼的並不感興趣，見林子裡有好幾個穿著丫鬟服飾的小姑娘正捧著水罐在林中採集花瓣上的雪，便帶著舒蘭去湊趣。

「嵐兒妹妹，原來妳在這裡！」

一道清亮的女聲在身後響起，沈成嵐回頭一看，臉上頓時浮上喜色，忙將手裡的水罐塞給舒蘭，提起裙襬就邁開大步奔上前。

「君秋姊姊，妳什麼時候回京的？」

林君秋是林長源的胞妹，年紀與沈成嵐的三姊沈聿華相仿，兩人是極好的閨中密友，再加上林長源的關係，沈成嵐和她也頗為熟悉。只是六年前，她跟著林大人一同去淮南，沒想到現在竟然能見到，林長源那小子在信裡可沒提到。

「我家三姊年後就要出閣了，我娘帶著我回來幫忙。」林君秋也迎上前，笑著去拉沈成嵐的手，觸及到她冰涼的手指，忙將自己的小手爐塞過來。

林君秋和沈聿華都是體貼溫順的性子，只是在熟人面前，林君秋的言行更活潑些。沈成嵐常年練武，她不在意這點小寒小凍，卻不敢讓林君秋陪著她站在林子裡吹北風。

「姑娘，那邊就是靜軒齋，您和君秋小姐先移步過去歇歇，奴婢再去取些雪水來煮茶。」舒蘭說道。

沈成嵐點了點頭，將小手爐又塞回林君秋手裡。「走，咱們尋個安靜的地方好好說說話。」

這次宴會長公主邀請不少人，梅林旁的這處靜軒齋正是舉辦主宴的地方，現下各家的夫人們都在陪著長公主遊園，靜軒齋裡零星有幾個年輕的姑娘，三三兩兩結伴，或觀字賞畫，或插花製香，倒也各自成趣。

「長公主家的宴會還是這麼受歡迎。」

林君秋挑了南廂的一間淨室，這裡被臨時改成茶室，紅泥小火爐，煮茶的各種用具，蘭花炭、烏欖炭一應俱全。

屏退王府裡的茶水丫頭，林君秋自在地和沈成嵐坐在一處，嘆道：「當年還在京裡時，母親偶爾就會帶我來長公主的宴會，華兒妹妹有時也會來，倒是妳，一次也沒碰到過。」

沈成嵐輕笑。「妳是知道我的性子，琴棋書畫、插花製香烹茶這種，我都沒什麼興趣，來這裡貽笑大方，還不如在家裡多打兩套拳。」

「武癡！」似乎是想到自家同樣好武的二哥，林君秋有些感慨。「若妳是男子，我家二哥非得追著妳結拜不可。」

沈成嵐暗忖：就算我不是男子，他也會死纏爛打跟我結拜來著！

「這次就妳和伯母一起回來？妳二哥怎麼沒有一起？」沈成嵐問道。

林長源沒有像他兄長一樣投在林大人麾下，而是四處遊歷，自在得宛如遊俠。

林君秋笑著解釋道：「這次是父親有事交代他去辦。不過，一早知道妳和六少會回京，讓我捎回來不少東西，明兒去妳家給老夫人請安，正好帶給你們。」

沈成嵐欣然道謝，心想林七少還算有良心，沒只顧著自己逍遙快活。不過，林大人能放縱他在外這些年，沈成嵐著實有些意外。

「林大人這是要幫著他收心了？」

「二哥這幾年雖然大部分時間不在家，父親布置的課業卻始終不曾耽誤過，早前在妳那邊幫著操練水軍、剿了幾次海匪後再回來，整個人似乎沈穩不少，從那時起父親就會時不時交辦些差事給他。」

林長源有領兵的天分，只是年少輕狂，心性一直沈不下來，多遊歷幾年對他來說其實是件好事。

以沈成嵐現在的身分不便過多打聽林長源的事，便將話題轉到兩家的內院女眷身上。除了三姊即將訂下的親事，沈成嵐細細說了自家諸人的近況，畢竟蒼先生還沒正式上門提親，這等私密之事，還是等明天讓三姊親口和她說吧。

兩人一邊聊著有趣的見聞，一邊看舒蘭嫻熟地烹茶，忽地院子裡傳來一陣吵雜聲。林君秋隨身跟著的那個小丫鬟繞過門口的屏風走進來稟報道：「姑娘，四姑娘，是太子府的側妃娘娘來了。還有一位夫人和小姐陪著，看著很是親密。」

這個小丫鬟是頭一次跟著林君秋參加京裡貴婦們的宴會，之前也沒跟著去過景國公府，所以並不認識大夫人杜氏和沈思瑢很正常。

沈成嵐站起身整了整裙襬，笑著對隨後站起身的林君秋道：「今兒大伯母和五妹也過來了，想來應該是她們。」

林君秋對景國公府內院的那些事也有些了解，便笑道：「數年不見，妹妹陪我去給娘娘和大夫人請個安吧。」

和那日太子府家宴不同，沈思清今日的穿戴甚是低調，身邊又有盛裝的杜氏和沈思璿陪襯，尤顯得內斂嫻婉。

不過，卻結結實實受了沈成嵐的大禮。

林君秋禮畢起身，飛快瞄了眼沈思清那張笑意柔和的臉，以及她那落在沈成嵐身上的目光，斂眸掩下心裡不知名的違和感。

將沈思清請進茶室入座，不待她們開口，沈成嵐先一步和林君秋坐在一處，杜氏和沈思璿則坐在她們對面。藉著舒蘭奉茶的遮掩，林君秋飛快地看了沈成嵐一眼，沈成嵐用眼神示意她少安勿躁。

無關痛癢地寒喧一番，沈思清話頭一轉，笑道：「皇姑母的宴會素來多是文會，四妹甚少參加，想來會有些不適，恰巧太子殿下帶了兩支馬球隊過來，兩位妹妹若是感興趣，稍後咱們去看看？」

「好啊，有些年沒看到精彩的馬球比賽了。」沈成嵐欣然應下，眼角餘光不動聲色地掃過坐在對面的沈思璿，正好將她臉上飛快閃過的喜色收入眼底。

沈思清笑意加深，道：「太子殿下特意帶了一支女子馬球隊，四妹若是喜歡，盡可以下場和她們玩玩，這次女客裡也有幾位馬球打得很不錯。」

沈成嵐興致大起。「聽說五妹的馬球就打得很好，待會兒咱們一起下場如何？」

沈思璿臉色倏地一亮，但見杜氏捏著手帕抵在唇邊低低咳了一聲，她的話到了嘴邊頓了頓，道：「四姊過獎了，我那點笨拙的球技，在自家人面前玩玩還行，實在不敢在貴客面前獻醜，也不好給四姊拖後腿。」

沈成嵐笑得渾不在意。「馬球麼，多打幾場就熟練了，再說，咱們玩玩也就是圖個樂趣，並非什麼正式比賽。待會兒看看情況，要是真的缺人手，妹妹就下場湊個人數，這樣總行了吧？」

沈思璿飛快看了眼杜氏的臉色，見她沒有再表示，立刻開口應下，眉眼舒展，一反剛才流露出的猶疑。

不多時，長公主被諸家貴夫人們簇擁著進院子，沈成嵐一行早得到通報，候在院子裡，沈思清站在最前面，腰背直挺，臉上的笑容謙而不卑，端的是將自己的身分拿捏得分寸不差。

「妳這個大姊，還真是一點兒也沒變。」在人群的後面，林君秋好奇地悄聲打探。「在妳家老太君和伯母、嬸嬸跟前也這姿態？」

嘴角勾出一抹哂笑，沈成嵐悠悠道：「打小她不就是這樣嗎？不過，在祖母和我娘她們跟前時還是做一做臉面，對她行半禮。」

林君秋了然地撇撇嘴，視線越過人群看向站在一處、被眾人簇擁著的長公主和沈思清，又道：「看她對長公主的態度，倒是難得。」

能讓沈思清恭謙對待，的確是不容易。

沈成嵐拉著她又往人後退一段距離，才說：「聽說，長公主當年曾經有意將玲瓏郡主許給大皇子，但是遭到沈貴妃反對。現下，大皇子和二皇子漸呈對峙之勢，長公主在皇上跟前向來說得上話，聽說又有和二皇子結親的意思。這次宴會本來是沒邀請大姊，她主動跟著太子過來，怕是存了替太子緩和與長公主之間關係的打算。」

和深居簡出的太子妃相比，賢妻良母這個角色沈思清的確做得更出色。

「不知道長公主是不是還像以前那樣喜歡收義女？」林君秋道。

沈成嵐莞爾。「喜歡，怎麼不喜歡，聽說今年還往宮裡送了兩位義女呢！」

話音未落，看著人群裡對沈思清笑得一臉和善的長公主，一絲異樣從沈成嵐的腦海裡一閃而過，不過因為太快了，她並沒有抓住。

這種貴女雲集的雅會，各家小姐少不得展示各自所長，沈成嵐興致缺缺，拉著林君秋回到娘親和柏氏身邊，她有好幾年沒有見到柏氏了，見過禮後耐心回應一番她的噓寒問暖。

「妳家這個五姑娘當真是多才多藝，烹茶製香做得有模有樣，書畫竟也是出類拔萃，不得了。」殿廳的偏僻一角，柏氏和許氏毗鄰而坐，低聲說道。

許氏看了眼坐在一處低聲說話的沈成嵐和林君秋，眼裡笑意柔和，也壓低聲音回道：「大夫人捨得下工夫培養，她自己也是個心氣高的，不像我家這個皮猴子，整日裡就知道上躥下跳，莫說琴棋書畫了，就連一件像樣的女紅都拿不出手。」

柏氏順著她的目光看向正在說話的兩個孩子，眼裡的喜愛之色毫不掩飾，半開玩笑道：「我就是喜歡嵐兒這活潑的性子，大方直率，如果不是有那位在，我就算豁出這張臉皮也跟妳要了。」

沒有旁人在，兩個小的又聽不到，柏氏才會這麼說。

許氏白了她一眼。「一個潑猴兒，到妳嘴裡倒成了香餑餑！不過，妳的消息倒是靈通。」

齊修衍屬意沈成嵐的事，只有幾位關係親近之人才知道。因為嘉禾軍屯，林總兵和寧王也頗多聯繫，林七少自小與沈成嵐關係篤厚，這幾年不少時間都耗在福州輔佐寧王操練水軍，兩人免不得走得近，齊修衍見了，話裡話外點撥林七少，這也是極有可能。

果不其然，柏氏輕聲低笑，道：「我家小七和妳家嵐兒是真的都沒那個心思，可打小一起胡混，言行間難免親近，妳是不知道，小七回來跟我學，那位盯人盯得可是緊著呢！」

許氏頓時哭笑不得，對於那位和自家閨女，她著實是想不明白，這兩人到底怎麼就互看對眼了。兒戲似的，總覺得過兩年就會橋歸橋、路歸路了。然而隨著時間推移，這種可能性彷彿已經微乎其微了。而且她總有一種預感，今年怕是要不平靜。

「正好妳回京了，不然我還打算隨著年禮寫封信給妳。有時間咱們坐下來好好敘舊，我這閨女我是作不了主，可我家瀚兒還沒著落呢。」

柏氏眼睛一亮，抓著許氏的手迭聲應好。沈成嵐看到此情形猜到是怎麼回事，不懷好意地笑瞄身邊的林君秋，直把人看得面紅耳赤地偷擰她胳膊才甘休。

午宴後不久，前面校場來人稟報，馬球比賽就要開場了。

長公主和沈思清起身，眾人簇擁著她們向前院走去，沈思清還特地將沈成嵐叫到身邊。

以防受到波及，沈成嵐讓林君秋跟在許氏和柏氏身邊，自己拉著沈思璿跟上去。

今上的幾個皇子，從外貌上看幾乎個個身高腿長、姿容俊朗，但在沈成嵐的眼裡，最出眾的還是自家王爺。看那精湛的騎術，看那揮動球杆的力道，讓人看在眼裡就移轉不開！

沈成嵐看得投入，沒有察覺到坐在她前面的沈思清，幾次藉著和沈思璿說話的時機打量她，還順著她的目光看向賽場裡的位置。

自齊修衍回京這段時間，前朝後宮議論得最多的就是他，就連皇上也幾次三番當著文武百官和眾皇子的面誇讚他，一時竟有些風光無量。反觀太子，因為一些瑣事已經被皇上訓誡好幾次，兩相對比，心口早憋了一口悶氣，如今下場各領一支球隊，總算找到撒氣的途徑。

場上，齊修衍縱馬閃過兩人攔截，再次穩穩接住傳球，但掉轉馬頭後片刻就被太子和另外兩個人近身挾住，意外就發生在一瞬間，齊修衍的馬忽然前蹄一軟向前跪倒，齊修衍飛身從馬背躍下，就地翻滾兩圈才堪堪穩住身形，右手緊緊捂住左肩。

沈成嵐雙瞳緊縮，死掐著座椅的扶手才沒站起來，眼睛緊緊盯著齊修衍捂著的左肩頭，胸腔裡一股怒火中燒，可礙於場合只能克制冷靜地看著守在場邊的十皇子衝上去扶著齊修衍退場。

由始至終，場上的幾個皇子無一人下馬關心齊修衍的傷勢，只驅著馬湊上來敷衍地關切兩句，反而是坐在看臺上的二皇子憂心忡忡地奔過去。

因為三皇子受傷離場，比賽暫時中止，沈思清打發一個隨身跟著的小婢女去打聽三皇子的傷勢，自己則帶著娘家幾人來給太子請安。

跟在齊修衍身邊好幾年，沈成嵐的脾氣受其潛移默化的影響內斂不少，起碼眼下還能維持著不洩漏真實的情緒。

反觀太子殿下的臉色就明顯不悅了，不過，沈成嵐敏銳地發現他在看過來的時候，眼神明顯雀躍欣喜了剎那。於是，她很識趣地往旁邊讓一小步，不容易讓人察覺，但正好能讓她身後的沈思璿整個人出現在太子的視線裡。

「聽聞沈四小姐師從高人，習得一身精湛功夫，不知可有幸請教一二？」

沈成嵐本來老老實實站在一旁，忽然被人點名，循聲望去，正撞進一雙笑眼裡。竟是八皇子齊修安。

對這個齊修衍一母同胞的兄弟，沈成嵐是打從心底不喜歡，原因無他，小小年紀就城府深沈，這幾年京中密探遞上來的消息裡越來越多關於這人的事蹟，可見他越發不安分。

不過，這樣也不算壞事。

沈成嵐爽利地抱拳行一禮，謙虛道：「不過是略通一二，在殿下面前實不敢當。」

齊修安笑道：「四小姐過謙了，以妳這般年紀就能考得武舉人，足以稱得上是巾幗不讓鬚眉。皇姑母的宴會上難得有馬球，機會難得，四小姐可願下場切磋切磋？」

「這……不太方便吧？」沒等沈成嵐反應，沈思清先出聲道。

齊修安笑容不變，但仍堅持道：「四小姐有武舉在身，自是和尋常的閨房女子不同的，打個馬球而已，旁人也說不得什麼。」

大昭的武舉考試可從來不分什麼男女，選拔出來的武將們都是要領兵打仗，敵人在戰場上可不會因為妳是女人而手下留情。因而在大昭，習武的女子並沒有那麼多拘束。

太子聞言贊同地點了點頭。沈側妃對這個堂妹頗為上心，在他面前每每提起都是讚譽有加，提攜之意不言而喻，知道年後就是武科會試，現在讓她在眾人面前露露臉無疑大有裨益，太子還是樂於給這個人情。

沈成嵐餘光掃到場邊出現的熟悉身影，毫不遲疑地拱手應道：「既如此，恭敬不如從命，還請殿下不吝賜教。」

齊修安抬了抬手，眼底噙上一抹自得的笑意，聽到太子說不下場，便讓沈成嵐先選隊友。

沈成嵐也不同他虛套子客氣，抬手就點了剛返回球場邊的十皇子齊修明。

太子不下場，其他幾個皇子也頓時沒了興致，於是，球場上就變成兩家護衛隊對戰的局面，沈成嵐和齊修明帶領著幾個寧王府的護衛，齊修安則帶著懷王府的球員。

「王爺傷勢如何？」總算逮到說話的機會，沈成嵐忙低聲詢問道。

齊修明回答道：「無礙，只是脫臼，並未傷及筋骨。不過，妳到底做了什麼，我怎麼覺得八哥好像有點針對妳的意思。」

沈成嵐不耐煩地撇嘴。「誰知道！管他的，先比過再說。」

不愧是師徒，齊修明撇嘴的弧度幾乎都與她一致。「懷王府的馬球隊可是在父皇面前露過臉的，竟然派出來對付咱們，真不要臉！」

沈成嵐和他交換一個默契的眼神。「人家都主動不要臉了，咱也甭客氣了，走吧！」

「嘿，等的就是妳這句話！」齊修明咧嘴笑得肆意，揮著馬球杆和沈成嵐輕輕一擊，而後直指對面，挑釁之意毫不掩飾。

「哈哈哈，看到沒？八哥的臉色可真精彩。」

沈成嵐不動聲色白了他一眼，賽前激怒對手的老毛病是改不掉了。

場上十六人，懷王一隊著黃衣，沈成嵐一隊著青衣，一首涼州曲奏罷，懷王隊首先開球，雙方人馬瞬間近身交鋒。

懷王府的球房聲名在外，訓練出來的球員球技紮實、配合默契，當然，用起陰招來也更心狠手辣，從他們以往的戰績來看，應付起來十分棘手。然而，不幸的是，他們今天碰上沈成嵐。

沈成嵐操練士兵除了傳統的方法，最常用的就是蹴鞠和馬球，對抗賽是常有的事，最流氓的是經常無規則限制，齊修明被扔下場幾次，每次都覺得彷彿死過一次，但不可思議的是，會對這種劫後餘生的感覺上癮。於是，這套流氓打法又被他引入王府護衛的日常訓練。

因此，叱吒馬球賽場的懷王府球隊今天算是踢到鐵板。論心狠手辣，沈成嵐自認排第二，怕是沒人敢稱第一。不過，念在太子殿下和不少女眷還在場，沈成嵐也沒讓兄弟們徹底放開手腳，還是留了點底線，起碼沒有出現當場連人帶馬給撞飛出去的場面。

齊修衍再返回球場的時候，看到的情形就是看臺上一片寂靜，看客們神色各異，連聲助威的吶喊都沒有，反襯得唱籌聲響亮悠長。

多寶也覺得氣氛有些詭異，順著主子爺的視線看向場內，完全是一面倒的氣勢，難怪看臺上鴉雀無聲。想到適才主子爺被人刁難的情形，多寶只覺得痛快極了。

同太子等人打過招呼，齊修衍並沒有立刻入座，鑼鼓聲響，比賽暫停休息。青衣這方插旗七面，黃衣那方孤零零插著一面。

「下半場換個人頂替妳？」齊修衍問道。

只要沈成嵐在場上，齊修明和這些侍衛就會不由自主地全力發揮，因為害怕被她抓到藉口而遭受更喪心病狂的訓練。

沈成嵐委屈地指了指黃衣方的一面旗子給他看。「我們很克制了。」

齊修衍連忙改口。「好好好，那妳繼續玩，我在場邊給你們助威。」

沈成嵐的目光落在他的左肩，齊修衍笑著搖了搖頭。「只是脫臼而已，無妨。」

「你這左肩受過箭傷，千萬大意不得。多寶，稍後回府務必請常太醫過來瞧瞧。」沈成嵐不放心地叮囑道。

多寶忙應下，當初王爺親自帶軍清剿水寇時中箭受傷的情形還歷歷在目，就算沈成嵐不說，他也要去叨擾常太醫。

沈成嵐絕大多數情況下是隨和且容易溝通，可如果事關齊修衍的健康和安全，她是絕對一意孤行，不容人半點置喙，包括齊修衍本人在內。

對此，齊修明不止一次吐槽她管得太寬，腹誹三哥還沒大婚就開始夫綱不振，奈何人家一個願打一個願挨，齊修衍巴不得被沈成嵐管得死死的。這不，肩膀脫個臼而已，沈成嵐就緊張兮兮，如果不是場合不對，齊修衍這會兒估計嘴角能咧到耳根。

齊修明簡直沒眼看，哼了一聲問道：「八哥剛剛下馬的時候崴了腳，說是下半場不能上了，咱們怎麼辦？放點水？」

沈成嵐看了眼計籌臺上孤零零插在一邊的旗子，勾唇哂笑。「不是已經放水了嗎？」

順著她的目光看過去，齊修明嘿嘿壞笑，不得不說，除了上課的時候凶殘了點，沈成嵐這個師傅是相當對他的胃口。

看這兩人的樣子，是不打算給懷王府留臉面了。即使可能會惹得太子不快，齊修衍也沒有開口規勸的打算。因為自己之前在場上被刻意針對，還墜馬受傷，這兩人憋了一肚子的火氣，尤其是沈成嵐，按以往的經驗看來，還是讓他們儘早發洩出來比較明智，否則日後指不定做出什麼么蛾子。

基於此種考量，齊修衍非但沒有出言勸和，反而還在他們上場的時候打氣助威。多寶看著兩位祖宗騎著馬殺氣騰騰的背影忍不住嘴角抽搐。

王爺……還真是瞧熱鬧不嫌事情大！

果不其然，黃衣隊沒了八皇子，換上懷王府的球員後整體配合更加默契，然而依舊沒有扭轉被青衣隊按著頭打的態勢。

因為沒有八皇子這層顧忌，青衣隊徹底放開手腳，根本不屑玩什麼陰損的小動作，用速度和力量全盤碾壓。

勝負已定，二皇子從主看臺上下來，見齊修衍獨自一人坐在青衣隊的場邊看臺，打了聲招呼後順勢在他身邊坐下，道：「真沒想到，三弟手下竟然有如此出色的球隊，真應該讓父皇也看看。」

場邊兩方看臺相距不遠，他又沒有刻意控制聲量，所以那邊的人足以聽得清楚。

齊修衍聞言莞爾，似乎沒有察覺太子幾人的臉色變化。「二哥謬讚了，我府裡這些侍衛，早前在福州的時候是跟著海防軍一同操練，比起馬球，更擅長的還是對敵實戰。」

二皇子臉上的笑滯了滯，眼角餘光掃了眼臉色越發難看的太子幾人，很快調整過來，笑道：「三弟在福州治理有方，為父皇分憂良多，無怪乎父皇一提起你就讚譽有加，委實讓我們這些做兄弟的汗顏。」

「二哥過謙了，所謂龍生九子各有所好。我於朝政愚鈍不通，又嚮往外面的廣闊天地，所以只能在地方庶務上略盡綿力。」

二皇子心下頓時一陣莫名暗喜，面上絲毫不顯，語氣卻又親和兩分，試探著問道：「近日來，早朝上關於明年春天是否增兵北線的事吵得不可開交，看父皇的意思，似要徹底解決草原的禍患。若真有一戰，不知三弟可有領兵出征的打算？說起來，咱們兄弟之中，也就數你有領兵的經驗。」

齊修衍毫不遲疑回道：「那是自然。老實講，這兩日上朝，聽著那些大臣們吵來吵去，吵得我頭疼，還不如去北邊打仗！」

「這話也就你有底氣說。」二皇子笑著嘆了口氣。「我雖不能領兵出征替父皇分憂，但這些年在朝學政，好歹算是有點長進，若來年真有一戰，我定向父皇請命督管糧草物資，咱們兄弟齊心聯手，打個漂亮仗！」

督管糧草物資？

齊修衍爽快應了聲好，舉起酒杯和他碰了碰，一飲而盡。

二皇子和三皇子相談甚歡，這一幕落在太子這邊人的眼裡滋味各異。剛結束比賽的沈成嵐翻身下馬，險些被湊上來的十皇子踩掉鞋底。

「二哥這個老狐狸，不知道在和三哥說什麼。」

沈成嵐的目光在兩邊看臺之間掃了兩圈，低聲嗤笑。「大抵不出拉攏或者挑撥。幾年不見，這位殿下的定力怎麼反而大不如前？」

年少時的二皇子尚還知道韜光養晦，這兩年卻越發不避鋒芒。

齊修明凝眉沈吟片刻，四下掃了一眼，輕聲低語道：「皇后娘娘的情況越發不好了，宗人府又有族老私下裡勸諫父皇擇立新后，聽說父皇發了好大一通火氣，砸了小半個西暖閣。」

沈成嵐努力控制著臉上的表情，問道：「什麼時候的事？」

「就昨兒下晌。」齊修明眼底浮上一抹晦澀。「皇后娘娘還吊著一口氣呢，這些人就急不可待地跳出來蹦躂，真是可氣可恨又讓人心寒！」

沈成嵐藉著侍衛們的遮擋，安撫地拍了拍他的手臂，道：「哪年他們不蹦躂幾次，皇后娘娘從未將此事放在心上，你也不要耿耿於懷了。我祖母已經向宮裡遞帖子，希望我還能有機會親自給娘娘請安。」

自從六年前齊修衍離京南下，皇后娘娘的坤寧宮就甚少召見外人，只有皇上每個月能見到皇后一、兩次面，這次病重的消息傳出來，公侯勛貴們的請安帖子也都盡數被拒，就連齊修衍也只是私下匆匆見了一面。

齊修明平復一下心緒，道：「皇后娘娘的身體這兩年每況愈下，大家早有心理準備，父皇這次如此震怒，據說是因為有人請立淑妃為后。」

郭淑妃，即是二皇子的母妃。

大昭祖制，皇子行冠禮後離京就藩，二皇子本應該在今年秋天前往封地，結果淑妃娘娘身染重疾，皇上體恤二皇子孝心，便將就藩的時間推遲到來年春天。

不得不說，淑妃這病來得太巧太及時，可皇上不深究，旁人也不敢多加置喙。但皇上偏於縱容的態度也讓朝中大臣們的心思活泛不少。

中宮無所出，皇后曾數次自請廢黜，但都被皇上駁回，如果皇后娘娘熬不過這關，那麼后位之爭無疑會徹底撕開奪嫡的面紗。

「出征前這段時間，你是怎麼打算的？去御書院？」

皇上在這個時候將齊修衍從福州召回，除了因為放任這個兒子在外太長時間，更重要的原因是早就下定北征的決心，而且將是一場大規模的用兵，甚至有可能是御駕親征。齊修衍在福州治理海防功績卓著，北征定然少不了他。

自家三哥帶兵去北邊打仗，齊修明這個小尾巴是決定要跟著。

齊修明道：「父皇說去不去看我自己的意願，我想去京畿大營。」

沈成嵐有點意外皇上對他的寬縱，不過很贊同他的選擇。「早點過去和將官們熟悉熟悉也好，我大哥有幾位老熟識也在營中，稍後我寫封書信讓你帶著。」

「還是師傅對我最好！」

「是嗎？這話我聽著怎這麼耳熟呢？要不要我去問問王爺，還有多寶、齊嬤嬤和芳苓他們？」

齊修明厚著臉皮嘿嘿笑，這幾年越長大，性子卻越發活潑。

他們兩人的交談雖然沒有什麼親近的神態，但畢竟相處多年，天然帶著一種融洽的氣氛，有心人並不難看出來。

待兩人向太子和眾皇子等人行過禮後，齊修安忽然出聲道：「十弟和沈四小姐似乎很熟識。」

齊修明哪會聽不出他話音裡的陰陽怪氣，抬眼就想回他兩句，沈成嵐卻先一步出聲截住他。「殿下慧眼，在福州時，因為習武的緣故，我與十殿下確是有些淵源。」

沈成瀾是寧王的伴讀，沈四小姐投奔兄長，在福州生活數年，和齊修明相熟確實並不奇怪。

「看沈四小姐在球場上的風采，似乎和寧王府的侍衛們也挺有默契。」齊修安哂然一笑，目光在沈成嵐和齊修衍之間打了個轉。

瞬間成為眾人關注的焦點，沈成嵐不禁莞爾。「殿下當真慧眼如炬，我與寧王府的侍衛大哥們的確熟稔，早前能順利考取武舉人，更是得益於他們的日常切磋指導。殿下可能有所不知，我們真正配合默契的時候不是打馬球，而是水上剿匪作戰。日後有機會的話，還請殿下指正。」

齊修安喉間一梗，本就比別人白皙兩分的臉頰迅速浮上一層羞澀的粉紅，負氣看向悠哉悠哉坐在一旁喝茶的齊修衍。

齊修明見狀，頓時神清氣爽起來。論回嘴，他師傅可沒輸過幾個人。

「嵐兒自小習武行走江湖，說話做事但憑本性，直率之處還請諸位不要放在心上。」齊修衍笑著朝沈成嵐和齊修明兩人招了招手，嘴上說得謙虛，親厚和庇蔭的意思卻毫不遮掩。

沈成嵐猶疑一下，但很快拋開顧慮，跟著齊修明一起走到齊修衍身邊。

入京前不是說好要儘量避嫌嗎？怎麼現在就變了？

儘管不解，但沈成嵐已經習慣事事以齊修衍為準，相信他這麼做必定有足夠的理由，她只要配合就好了。

雖然馬球比賽的結果讓相當一部分人十分不滿，太子還是帶著眾兄弟回到主看臺，長公主厚賞獲勝的一方，沈成嵐更是得了不少好東西，其中一套赤金鑲寶石的頭面，是長公主大婚時候的陪嫁之物，一時羨煞旁人。

# 第二十六章

回府的馬車上，沈成嵐看著雕工精湛的紅漆匣子，不解地問道：「娘，長公主的賞賜是不是厚重了些？」

「長公主一貫擅長在皇上面前邀寵，如今三皇子聖寵正濃，她自然要親近拉攏，否則以今天這種排場的宴會，怎麼可能只給咱們這一房請帖。」

許氏嘆了口氣，適才三皇子在馬球場邊的那番維護之詞已經傳遍眾家女眷，當事人表現得再坦蕩，理由找得再合情合理，恐怕也免不了流言興起。雖然寧王一早就已經表明決心和誠意，但今天的情況還是讓許氏不能認同。

沈成嵐卻絲毫沒察覺到娘親的異樣情緒，笑道：「哈哈，這就是一人得道，雞犬升天吧！」

女兒沒心沒肺的模樣讓許氏看不下去，恨鐵不成鋼地作勢擰了她胳膊一把。「排兵布陣、討論兵法就心思活泛，平時怎麼不見妳腦子多轉轉！」

沈成嵐佯裝呼痛，笑著滾到許氏身上，貼著她的耳朵低聲道：「娘，您看到大伯母和大姊她們的臉色了嗎？嘖嘖，真難看！」

活脫脫一個小孩子告狀的稚氣模樣。

「就妳眼尖！」許氏笑著擰她耳朵，但眼裡的笑意卻收斂起來。

經過今天的事，早先隱約的猜測漸漸清晰，於許氏來說，景國公府的爵位也好，家產也罷，她從未動過半分僭越的念頭，但三個孩子是她的底線，尤其是她的女兒，想讓嵐兒成為她們爭權固寵的工具，妄想！

沈成嵐對長房，尤其是沈思清始終不曾放鬆提防，尤其是這次回京後對方的熱情態度更讓她提高警戒，不過究其用意，她就遠沒有許氏看得透澈。

春節將至，年後又是武科會試，許氏和老夫人商量過後，打算先不拿這些糟心事讓沈成嵐分心。

長公主府的宴會過後，蒼先生那邊的一應事宜也都準備完畢，沈成嵐便徹底過上大門不出、二門不邁的閨秀生活。

反倒是沈思璿應酬不斷，在京城貴夫人圈裡風評日漸高漲。

沈老國公一行人，終於在冬月二十八抵達京城，甲冑還沒來得及換就直接進宮面聖。

沈老夫人帶著三房人早早候在門房，直等到華燈初上才將人等到，一番欣喜激動自不必提。

昨夜睡下極晚，但沈成嵐還是如往常一般卯時初刻就來到小校場晨練，沒想到今天有人比她還早。

「大哥，你怎起這麼早？」

連著趕了小半個月的路，回家還不好好歇歇？

一別六年，朔風將沈成瀚的面容鐫刻得越發沈穩剛毅，每年遼東府招募上來的新兵初見這位少帥時，兩腿都要發抖，如果讓他們看到少帥現在的柔和表情，估計都要以為見鬼了。

「習慣了，正好試試妳這些年有沒有長進。」

沈成嵐簡直是求之不得，在她的認知裡，大哥的認同勝過任何人的肯定。

打過拳熱身後，兄妹二人便開始交手過招，不知道什麼時候過來的沈二爺和沈成瀾就在旁邊看熱鬧。

沈成嵐在兵法和士兵操練上的天分讓沈二爺驚豔自豪，但看著眼前在長子手下已經走了四、五十招的女兒，他不得不承認還是看低她。

「沒想到嵐兒的身手竟這般好。」沈二爺嘆道。

沈成瀾笑道：「您要是看過她的騎術和箭術，就能理解她是怎麼收服那些福州兵痞了。」

沈二爺聞言詫異地看向他，壓低聲音問道：「福州有騎兵？還是……」

遼東府與福州雖相距千里，但因為一雙子女的緣故，沈父對那裡的情況關注頗多，再加上與兒女的往來書信，對福州的軍力算是有大概的了解，其中並沒有聽說福州有騎兵。

迎著沈二爺的欲言又止，沈成瀾頷了頷首，道：「正如父親所想，寧王府的三千府兵皆是精銳騎兵。」

前陣子在長公主府上的那場馬球比賽大挫懷王府的氣焰，實際上那點程度對寧王府的侍衛們來說根本不值一提。

沈二爺想到那些出自女兒之手的士兵操練手劄，穩了穩失序的心跳，肅穆道：「既如此，還敢在眾目睽睽之下張揚，簡直胡鬧！」

王府雖然有權自行訓練府兵，然而前提是在就藩後的屬地，寧王的情況的確有些特殊，今上也給了額外的恩令，但過於鋒芒畢露，怕要招來某些有心之人忌憚。

沈成瀾明白父親話裡的意思，笑著寬慰道：「王爺深謀遠慮，從不會恣意妄行。皇上北征心意已決，王爺必定要領兵出征，屆時這三千精銳騎兵是怎樣也藏不住，不如早讓人知道他們的存在。父親不必擔心，這三千精銳在訓練之初，王爺就已經稟報過皇上。」

沈二爺心裡緊繃著的弦一鬆，忍不住感慨，寧王年紀輕輕，行事作風卻有著迥異於年紀的縝密持重，或許母親說得對，既然這場奪嫡之爭，景國公府注定無法置身事外，那麼寧王是最明智的選擇。

就在沈二爺感慨的同時，校場上的勝負逐漸明朗化，最終，沈成嵐勉強接下大哥的一記重拳，後退十數尺跌下擂臺。

沈成瀚緊隨著縱身躍下，將人拉起來，仔細拍掉她袍裾上沾染的塵土，道：「不錯，這些年看來是沒鬆懈。」

話說得很矜持，但了解他的人都知道，這已經是很難得的誇讚和認同了。

沈成嵐一時喜不自禁，當下要和大哥再比一場。

沈成瀚沒有立即答應，而是看向站在校場邊一身月白錦袍的翩翩少年。

沈成瀾立刻擺手拒絕，表明立場。「免了，我只是個書生，動口不動手。」

才怪！雲清道長的那身功夫，他可是學個十成十，只不過是討厭流汗罷了！

腹誹歸腹誹，沈成嵐可不敢當面戳穿，相較於嚴厲霸道的大哥，她更怕表面謙和雅正，實際上卻有一百種方法折騰人的二哥。

沈成瀚也不勉強，抬了抬手接受沈成嵐的挑戰。

於是乎，在闊別六年後全家團聚的第一天早上，沈成嵐被親大哥打得落花流水，從擂臺上踹下去四、五趟。

沈成瀾白衣不染纖塵，全程旁觀，內心感嘆：大哥這表達手足情深的方式果然還是只有妹妹才能消受得了，佩服佩服！

早朝過後，景國公回京的消息不脛而走，各家各府的拜帖紛至沓來。

臘月初六，景國公府擺了兩桌私宴，請的是往日裡走動較為頻繁的通家之好和世交，大都是富貴閒人。

轉眼到臘八，兩宮均賞賜豐厚的節禮，皇后宮裡也終於有了消息。

臘月初九一大早，沈成嵐早早梳洗穿戴整齊，跟隨祖母一同進宮謝恩。

即使祖母已經提前跟她講述入宮後的一系列規矩流程，沈成嵐也自認記得爛熟於心，可真正進宮才知道這套禮數有多麼複雜，等到從太后的慈寧宮出來時，大冬天裡，沈成嵐的後背已經沁出一層細汗，被寒風一吹，忍不住打了好幾個輕顫。

「姑娘今兒的表現算是頂好了，進退答話丁點兒紕漏也沒有。」李嬤嬤虛扶著沈老夫人，目光落在沈成嵐身上，笑著讚道。

李嬤嬤是皇后宮中極為得力的管事嬤嬤，能親自出來迎接她們祖孫倆，明顯是皇后娘娘有意抬愛。

沈老夫人與李嬤嬤也算舊識，現下沒有外人，便也不同她假客套，笑道：「不是我老婆子自誇，我這孫女可是極可心。」

「妳呀，這些年怕是只長歲數了，心性半點也沒變！」李嬤嬤嗔了她一眼，繼而頗感慨地長嘆了口氣。「這樣好啊，我早說過，妳是有親緣福分的人。」

沈老夫人知她為何發此感慨，安撫地拍拍她的手背，目光沿著長長而空曠的宮道，看向盡頭處的坤寧宮宮門，沈聲道：「不管是什麼福分，日子終究是給自己過的。那位的心思咱們都看不透也猜不透，所謂的好與不好，不過都是咱們的臆測罷了。」

李嬤嬤忙側頭揩了揩眼角，輕聲道：「是啊，罷了，好或不好，現在說來也沒甚意義了。不管怎樣，終是要解脫了，也好，也好……」

沈成嵐稍稍落後她們兩步，隱約能聽清楚她們的談話，心情也跟著凝重起來。

對這位皇后娘娘，沈成嵐兩世都了解得不算多，這一世若不是跟著齊修衍遠赴福州，在修建福州港和訓練海防水師時，得到李家暗中鼎力相助，她絕對想不到這位宛若避世於深宮中的皇后娘娘竟是如此深藏不露。

可是，聰慧如她，在這深深的宮闈之中，也彷彿是被折斷雙翼的鳥兒，終生禁錮在這方寸之間。

那……如果換作自己呢？

走在幽長而冰冷的宮道上，兩側高深的宮牆將世界框囿成一道窄窄的縫隙，如絲帶，如繩索，如鐐銬，束縛著眼睛，禁錮著手腳，桎梏住靈魂……

沈成嵐重重打了個寒顫，一抬眼，原來已經到坤寧宮宮門口。

一路行來，殿宇重重，宮牆高深，皇城的威壓無聲震懾，可一推開坤寧宮的宮門，沈成嵐眼前豁然一亮，不知是不是幻覺，彷彿呼吸都變得暢然而輕鬆。

這裡沒有移步換景、咫尺乾坤的精緻園林，只有打理得整潔的一進進、一間間小院，院子裡種著尋常人家的甜棗、柿子、石榴，花園裡疏落有致地種著青翠的松柏和正當時的臘梅，間或穿插著一塊塊覆著雪的菜畦，路過湖邊時，沈成嵐甚至看到有幾個內侍在湖面上鑿冰，像是在捕魚……

聽說這幾年來皇后閉宮鮮少露面，外人口中形容得極為落魄失意，不想竟是在深宮之中打造這樣一個世外桃源。

誠如齊修衍所說，真非尋常人也。

由李嬤嬤引著，沈成嵐不敢再分神，緊跟著祖母的腳步步履輕穩地進了正殿，穿過兩重穿堂進入內殿，鼻端可聞到的藥香漸次濃郁，待通往暖閣的厚重棉簾子一經挑開，暖和的室溫夾雜著藥香頃刻將人裹挾。

沈成嵐忽地心中一沈。在福州這些年，她跟隨雲清道長粗通岐黃之術，知道有種秘方，病入膏肓時給病人使用，可讓人走得沒有那麼痛苦。秘方各家有所不同，但相同的是，藥香。不同於尋常甘苦艱澀的藥味，以秘方配製而成的藥香輕盈馥郁，一如當下沈成嵐所聞到的這樣。

原來，皇后娘娘的病竟是真的到了無可挽回的地步。

「老身參見皇后娘娘，娘娘萬安。」

「臣女沈成嵐，參見皇后娘娘，娘娘萬安。」

皇后從軟榻上坐起身，抬了抬手，道：「免禮，老太君快快起身，賜座。」

沈成嵐跟著祖母起身，垂眸目不斜視地再度福身行禮，然後在祖母身後半坐在繡墩上。

忽地，前方傳來一陣溫軟的笑聲。「沈家小四，聽聞妳在寧王府上可是恣意，全然不是這般拘束模樣。來來來，坐到本宮近前來，讓本宮好好看看，到底是個什麼樣的姑娘讓寧王讚不絕口。」

在寧王府上？

沈成嵐腦子一陣發懵，暖閣裡只剩下李嬤嬤在旁侍候，也算是沒有外人在，她只得求助地看向祖母。

沈老夫人也被她忐忑如臨大敵般的小松鼠模樣逗笑，慈愛地對她招招手，道：「傻孩子，妳以為自己藏得多深？早在妳進王府伴讀之前，妳祖父就已經向陛下稟明妳的身分了。」

這回沈成嵐是徹底懵了。

所以說，皇上打從一開始就知道自己是誰？既然知道，怎還默許自己進十王府，甚至還讓自己跟著齊修衍南下福州？皇上到底是怎麼想的？

「是寧王。」皇后看透她的困惑，一語道破關鍵。

沈成嵐回過神，疑道：「王爺那時就……」

皇后微微頷首，側頭看向沈老夫人，道：「老太君，可否容小四和本宮單獨說會兒話？」

沈老夫人聞言未有絲毫遲疑，起身由李嬤嬤引著去外間。

暖閣裡只剩下她們兩人，沈成嵐見皇后招手，便自己抱著繡墩挪到軟榻跟前坐下。

「從妳進十王府到現在，已經有六、七個年頭了吧？」

沈成嵐點頭。「回娘娘，就快七年了。」

皇后探出手，握住沈成嵐搭在膝上的手掌，細細摩挲，掌心指腹覆著一層薄而堅韌的繭，不若貴女千金們保養細潤的纖纖玉指，卻有著足夠掌控自己命運的力量與能力。

有著這樣一雙手的女子，應該不會像自己一樣，被一方天地桎梏一生吧？

「當年甄選伴讀，妳當眾選擇寧王，妳可能不知道，當時他心裡有多歡喜，緊趕慢趕在宮門落鑰前進宮來見我，求我向皇上替他討個恩旨，讓妳留在他身邊。」想到那個素來老成持重的孩子在自己面前的急切模樣，皇后不禁莞爾。「起初我還擔心只是他的一廂情願，可這些年慢慢走下來，似乎我的擔心是多餘的。現下沒有旁人，不妨告訴妳一個秘密。」

秘密？是關乎齊修衍的？

沈成嵐好奇地瞪大眼睛，身體不自覺地微微靠向軟榻的方向，殊不知這副模樣像極了等候母燕投餵的小燕子。

皇后捏著帕子掩飾嘴角洩漏的輕笑，吊足人家的胃口才終於開口道：「前些日子寧王突然求皇上賜婚，皇上已經答應了，只是大婚時間尚未定奪。本宮今日召妳入宮，一來是想見見妳，二來是有個私心的想法，得先問問妳的意思。」

沈成嵐受寵若驚地起身，還沒來得及行禮就被皇后虛扶著攔下來。「不必驚慌，事關妳終身大事，問問妳的想法再正常不過。本宮的身體，怕是撐不得太長久，所以，想請皇上將你們的婚期定在上元節後，妳覺得如何？」

上元節後？也就是說，下個月底前就跟齊修衍成親？

說不得是驚多一些還是喜多一些，沈成嵐腦子裡亂成一團漿糊，幸好還記得留半分清明向皇后娘娘回話。

回啥？當然是一切但憑皇上和皇后娘娘作主啦！

沈成嵐不知道是怎麼拜別皇后娘娘、怎麼從宮裡走出來的，直到踏進家門還覺得暈乎乎。

不只她暈，沈老夫人也暈，等到許氏和孟氏帶著沈聿華來給老夫人請安，又多了三個人發暈。

「蒼府送來帖子，說是十二那天，媒人上門來提親，本打算二月裡挑個吉日成親，現在看來得往前提。」孟氏道。

沈聿華聞言在一旁紅著臉。

許氏問道：「東西來得及準備齊全嗎？」

孟氏道：「來得及，其實現下就已經準備得差不多了。我倒是擔心嵐丫頭這邊，及笄禮還沒成，就要大婚，該準備的還沒準備呀！」

許氏也跟著重重嘆了口氣，但礙於兩個姑娘還在，也不好說些什麼。「好在有妳給華兒準備的嫁妝單子做參考，回頭我讓姚嬤嬤去謄抄一份，籌備起來應該也快。」

現成的物件交由福來商行採購一定來得及，但成套的家具、擺件想要訂做是一定來不及，想到西郊莊子的倉庫裡，屯著準備給女兒作陪嫁家具、箱籠的上等木料，許氏心裡的遺憾就如水般往上湧。

然而，沈二爺散衙後帶了一份手箚回來，許氏看完之後心裡的遺憾頓時退了大半。除卻男方的聘禮一應俱全，就連女方嫁妝中的木器、家具、擺設等需要訂製之物，都已經交付有司趕工。手箚最後，齊修衍甚至還給沈聿華準備一份豐厚的添箱。

「他也知道這婚期定得太倉促了些。」許氏放下手箚，猶有憂心道。

沈二爺剛得知消息的時候也有些不敢相信，但比妻子更快接受現實。「這些年妳也看到王爺怎麼對咱們嵐兒，終究要走到這一步，早晚之別罷了。細來想想，他們能早一點名正言順在一起也挺好，起碼咱們以後能睡個安生覺了。」

「你啊，想得美！」許氏無情戳破他的幻想。「你還指望王爺壓制咱們家這個禍頭子？她不幫倒忙就不錯了！」

沈二爺頓時無言。

夫人所言，好像很有道理……

自從沈成嵐祖孫倆進宮後回來，二房和三房的內外院管事就開始忙活起來，尤其是二房，布行、銀樓、商行……幾個外院管事頻頻往這些地方跑。長房覺得不尋常，派人跟著去打探。

還沒打探出具體結果，日子就來到臘月十二——蒼郁約定好登門提親的日子。

一大早，壽安堂就派人到各方各院通知，盡快拾掇好前往主院。

杜氏由大丫鬟伺候著戴上最貴重的那套頭面，半是不解半是抱怨地道：「不過就是個跟著寧王打雜的窮酸秀才，連王府屬臣都不是，三房還當成寶，外面不知道多少人當成笑話看。老爺子和老夫人也是奇怪，就任著他們胡來……」

沈大爺聽著她的碎碎唸不由得心生反感，不耐煩地打斷。「兒女的婚事，向來是父母之命，三丫頭有父有母，何須老爺子和老夫人多操心，咱們院裡幾個孩子的親事不也都是妳作主！」

杜氏被堵得一時無言，心裡暗暗不平，三房的女婿是什麼出身，自己的女婿是什麼身分，分明是雲泥之別！可再看沈大爺臉上明顯的厭煩，她最後識趣地閉上嘴。

沈成嵐一大早就跑來西苑幫忙，精神奕奕的模樣看著就討人喜歡。

沈聿懷捏著扇子敲她的腦袋，打趣道：「看妳這副高興樣，比準新娘子還樂呵。」

「三哥，你別光說我，照照鏡子看看你自己吧！」沈成嵐今日穿著一身朱紅緙絲紋錦袍，窄袖束腰，烏髮簡單地用玉簪束著，眉目英朗、神采奕奕，有著超乎性別的獨特吸引力。

沈聿懷看看她，又看看站在廊下和父親說著話的沈成瀾，心裡感慨：這兄妹倆不知從什麼時候開始，越發個性鮮明了。

辰時三刻，景國公府眾人齊聚主院，沈成嵐和沈思璿陪著沈聿華待在壽安堂的一處小暖閣裡，豎著耳朵聽外面的動靜。

一名丫鬟慌慌張張跑進來，氣喘吁吁地低呼著。「小……小姐，老太爺讓妳們馬上到前廳去，宮裡來人了！」

宮裡來人？

三人皆驚詫不已，沈成嵐帶著詢問的目光看向隨後走進來的舒蘭。

舒蘭福了福身，氣息沈穩地稟道：「是司禮監的中官，帶著聖旨來的，人已經到中庭，老太爺讓三位姑娘一同前去接旨。」

沈成嵐不敢怠慢，姊妹三人忙起身一同往屋外走。等抵達前廳，沈老國公見人已經到齊，就率著眾人直奔中庭。

馮大管家已經帶人做好迎接聖旨的準備，原本寬敞的中庭此時因為容納兩支隊伍而顯得有些擁擠。一方十幾個人，均身著盤領窄袖衫，領頭的戴著烏紗描金曲腳帽，手持拂塵，是有品級的內侍中官，至少是個少監。

另一方人數更多些，媒人加上家丁、擔夫等，粗略估計得有三十多人，綁著紅綢的木箱整整齊齊擺了兩行。

沈成嵐打量兩方人馬一眼。巧了，兩邊領頭的都是熟人，一個是查公公，另一個是準新郎官蒼郁。

在人群後對著查公公笑著拱了拱手，沈成嵐隨著祖父母在香案下跪拜接旨。

「奉天承運皇帝詔曰：朕之三子修衍，人品雅正，行孝有嘉，文武雙俱……景國公府沈氏四女成嵐，開國功勛世家之後，蓋沈氏武學傳家，執刀槍亦鍾靈毓秀，有巾幗之才……二人良緣天作，今下旨賜婚……擇正月十八大婚，祭告宗祠。」

欽此謝恩聲中，沈成嵐腦子裡一團漿糊地隨著長輩們叩首謝恩。雖然已經提前知道會有這一遭，但真到了這個時候，激動和惶然一點也沒有少。

沈老國公雙手接過聖旨，正待起身，查公公卻笑著虛按一下他的肩膀，道：「國公爺稍待，還有一道聖旨。」

景國公府眾人愣怔片刻，沈成嵐暗暗掐了自己大腿一把，重新跪端正，俯下身接旨。

「……元德二十二年生員蒼郁，素勵勤勉，德才兼備，輔佐寧王六載，開闢屯田，改進良種，功在社稷，利在千秋，特恩擢為戶部遼東清吏司郎中，兼掌皇莊。沈氏三女，鎮國功勛世家之後，行端儀雅，禮教克嫻，今及芳年待字金閨，朕與皇后躬聞之甚悅，成佳人之美，賜婚於此二人，沈氏授五品誥命夫人，擇正月十六大婚。欽此！」

查公公話音落地好一會兒沒等到回應，笑著開口提醒。「國公爺，蒼大人，請接旨吧！」

沈老國公和蒼郁回過神來，雙雙叩首謝恩接旨。沈老國公側了側身，讓蒼郁接下聖旨。

「蒼大人，臨出宮前，皇上有兩句話囑咐咱家轉告大人。」待眾人起身，查公公走到蒼郁近前，抬手阻止他再次屈膝的動作。「皇上說，兩份賜婚詔書都送來景國公府，只為圖個好事成雙的彩頭，望大人切莫介懷。」

蒼郁誠惶誠恐，只覺得自己像被從天而降的巨大餡餅砸中，受寵若驚地連連叩謝聖恩。

元德帝這次出手很大方，蒼郁這天的納采禮於是多了十八抬宮中御賜之物。

素來只聽說大婚前一天，新娘子的親朋鄰友送添箱禮，當今皇上別出心裁，在新郎官登門提親當天賞納彩禮，放眼大昭可謂是獨一份的恩寵。

乍然大喜的暈眩感過後，蒼郁心裡再清楚不過，破例授官也好，賜婚也罷，背後都是寧王在替自己請功。

一門兩女賜婚，大婚之期還只隔一天，沈成嵐將中庭裡眾人各不同的反應看在眼裡，預感在今後很長一段時間裡，自家都會成為街頭巷尾被熱議的對象，尤其是自己和三姊。

景國公府，南苑。

西跨院一處稍微偏僻的廂房裡，傳出一陣什物被掃落墜地的噼哩啪啦聲，夾雜著憤怒的粗重呼吸。

「憑什麼！她們憑什麼？」被潑灑出的茶水濺到的袖口濕答答地滴著水，沈思璿的神情陰鷙黑沈得彷彿也能滴下水來。

屋裡此時只有她的生母林姨娘和貼身丫鬟浣雲在，兩人見她這般模樣都是一時沒敢出聲。

為了維護大爺的景國公世子之位，大夫人杜氏很是注重在外的名聲，尤其是對待庶子庶女們，儘量一碗水端平不說，甚至還將庶出的兩個姑娘都養在自己名下，這可是意味著議親的時候，兩位姑娘都是嫡出小姐的身分，只是這一點，就不知道讓府外多少庶出小姐們羨慕。

然而內中苦楚和不甘卻只有沈思璿自己知道。杜氏善妒且心胸狹隘、手段陰狠，暗地裡不知處理了多少大爺的風流債，有幸出生的庶子庶女們在她眼裡也不過是她一雙親生子女的踏腳石。

沈思璿自是不甘被人踐踏，可是自從大姊嫁入太子府後，她的心境就開始發生一些改變，誰是誰的踏腳石，不到最後誰又能下定論呢？於是，這些年來她無比乖順地遵照大夫人的安排習舞學琴，跟著嚴苛的嬤嬤學習各種禮儀，寒來暑往不敢有一絲一毫的懈怠，這才在勛貴內眷圈子裡博得些許美名。

自身的才華美貌，再加上景國公府嫡小姐的身分，沈思璿對自己婚姻的期許是不低的，甚至有頗高的展望，可即使如此，她是從未敢妄想皇子王爺的正妻之位，側妃已是再好不過。

然而，她的這種期冀在今天聽到兩道賜婚聖旨後，彷彿化作一記響亮的巴掌狠狠抽在她的臉上。她的可望不可即，在別人那裡卻是輕易得觸手可得，憑什麼如此不公？

沈成嵐命格不吉，又在外面的江湖上混著長大，除了在相貌上出落了些，作為勛貴人家的女子，簡直無一樣能拿得出手。這樣的人，怎麼配當王妃！

還有三房的沈聿華，明明是國公府的貴女，偏偏跟著父兄學了一身的銅臭氣，才貌平平，本來配個窮酸秀才也算得宜，沒想到那窮酸秀才竟然一夕得勢，得到破格授官不說，皇上竟然還給他們兩人賜婚，這已經不是單單「好命」兩個字可以形容了。

論才貌，沈思璿自認絲毫不遜色於她們，甚至強過她們二人，可這樣的好命怎麼就落不到自己頭上呢？她不甘心！

妒火中燒，沈思璿越想越覺得憤恨不平，作勢就要將空無一物的案桌也掀翻。

林姨娘慌忙上前壓住她的胳膊制止，壓低聲音勸道：「我的姑奶奶，差不多得了，讓上房聽到動靜，少不得又要一頓訓斥！」

「忍忍忍，我忍了這麼多年，忍到三房的都要爬到我的頭上了！」想到被大夫人嫁給太子幕僚的二姊沈思瑗，沈思璿只覺得心底陣陣發寒。

知女莫若母，林姨娘明白她此時的憂懼，半摟著將她拉坐進椅子裡，緩聲安撫道：「眼下寧王風頭正勁，不過在朝中只是獨木，常言道：『木秀於林風必摧之。』這風光能維持幾日還不可知，搞不好最後還要攤上禍事，這樣的姻緣又有什麼好豔羨的？至於三房那邊，皇上賜婚又怎樣，說到底還是雞窩裡蹦出來的，跟著寧王一時的風光罷了。妳和她們不同，和二姑娘更不同，記住娘和妳說的，選男人一定要把眼光放長遠，不要被一時的風光迷住眼……」

小院漸漸恢復平靜，一如它以往的默默無聞，也沒人注意到暗夜裡花牆上一閃而過身影。

壽安堂，東暖閣。

沈成嵐端坐在案桌前抄寫佛經，沈老夫人揮退來人，見她剛剛抄寫出來的經文字跡沒有絲毫不妥，心裡很是欣慰，忍不住勸道：「燈下抄書最是傷眼，以後還是挪到白天抄吧。」

沈成嵐寫完這張紙上的最後一個字收筆，笑道：「燭火這麼亮，不妨事的，好像只有在祖母您這裡，我才能完全沈下心來抄寫經文。」

聽齊修衍說，皇后娘娘的病情雖然暫時穩定，但病入膏肓已是事實，全靠用藥支撐著，人事已盡，餘下的只能聽天命了。沈成嵐知曉皇后娘娘的心意後再沒呈送拜帖，只抄寫些祈福的經文，經由齊修衍之手送過去聊表孝心。

「沈思璿的心氣，倒是比我預想的高。」聽完剛才來人的稟報，沈成嵐不由得輕笑，眼裡卻滿是不認同的清冷。

三姊在自己面前雖然沒有隻言片語的抱怨，但娘親和三嬸都提過，這幾年大夫人帶著沈思璿頻頻出席府外宴會，明裡暗裡時不時就要拉踩另外兩房的姑娘來抬高沈思璿。

沈老夫人靠著軟枕不急不緩地啜了口參茶，道：「目光短淺又自作聰明，不愧是杜氏一手教養出來的，如出一轍。妳回京這些日子也跟她們打過幾番照面，說說，看出什麼門道了？」

難怪回家這些天，老夫人沒給她任何提點，原來是等在這兒考校她呢！

沈成嵐淨過手後兩三下俐落地爬上軟榻，把自己塞進老夫人搭在膝上的軟被子裡，嘿嘿笑道：「這次回來，大夫人和大姊對我好像格外親近，正應了那句常言『無事獻殷勤，非奸即盜』。」

沈老夫人看著她靈動的眉眼也不由得唇角帶出笑意，問道：「哦？那妳覺得她們想圖謀妳什麼？」

「我一個女孩子，能讓她們圖謀的無非是姻親一事。」

其實，在剛確定回京之時，齊修衍和沈成瀾就給她分析過回京後可能遇到的種種情況，其中很大一部分就是關於長房。回京後，她表面上配合出席各種宴會，實則是在驗證長房的真正意圖。

「大姊在太子府的處境看似風光，其實不然。雖然有協理府務之權，卻也始終越不過太子妃，多年來膝下又只有敏姊兒一個，是為內憂。」沈成嵐看著祖母微笑著點頭，心裡來了興致。「這幾年祖父帶著父親和大哥駐守遼東屢建軍功，深受皇上看重，咱們三房現下誠然是一榮俱榮，但私下裡明眼人都瞧得清楚，長房一支文不成、武不就，大伯父在五城兵馬司掛職至今仍然還是個指揮副使，眼下尚且能蒙受祖父蔭庇，但大姊當初是怎麼嫁進太子府的，祖父對此又是什麼態度，有心人都一一記著呢！所以，咱們景國公府的榮光，並不等於大姊的榮光。」

沈老夫人微微頷首，眼裡的笑意加深，鼓勵她繼續。

沈成嵐身體放鬆地靠進背後的軟枕裡，腦海中不斷閃現著這些日子以來，沈思清和大夫人母女倆的種種行為，雙眼習慣性地微微瞇起，道：「大姊想要固寵，甚至更進一步，要麼是拉一個更強勁的助力進太子府，要麼是拉攏太子的股肱近臣。從大姊三番兩次的舉動來看，我猜想，她是算計著把我也弄進太子府。可惜啊，我應該是沒入得了太子殿下的眼！」

回想前兩次接觸，太子殿下的目光似乎更多是落在沈思璿的身上，而她應該也察覺出來了。

思及此，沈成嵐忽地直起身湊近沈老夫人，壓低聲音耳語道：「祖母，咱們不若就成人之美？」

沈思璿心比天高，背後又有林姨娘暗中攛掇，如果把她和沈思清湊成一堆，倒也省得禍害旁人家。

沈老夫人斜睨她一眼，悠悠開口問道：「這都是妳自己想的？」

沈成嵐在祖母面前向來坦誠，笑著搖了搖頭，道：「回京前王爺和二哥就幫我反覆分析過，果然都在他們的預料之內！」

聽她這麼說，沈老夫人並不覺得意外，這個孫女極肖她的祖父和父親，即使際遇異於常人，心之所向仍是家國大義。現下想來，能得寧王這樣的夫君相護，也是一樁幸事。

「如今妳和三丫頭的婚事已經板上釘釘，旁人就算有再多的算計也是妄想，妳儘管把心思都用在備考和婚事上，其他事自有我和妳娘替妳周全。至於五丫頭的婚事……」沈老夫人沈了沈聲。「長房那邊想必早有綢繆，咱們靜觀其變便是。」

沈成嵐本來也沒有多少興致去關注這些，很快地，她也沒有精力去關注，因為寧王府的聘禮送上門來了。

寧王這些年賺了不少家底，再加皇上的賞賜，府庫充盈的程度在眾皇子中就算不是第一也能擠進前三。寧王似乎也沒有藏富的打算，吉時一到，王府大門洞開，送聘的隊伍整齊有序地魚貫而出，足足綿延大半條王府大街，排場之大不僅讓圍觀的百姓驚嘆，就連其他王府的人見了也瞠目不已。

鳴鑼開道，鼓樂先行，一身石青色親王蟒袍的齊修衍騎著高頭駿馬，眼角眉梢間盡帶春風得意之色。隨著各地官員陸續述職完畢，皇上的封賞也下來了，身負屯田、治水及開通臨海福州港等數項功績，齊修衍先於眾兄弟首先受封親王爵，珠玩金銀等賞賜之豐厚自不必提。當然，請示過皇命之後，其中相當一部分被裝進今天的喜箱裡。

得到通報的時候，沈老國公已經帶著兒子和孫子們迎候在大門口。

沈成瀚站在父親身後，看到鮮衣怒馬的三皇子以及他身後看不到盡頭的送聘隊伍，不由得微微瞇眼。這次回京述職原本只需祖父一個人回來即可，但是皇上突然命中官傳來口諭，讓他們父子倆也一同返京。當時不解皇上用意，現在看到寧親王燦爛晃眼的笑臉還有什麼不明白的！

想到娘親的耳提面命，沈成瀚放鬆緊密咬合的後槽牙反覆調整呼吸，面皮總算不那麼緊繃。

相較於沈成瀚，沈成瀾的反應可謂是眾人中最淡定的。旁人不知道，他卻是再清楚不過，早幾年前妹妹就代管著王府的中饋，莫說這些聘禮，就算是搬空整座王府府庫，王爺恐怕也不會皺眉頭。

不過，向來韜光養晦的齊修衍一反常態在婚事上極盡高調張揚，委實讓沈成瀾有些意外。除了替妹妹撐場面，莫非還有別的深意……

從乍見的震驚中很快回過神，沈老國公將在場兒孫幾人的反應看在眼裡，神情間波瀾不動，率先一步迎向三皇子。

景國公府中門大開，披紅掛彩的送聘隊伍如川流不息的溪水般流進府裡。聘禮單子是早兩天送過來，馮大管家根據明細預估一下，親自帶人將中庭的另兩個跨院也清理出來，外院的袁總管事被老夫人調過來協辦兩位小姐的婚事，見馮大管家準備出這麼大的地方還笑他太誇張，現下卻派上大用場，看著整齊有序擺滿三個院子的聘禮箱子，兩人雙雙抹了把額頭汗，袁總管事悄悄對馮大管家豎了豎大拇指，虧得他老人家有先見之明。

按照皇家的娶親習俗，一應程序都是由內務府和禮部有司聯手操辦，作為新郎官的皇子通常只有在迎親的時候才會親往女方府上，像三皇子這樣親自送聘禮的情況實在不多見，恨不得掏光府庫、裝箱成聘禮送到女方家裡的，馮公公也是第一次見到。

馮公公執掌內務府多年，蒙受師傅郭大總管提攜，在皇上跟前頗有臉面，這次受命操辦寧親王的大婚，足見皇上對這位皇子的看重和喜愛。雖說揣度聖意是大不敬之罪，但馮公公深知，像自己這種依靠皇恩生存的內宮中侍，完全不懂皇上的心思那才是永無立身之地。可綜合這些年皇上對三皇子的態度，莫說是他，就連他的師傅——皇上身邊的總管大太監郭公公，也摸不清皇上的真正心思。

不管怎樣，光是三皇子先於眾皇子首先獲封親王，馮公公就認準一條行事準則：這樁婚事必須辦得體面！

內務府態度明確，禮部也不是沒眼色的，結果就是，三皇子大清早再一次心血來潮往單子上添聘禮。

這一天，沈成嵐應該是家裡最清閒的一個，不用她露面，牧遙和舒蘭就配合著將前面的情形給她打探得清清楚楚。

「你們歇一歇吧，這一趟趟的，王爺還沒走，你們先累趴下了。」沈成嵐招手示意他們坐下，頭卻沒有從眼前的布料上抬起來，臉色很有些苦大仇深。

舒蘭見狀不禁偷笑，大家都知道小姐不善女紅，老夫人和夫人本也沒打算為難小姐，還是她自己見過三小姐親手繡的嫁妝後主動提出來。

親王成婚，從禮服到床幔錦被等一應什物都是由內務府等有司準備，沈成嵐便想著自己給齊修衍做點什麼，錦衣大氅這類穿在外面的，以她的針腳水準，是萬萬不能讓齊修衍穿出去丟人，鞋子又好像有點複雜，思索再三，她決定還是做兩套中衣，手藝再不好，總是穿在裡面的，不至於丟人丟到家外去！

這兩套中衣的料子是她親自動手剪裁，不過是姚嬤嬤事先給勾出線，又由舒蘭一路指導著怎麼縫合，按理說沒什麼難度，可沈成嵐每次捏著針不到一刻鐘就覺得手抖，額頭直冒汗，比校場操練半天還累。

「小姐，王爺剛剛被老爺請去書房，兩位公子也一同去了，聽牧遙說，大公子今天一直沒什麼笑模樣……」舒蘭這些年一直跟在沈成嵐身邊，深諳小姐和王爺的感情多麼深厚，私心裡難免有些偏袒。

沈成嵐完成最後一針，大鬆了口氣，聽到舒蘭的憂心，完全沒有顧慮。「大哥一臉笑模樣那才是麻煩大了。」

舒蘭不禁想像起自家一貫面無表情的大公子滿臉堆笑的模樣，後脖頸便一陣發寒。

的確，大公子還是不笑好！

# 第二十七章

寧親王送聘的場面瞬間成為街頭巷尾、茶樓酒肆的熱議話題，就連朝臣們在朝房裡等候上朝的時候都要小聲議論兩句，不乏一些人看向景國公父子倆的目光裡帶著羨慕嫉妒，當然，也招來一些六科言官們上疏彈劾寧親王奢靡，甚至有人影射寧親王的聚財之道另藏貓膩，似有貪墨嫌疑。

臨近年末，按今上慣例，連開大早朝，所有適齡皇子均上朝觀政，齊修衍身著一身紫色親王朝服，面對言官們一日比一日嚴苛而不加掩飾的詰責，臉上的神情始終不見半分憤懣或急切，平靜得彷彿被彈劾的人不是他。

戶科給事中梁玶是個大嗓門，情緒又容易激動，嗓音更不受控制，元德帝強忍住掏耳朵的衝動，瞄了眼跟著梁玶跪在一處的幾個人，目光落在身姿筆挺的三兒子身上。

「老三，你自己有什麼話說？」

齊修衍年少離宮，雖然打著身負皇命的旗號，但當時引起朝廷上下不少私議，儘管沒人能猜透皇上此舉的真正用意，也儘管之後三皇子的功績陸續傳回京城傳回朝堂，在大多數朝臣心裡，這位三皇子應當是不受陛下喜愛，起碼不如其他皇子們入得陛下的眼，就連跟著他一起出京的十皇子，皇上還特意給配了一個金科狀元的薛珣做師傅。反觀三皇子，離京時隨行的不過是府邸的三五舊人，來頭最大的算是他那個伴讀——景國公府六公子沈成瀾，卻也還是個毛頭娃娃！

是以，三皇子當年離京有多沒存在感，這次回來就有多扎人眼。尤其是皇上對他的態度轉變，更是讓前朝與後宮多年形成的表面平衡開始出現波瀾。眼前被參奏彈劾的局面也沒那麼讓人意外。

齊修衍穩步出列，禮畢，雙手呈上奏疏及幾本厚厚的帳簿，待經由郭公公轉呈到皇上手裡後，才第一次當廷自證道：「這是兒臣自離京後至今返京，六年間府裡的出入帳目及府庫明細，另附有一份聘禮名冊。父皇明察，兒臣的確是將大半府庫做聘禮，一來是銘感父皇賜婚之恩，二來是為了表達兒子對沈家姑娘的敬重與感激。

「沈家四姑娘承繼家學又師從名士，兒臣在福州闢建海港、加固海防、整肅海盜倭寇時得到她頗多相助，四姑娘性情疏闊、襟懷豁達，雖是女子卻不讓鬚眉，兒臣有幸娶她為妻，自當榮辱與共、貧富同享，是以將半數府庫送做聘禮，兒臣不覺得有什麼錯。再者，景國公和老夫人也早已經言明，待大婚之時，聘禮會盡數充入四姑娘的嫁妝裡歸她所有，這些東西既沒有揮霍，也沒有浪費，兒臣實在不懂，何來幾位大人所說的奢靡無度？」

「殿下何必這般避重就輕。」梁玶微微抬起頭，看了三皇子一眼，又叩首稟道：「王爺自是有權隨意處置府內私產，臣等質疑的是，王爺離京短短六年，竟能集聚如此豐厚的家產，委實讓人疑惑。據傳，福州甚至周邊數府、各司衙門的官員，許多人都和出海的商船有所牽連，王爺可敢說對此毫不知情，自身又清清白白？」

齊修衍雖然久不在朝堂，但對梁玶此人還是有一定了解，仗著言官的身分可以說是肆無忌憚，渾把自以為是的直諫當榮光，莫說滿朝權臣，便是太子皇子，甚至皇上，都要時不時被他刺一刺，可以說是整個朝堂上最不受人待見的。

然而，在這風雲詭譎、利益交錯的朝堂上，像梁玶這種可恨之人，亦有可用之處。瞧瞧此時與他跪在一處同氣連枝彈劾自己的幾個人，齊修衍透過他們看清其背後的人，心裡沒有半分波動，彷彿早想到會這樣。

當年甫在福州修建海港，齊修衍數次上疏詳細闡述建港開埠、組建船隊出海貿易的諸多好處與必要性，雖說在皇上的一力堅持下最終促成此事，但國庫的撥款實在是杯水車薪，於是，齊修衍便再次向皇上呈送一份密奏，港口商鋪以抵押貸款的形式募集銀錢，並以不公開的形式允許轄內官員入股商船海貿。

這些方法事實上大多來自蒼郁，齊修衍已經踐行過一次，這次實施起來又有進一步的完善，結果自然更加盡如人意。

皇上年後用兵的決心如此堅定，很大一部分原因就是在於內庫的豐盈，而內庫之豐盈，齊修衍貢獻良多。

而從開埠建港開始，齊修衍就秘密向皇上稟報自己的財務狀況，港口的商鋪、出港的商船、增置的田產莊子……寧王府的家底飛速集聚，送往皇宮內庫的金銀、珠寶、香料等更是數目驚人。

儘管旁人不知道，齊修衍的家底卻是在皇上跟前過了明路，就是為了防範今天這種情形的發生。

沈成嵐知道這件事已經是快吃午飯的時候，她當時正在陪祖母剪窗紙，祖父先一步回府，便跟她提及此事。

「那皇上最後是怎麼裁定的？」

沈老國公湊近炭爐暖了暖手，接過丫鬟遞上來的帕子舒服地擦過臉，抬眼見沈成嵐的目光並沒有從剪紙上移開，就連臉上也沒有什麼憂慮之色，心裡一時間有些五味雜陳。

看來三皇子早就跟這小丫頭互通聲息了。

「皇上當朝言明，王爺在福州募集銀錢的舉措事先已經呈報，是經過准許，其後獲利也都是皇上的恩賞，這也算是親口替王爺洗清嫌疑。」想到當時滿殿朝臣神色各異的反應，沈老國公的目光不由得沈了沈，還是那層顧慮，皇家的信任和倚重，真的讓人不知道到底是福還是禍。

沈成嵐沒聽到祖父繼續往下說，納悶地抬頭看過來，見他老人家的面色有些嚴肅，福至心靈地明白他的顧慮，卻也沒有再說什麼寬慰的話。

時局如此，今上時近暮年，皇子們羽翼漸豐，太子雖立，然而政績德行在兄弟中並不出類拔萃，加之出身並非正統嫡出，只是占了長子的名頭，儲君之位坐得並不安穩。景國公府數代以來持身中正，始終不曾與皇室結親，加之是以武立身的武將之家，因而有足夠的條件跳脫在奪嫡之爭的漩渦之外，然而這次卻不行了。

沈思清是景國公府的嫡長小姐，從她嫁進太子府的那天起，無論沈老國公對這樁親事是什麼態度，景國公府都已經踏進漩渦之中。戍守邊塞、與三皇子結姻親，對沈老國公來說也是拖曳著不深墜漩渦的手段，是以在他心裡對二房、對沈成嵐是心裡有愧的。

沒人提點，沈成嵐也能隱約猜測出祖父的一些心思，但她出於自己的切身體會暫時不打算解釋澄清，上一世得到的教訓，人在心裡隨時保持警惕與顧忌是很必要的，起碼可以保命。

思及此，壓下心裡對隱瞞祖父的那點愧疚，沈成嵐笑著追問道：「那彈劾王爺的那幾位言官呢？他們無憑無據、單憑臆測就誣衊中傷皇子，該不會就不痛不癢地放過吧？」

大昭雖有言官不以言獲罪的傳統，但也不意味著言官可以無憑無據肆意參彈官員，尤其是皇室貴冑。

「皇上當廷訓斥幾個人，罰了俸祿，那個戶科給事中梁玶給除了名。」沈老國公的面色恢復緩和，坐到炕邊翻看她們祖孫倆剪出來的窗花。

沈成嵐有些意外，除名對言官來說可是比貶謫還嚴重。「罰得不輕啊！」

沈老國公點頭。「聽說皇上早就看那個梁玶不順眼，這回總算抓到他的小辮子，正好攆走了眼不見為淨。」

沈老夫人聽到這話也忍不住笑了。「你們久不在京城，這才沒聽過這個梁玶的名號。」

沈成嵐興致大起。「他很有名？」

沈老夫人點頭。「說起來，他入朝時間並不長，也就三、四年吧，聲名卻傳得很快，據說他是以前朝的督察御史陳狄為榜樣，平素上疏參彈、言詞犀利，不只皇上，朝臣們大多不待見他。」

「陳狄？前朝那個以規諫皇上為己任的御史大人？」

沈成嵐對此人的印象很深刻，說起來這位陳御史也是個奇葩，為官三十載，全部的精力都用在規諫先帝這一件事上，宦途幾經「罰俸、廷杖、貶謫、起復」的輪迴，先帝駕崩後，陳御史已年近古稀，今上遵先帝遺旨，允其以都察院左都御史之職榮退恩養，在大昭迄今為止的言官體系中算是難得善始善終的典範。

梁玶以陳御史為職業生涯榜樣，願景很美好，可惜現實很殘酷，因為他錯估今上的脾性。

先帝仁善，為政四十餘載，始終推行休養生息、偃武修文的國策，對待臣工亦十分寬厚。今上卻截然不同，經過前朝的積累，國力強盛，今上文武雙全，又在邊境歷練數年，待繼位後，對外強勢，對內更是緊握權柄，猶記得今上初登大寶徹查江南鹽稅，一改大昭不殺文官的傳統，短短一年就斬落江南鹽道近半數官員，震驚朝堂內外。

這樣的今上，梁玶想要仿效陳御史，沈成嵐真心覺得，除名對他來說簡直就是今上對他最大的仁慈。

「姑娘，多寶過來了，說是有些東西得讓您過目。」舒蘭走進來，站在暖閣的屏風外稟報道。

沈成嵐喚她進來，在祖父和祖母有些好奇的目光中打開多寶轉送過來的東西，是幾份地契和對應的魚鱗冊，另有一封齊修衍筆跡的手劄，原來是讓她挑選兩處莊子。

大致看了一遍，都是大寧轄內的莊田，看來皇上已經私下和齊修衍談過，年後就要踹他去大寧了。

老國公夫婦倆交換一個眼色，會心一笑。無論將來如何，起碼此時三皇子對自家丫頭的心意是無庸置疑，這樣就夠了。

沈成嵐對蒼郁在莊子上折騰出來的東西瞭若指掌，正愁沒有足夠的地方擴種，這下好了，正及時。

「多寶先回去了？」沈成嵐問道。

舒蘭回道：「人還在門房，他說王爺准了他一天假，他閒來無事，就在前頭等姑娘的回信。」

沈成嵐想了想，道：「妳去找牧遙，讓他陪著多寶出去逛逛，我給他們出銀子，喔，下午左右沒事，妳也跟著他們一同去玩吧，不必著急，晚飯前回來就行。」

想到即將到手的兩個大莊子，沈成嵐心裡很歡喜。

舒蘭歡快地應了聲，腳步輕快地退出去。

景國公府對下人向來寬善，但像沈成嵐這樣還真就她獨一份。

沈成嵐陪著祖父母用過午飯，又就幾張地契和二老商量一番，而後幾經權衡選定兩個莊子，順便在魚鱗冊上大致標注打算播種的作物，以及需要從蒼郁那裡調配的改良種數量。

暖炕上，沈成嵐伏案寫寫算算，沈老夫人和許氏則在一旁輕聲討論初擬好的嫁妝單子，兩人時不時就瞄一眼沈成嵐。

許氏終忍不住嘆道：「我是作夢也沒想到，這丫頭能有這般出息的一天，除了舞刀弄槍，還能打理這麼大的產業了！」

許氏見過寧王府送過來的帳簿，雖然只是草草瞧一眼，但就那麼幾行數字也足以讓她瞠目啞然。

景國公府的財物大權雖然是掌握在沈老夫人手裡，但多年來許氏經常幫著老夫人整理帳目，國公府傳承數代，家產雖然不能和那些當朝權貴相媲美，但進出往來的帳目也非一般勛爵之家可比，許氏自以為在銀錢上早已經練就淡定從容，卻不承想這份淡然在看過女兒經手的帳目一眼後就崩了。坊間傳言，三皇子搬空一半的府庫送做聘禮，許氏心裡冷哼，暗道外人終是太單純。

婆媳相處多年，沈老夫人怎會看不透許氏心裡所想，不禁無奈地笑著搖了搖頭。沒錢的時候，總擔心女兒嫁過去要跟著受苦，如今有錢了，又擔心因財生禍，做娘的大概都逃脫不了這樣的矛盾糾結，總之，就是操心的命。

嫁妝單子基本上沒什麼問題，沈老夫人對沈成嵐招招手。「丫頭，妳也來看看這單子，沒問題的話就這麼定了。」

沈成嵐應了一聲，擱筆湊過來。

沈老夫人和許氏見她沒有絲毫扭捏害羞，不由莞爾。

因為附著齊修衍送過來的聘禮明細，這份嫁妝單子很有分量，沈成嵐只看了兩眼，就發現這單子不僅分量不輕，裡面的東西更是貴重。

「娘，您這是把箱底都翻出來給我啦！」沈成嵐轉身拿起炕几上的筆，一邊說一邊俐落地在單子上標記。「小梨山的兩個茶園，您先給哥哥們留著；西峰村的莊子都是上等田，您自己留著，我已經和蒼先生說好了，來年用來做新種子的培育基地，還有西市這幾個鋪面……」

許氏見她邊說邊往下減，不由得著急，剛要開口就被沈老夫人給攔住，眼神示意她少安勿躁。

沈成嵐一路看下來，最後劃掉近一半的莊子、鋪面等不動產，現金現銀分毫沒動。

沈老夫人念頭動了動，問道：「妳可是需要大量現錢？將來要帶到北邊去？」

果然，生活閱歷無價呢！

沈成嵐笑咪咪看著老夫人，點了點頭。「雖說陛下的內庫充足不少，可一旦北邊開始動兵，其他三面也要進入備戰狀態，屆時軍費恐怕就要像流水一般花出去，自己手裡多備一點總是好的。」

沈老夫人在心裡粗略估算一下府裡的現銀，道：「也好，單子上劃掉的這些就折成銀子給妳。」

沈成嵐心裡一驚，忙推辭道：「不用了，王爺其實早有準備，家裡給我的已經足夠了。」

「家裡給妳的，妳收著就是，出門在外，又是打仗，手裡有多少銀子都不多。」許氏奪過她手裡的單子，看著她勾掉的一項項心裡有些不忍，但老夫人已經開口，她也沒有表示異議，想著只好在銀錢上多貼補一些。

沈成嵐無語反駁，只得乖乖接受，嫁妝就此便定下來了。

臘月二十九開始，京城各衙門正式封筆。

沈成嵐也終於縫完準備送給齊修衍的兩件中衣，針腳尚算工整，代價也不小，十根手指頭幾乎都留下傷，許氏就此便絕了再讓她動針線的心思。

今年景國公府的除夕家宴是難得的團圓，上元節過後還有兩件大喜事，因此這場家宴準備得極為豐盛，宮中還破例賜了六道年菜，更難得的是，長房由始至終安安分分吃完這頓飯，沒人出頭掃興。

大年初一開始，各府輪流作東開宴，沈成嵐接到的帖子不少，但都以備嫁為由盡數婉拒，其實她是在備考。

武科會試分為三場，前兩場為外場，考校騎射，後一場為內場，考校武經。以往第一場考試設在二月初九，今年皇上將時間提前到二月初三，明旨在二月二十之前完成殿試。

是以，這個年對參加武考的考生們來說時間異常緊迫，沈成嵐這個待嫁之人也不例外。

幸而家裡這邊有祖母和母親全權掌管，王府那邊有齊修衍一手操辦，沈成嵐依舊像往常那般練習拳腳騎射和兵法推演，順便等著出嫁。因為忙得無暇分神，恰好沖淡出閣的焦慮和不捨。

直到三姊沈聿華出嫁的前一晚，沈成嵐來給她添箱，順便姊妹倆說些悄悄話，看著她微微泛紅的眼角，沈成嵐被擠壓在心底角落裡的難捨情緒才翻騰出來，也跟著一起紅了眼眶。

然而再不捨，大婚的進程也不會有所減緩。

景國公府風光地送嫁一個姑娘之後，只隔了一天，又迎來第二個姑娘的大婚，場面更盛大。

景國公府上下忙得腳不沾地，寧親王府上下也忙得跟陀螺似的，沈成嵐這個新娘子反倒顯得特別清閒。

本想著自己出息一把，可不能像三姊那樣哭著出門，可到了拜別父母的時候，眼淚還是忍不住地湧出來。

伏在大哥的背上一路出了家門，坐上喜轎，沈成嵐沒有其他女子盲婚啞嫁的茫然和對未來的不安，但心裡仍無法控制地掠過想要回家的念頭。此前經年，即使她久久離家，但景國公府是她的根，如今，她就要帶著挖出的根奔赴到齊修衍身邊了。

早在半個月前，內務府就派了兩個嬤嬤來教導大婚禮儀，沈成嵐學習能力向來卓越，昨兒晚上臨睡前還在腦子裡過了一遍流程，自認滾瓜爛熟、胸有成竹，誰知道紅蓋頭一蒙上，又被喜轎晃晃悠悠抬著走了不知道多久，乍然停下的瞬間，耳邊喜樂歡騰，腦子卻亂成一團漿糊。

應該是到王府大門了吧？下一步要幹什麼來著？

沈成嵐冥思苦想，忽地轎門大開，一隻熟悉得不能再熟悉的手伸到她的面前。如蒙大赦地鬆了口氣後，沈成嵐毫不遲疑地緊緊抓住那隻手。

十指相扣，掌心緊貼著掌心，分不清到底是誰的手掌出了汗。

「這……」持禮內侍官捧著手裡的牽紅為難地看向唱禮官。

今日為寧親王大婚唱禮的不是旁人，正是皇上跟前的總管大太監郭全。郭公公鎮定自若地用眼神示意持禮內侍官少安勿躁，繼續按流程往下走。

從牽住齊修衍那隻手開始，沈成嵐就徹底放鬆下來，那些關於禮儀的記憶很快就回來了。

大婚進行得流暢順利，然而絲毫沒有減少繁瑣流程帶來的疲憊，尤其是沈成嵐這個新娘，全程頂著極重的鳳冠，一身霞帔絲毫不輸重甲的分量，坐進寢房的那一刻，她簡直有種劫後餘生的感覺。

挑開喜帕的瞬間，沈成嵐懷疑自己眼花了，因為她似乎看到齊修衍眼底一閃而逝的水光，接著喝合巹酒時發覺這人捏著酒杯的手竟然在微微發抖，沈成嵐忽覺心口發燙，灼熱得微微發疼。

「我先出去應付一下外面的賓客，妳換身衣裳，去泡個澡緩緩疲乏。」

屏退左右，齊修衍親自替沈成嵐取下鳳冠，看著她額頭被壓出明顯的紅痕，心疼地輕輕揉了揉，起身時又湊過來吻了吻，才施施然離開。只是腳步有些不穩，暴露內心的倉促與羞怯。

沈成嵐撫著額頭上被親吻過的地方低聲輕笑。

自家王爺意想不到的純情啊！

沈成嵐兩世混跡行伍，刻入骨血靈魂的除了軍魂，還有不可避免的軍痞氣。這一世相認以來，除了幾次深入海域剿匪，兩人幾乎每日相對，除了偶爾牽手，齊修衍沒有任何更進一步的親密動作，沈成嵐曾無數次懷疑他上輩子鰥居太久，某方面的慾求經年累月地都給消磨殆盡了，甚至還偷偷從雲清老道那裡拿了不少壯陽補腎的秘方，想著將來大婚之後，偷偷地混進飲食裡。

寢房裡燒著地龍，還有火牆，沐浴後渾身輕鬆的沈成嵐僅穿著中衣也絲毫不覺得冷，坐在八仙桌前任由舒蘭幫自己擦拭頭髮，順口問了句。「什麼時辰了？」

沈成嵐沐浴洗漱向來很快，舒蘭報了下時辰，以為她著急，竊笑著提醒道：「今兒太子殿下和在京的各位皇子都來了，皇族宗親和各大勛爵世家也都派人來觀禮赴宴，王爺一時半會兒可能回不來。」

沈成嵐一張剛沐浴後，粉黛未施的臉登時鬧了個通紅，沒好氣地白了她一眼，惹得同在屋裡伺候的芳苓也低笑起來，但不忘替她解圍，勸道：「王爺囑咐膳房灶上一直溫著吃食，我去給王妃端些過來，用過之後先小憩一會兒好嗎？」

沐浴前，沈成嵐吃了一盤紅豆糕墊肚子，聽芳苓這麼一說，覺得又餓了，忙不迭點頭。「快去快去，不要粥和湯湯水水那些，不頂餓，給我弄點米飯和葷菜來。」

話音頓了頓，沈成嵐又下定決心似地補充道：「我寫道藥膳方子，妳讓廚房先把湯給煲上，等王爺回來喝了，可以醒醒酒。」

芳苓應下，不多久就拿著方子喜盈盈出去。

如果時光可以再回溯，哪怕不回到手賤寫方子的時刻，只回到齊修衍喝下那碗藥膳湯的前一刻，沈成嵐都會對老天爺感激涕零。

如今也涕零了，不過是被藥力加持後某親王給蹂躪得涕零了。

沈成嵐力竭，不知道自己是什麼時候迷迷糊糊睡著，窗外的天色還沒露白，她又再次被喘不過氣來的作弄逼醒，想到一直以來對自己婚後床笫生活的顧慮，忍不住顫抖著手臂環上她家王爺的脖頸，流下悔恨的眼淚。

自作孽不可活啊，說的就是她本人！

按規矩，今天一早沈成嵐要跟著齊修衍進宮向皇上和兩宮請安，放任齊修衍胡鬧了一通，沈成嵐再次沐浴過後已經沒有再小憩的時間，彷彿提線木偶般任由舒蘭和芳苓帶著好幾個小婢女忙而有序地給自己套上一層又一層衣裳。

齊修衍走進來時，正好看到芳苓捧著精緻的金冠要往沈成嵐頭上戴，眉頭下意識蹙了蹙，走上近前道：「這頭冠不輕，還是等到宮門口的時候，在馬車裡戴上吧。」

沈成嵐確實並不常穿女裝，像這種繁複又束縛的禮服更是沒什麼機會碰，但也不至於嬌氣成這樣。「沒關係，一頂頭冠而已，還比不上重甲的頭盔。」

如今齊修衍備受朝野內外關注，送個聘禮都能招來言官當朝彈劾，沈成嵐倒也不是因為怕被人找麻煩，而從此變得行事謹小慎微，只是不想在一些細枝末節的事情上被人雞蛋裡挑骨頭。

沈成嵐有項絕技，就是可以睜著眼睛睡覺，而且完全不被人識破，齊修衍每次看她施展這項絕技都覺得無比神奇，從王府出來到宮門口這一路上，他有幸近距離又領教一次。

嗯，不得不說，功力又見長了。

瞇了不過一盞茶的時間，沈成嵐再度睜開眼時，整個人的精神又恢復如常。虛虛搭著齊修衍的手俐落地走下馬車，待宮門衛勘校過腰牌後，兩人並肩走進皇城。

前一世，沈成嵐並沒有什麼機會走進這座象徵著大昭王朝至高權勢的地方，這一世因緣際會倒是進來得勤快，只是每次進來都有不同的感受。

齊修衍敏銳地察覺到她的心緒波動，頗感興趣地開口低聲問道：「新身分可還適應，王妃？」

沈成嵐聞言，嘴角不受控制地上揚，落落大方地側頭看了他一眼，爽快回應。「非常適應，感覺好極了。」

是的，像這樣和齊修衍並肩走向同一個方向，即使是走在這條曾經讓她覺得壓抑惶然的宮道上，心裡也是安定的。

齊修衍被眼前的笑容感染，藉著親王禮服寬大的衣袖遮掩，牽住沈成嵐的手，幽長的宮道走著也覺得愜意起來。

這個時候皇上還在早朝，他們夫婦倆就先到慈寧宮給太后奉茶請安，又陪著用了點早膳，隨後就來到皇后的坤寧宮。

李嬤嬤得到通報早早就候在宮門口，見到兩人先是行了禮，而後欣慰地笑個不停，帶著兩人往內院走。

沈成嵐發現齊修衍一走進坤寧宮整個人就明顯放鬆了，這樣的狀態只有在讓他極度信任的環境裡才會呈現。基於這個發現，沈成嵐下意識就對皇后娘娘更多一層感激和敬重。

皇后的氣色看起來和年前那次見面時相差不大，暖閣裡馥郁的藥香也依舊如故，誰也不知道這種如履薄冰般的平衡還能持續多久。

在暖閣裡用了盞茶，說了會兒家常話，皇后就起身示意他們跟著一起去小書房。說是小書房，其實內裡空間很大，光是書架就有五、六排，稍微擴充就儼然是個藏書閣。

皇后放沈成嵐自己去挑感興趣的書，然後開始考校齊修衍的功課。

沈成嵐躲在書架後面聽他們一問一答，又聽著皇后娘娘的講解，心中訝然的同時又豁然開朗。

上一世她就覺得齊修衍無論是胸懷眼界還是政務見解都極為出色，還納悶他是如何自學成材，現在終於找到答案了，原來他的帝師竟然是皇后娘娘。

細細想來倒也不奇怪，皇后娘娘出身帝師之家，祖上出過四位帝師，兩位內閣首輔，李氏族中更是多有才學子弟，為大昭士林學子所擁躉，名副其實的書香門第。皇后娘娘身為李家那一輩的嫡長女，能教育出齊修衍這樣的帝王不足為奇。

沈成嵐聽了一會兒牆角就聽不下去，實在是腦子跟不上人家的轉速，便有自知之明地把注意力轉移到書架的藏書。這一看不要緊，竟讓她找到滿滿半書架的兵法著作，並且每一本都有細膩而富有見地的注釋，每一本都讓人愛不釋手。

李皇后瞄了眼沒有動靜的書架方向，低笑著感嘆道：「是個很不錯的孩子，你選人的眼光比我好，切記好好珍惜。」

齊修衍還是第一次聽到母后這般直白地誇讚認同一個人，而且還是他放在心尖上的人，臉上的笑意不由得加深，珍而重之地點頭。

元德帝下朝過來的時候，皇后的考校早就結束了，齊修衍的學習速度和應用能力遠遠超過皇后的預期，尤其是外放之後，從屯田到賑災，再到主持開闢福州港，策略手腕常常給她帶來意外的驚喜。

這次回京後幾次相見，李皇后心裡最後一絲牽掛也得到釋然。這個受人之託又讓她傾盡心力栽培的孩子，已經成長到足以獨自面對風雨了。更讓她欣慰的是，他也已經不是一個人踽踽獨行了。

沈成嵐這個皇家新媳婦進宮奉茶，皇上破天荒留了午膳，這個消息還沒等寧親王夫婦吃完飯就已經傳出宮，傳進無數有心人的耳朵裡，不知道多少顆心泡進醋桶了。

年前論功行賞，除了親王爵位和金銀財寶等賞賜，皇上還特別恩賞齊修衍半個月的婚假。沈成嵐向來對齊修衍有求必應，縱著他胡鬧兩天，回門當日起了個大早，精神就有些不濟，已婚有經驗的內眷女人打眼就能看明白是怎麼回事。

許氏一直忍著回到東苑，找個由頭把沈成嵐單獨拎到內室好一頓耳提面命，再三叮囑她切不可縱著王爺胡來，仗著年輕不知節制。

一開始聽親娘念叨，沈成嵐還知道臉紅，聽沒多久就習慣了，不得不說身心適應能力太強大。

知女莫若母，許氏見她眼珠子不安分地滴溜溜轉，就知道自己嘴皮子說破了也沒用，認命地嘆口氣，心裡卻喜孜孜替她高興。

雖然都是皇家貴冑，但和太子相比，齊修衍在景國公府受到的待遇明顯熱情隨和多了，長房夫妻倆看著家宴上笑意盈盈、接受齊修衍敬酒的老爺子和老夫人，心裡又酸又妒，險些繃不住臉面。然而，細究沈老國公對兩位孫女婿差別待遇的緣由，他們也心知肚明，只能承受著。

沈成嵐的這頓歸寧家宴，除寥寥幾個特殊之人，可謂闔府盡歡，循著大昭習俗，回門的新媳婦不能在娘家留到太晚，沈家人縱然再不捨，申時剛過半，便張羅著將兩人送出府。

「別難過，咱們王府離國公府也沒多遠，以後我經常陪妳回來。」因為喝了酒的緣故，齊修衍回程沒有騎馬，陪著沈成嵐一起坐馬車，見她神色間有點懨懨，便寬慰道。

沈成嵐搖了搖頭，身體一歪靠上他肩膀，低聲道：「難過倒不至於，就是有點捨不得，過段時間適應就好了。」

兩世經歷，沈成嵐切實體會到，因為公事離家和結婚後離家是完全不同的感受，她還需要一些時間來適應。

「不過，我挺意外的，沈思清今天竟然沒有回來。」沈成嵐好奇道。

以這段時間沈思清的積極拉攏態度，應該不會錯過這次歸寧宴的機會才是。

說這話時，她的下巴卡著人家的肩膀，齊修衍能清晰感受到她溫熱的呼吸噴灑在自己耳鬢，親暱纏綿之感著實讓人由衷享受，不知不覺連說話的聲音都比平日裡更溫和兩分。「她不是不想回來，而是更顧忌臉面和身段。」

沈成嵐一時聽不懂他話裡的意思，瞪著眼睛仰頭看他。

齊修衍笑著低聲向她解釋。「我如今的親王身分雖不如太子尊貴，但也只比他低半級，妳我尊榮一體，沈思清那個太子良娣的名頭，在旁人跟前或許還能撐撐場面，到了妳跟前……哼！」

齊修衍這人素來一副溫和皮相示人，也就只有在沈成嵐面前，才會如此毫無顧忌地表示好惡。

想到之前提到沈思清回門時，在祖母、母親和嬸嬸跟前仗著太子良娣的身分拿喬，齊修衍就說讓她等著，彼時沈成嵐還不明白他話裡的深意，如今才恍然，心裡不由得湧上一陣熨貼。

上元燈節一過，朝臣們的年假便算是徹底結束了，各大衙門重新開印辦公，禮部尤為忙碌，眼前擺著三件大事：太后壽辰、武科會試、文科會試。

整個禮部以唐尚書為首的堂官們忙得幾乎連軸轉，可待處理的事務依然龐雜，無奈之下，唐尚書頂著一雙貓熊眼、雙腳踩棉花般深一腳淺一腳、飄進御書房跟皇上抹眼淚，慘兮兮哭著跟皇上要人。

新年伊始，各部司裡連普通的司員都沒有閒著，更何況唐尚書一張嘴就要借調侍郎級別的堂官。

元德帝在心裡把六部五寺三法司的堂官們調度往返，最後認命地嘆了口氣，讓郭全親自跑一趟寧王府，把正在休婚假的兒子給宣進宮來。

唐尚書聞言揩了揩鬆弛下垂的眼角上並不存在的老淚，一邊謝恩，一邊迅捷地溜出御書房。

寧王雖未及弱冠，但在外歷練多年，實務紮實，武可掃蕩海寇，文能安治一方，這等人才正是唐尚書作夢都想要的。

然而，金口玉言，皇上前腳剛允人家半個月的婚假，現在就要給人家分派任務，縱然是自己的親兒子，面對面時，元德帝也有點張不開嘴。

郭全不愧是今上的貼心老棉襖，早在回宮的路上就已經旁敲側擊地把情況給透露了，齊修衍想要裝傻充愣，看了看站在皇上身後手執拂塵、笑得面燦如菊的郭公公，無奈地在心裡重重嘆了口氣，掙扎著不想主動躺上砧板。

「父皇明察，我家王妃要參加武科會試，我那親舅子要參加文科會試，兒臣得避嫌呀！」

元德帝當即表示非常體諒。「既如此，你便去幫忙操持操持太后的壽誕吧，你們眾兄弟中，數你與太后最為親厚，由你負責此事，朕更放心。」

上下嘴唇碰一碰，幫忙操持就變成主要負責人，想到可預見的忙碌生活，還處在新婚期的寧親王含淚領命，回府後自然免不了要跟自家王妃賣慘一番，順帶著為當晚討了不少甜頭。

沈成嵐只覺得自己迷迷糊糊沒睡多久，就聽到身側窸窸窣窣的聲音，瞇著眼睛去看，原本睡在她身邊的人正躡手躡腳地下床去撩床幔。

「要去應卯了嗎？」沈成嵐從床上坐起來，嗓音帶著微啞的倦怠。

齊修衍聽到聲音，忙回頭攔住她下床。「乍然接手籌辦太后壽誕，免不得要忙上幾天，妳別掛念我，照常作息準備考試，待忙過這陣子便好了。」

沈成嵐拗不過他，又鑽回被子裡，聽到外間傳來多寶低低的詢問聲，便揚聲讓他和芳苓進來伺候齊修衍洗漱更衣。不多久，穿戴整齊的齊修衍返回來同她打了聲招呼便轉身出門。

沈成嵐叮囑芳苓一定要把膳房準備的食盒讓多寶帶上，芳苓笑著領命，腳步輕快地跟出去了。

卯時還沒到，天色還黑沈沈，廊下掛著的燈籠已經被點亮，道路兩旁的燈幢徹夜未滅，齊修衍跟海公公交代兩句，回頭看到多寶正拎著個食盒往這邊來，便改口不騎馬，改乘馬車。

海公公老臉笑成一朵花地忙不迭讓人去準備，自己一路把王爺送到大門口，盯著人上馬車才施施然往王府裡走。

海公公邊走邊低低哼著小調，心想：自家王爺沒那些嬌生慣養的奢靡習慣是好事，但不知道好好照顧自己也是挺讓人頭疼。幸而現在有王妃在，知冷知熱，又壓得住王爺，善哉！

下了早朝後，齊修衍被皇帝老爹叫到御書房叮囑了一番，又到慈寧宮給太后請安，祖孫倆商談一番壽誕的大致籌辦方向。出宮後，齊修衍要去禮部交辦一應事務，路過鮮客樓時順帶買了兩屜剛出籠的包子打發多寶送回府，自己則帶著兩名侍衛直奔禮部衙門。

多寶回到王府時，沈成嵐已經打過晨拳，正好準備吃早飯，見多寶頂著一腦門的汗，便讓舒蘭給他絞了條帕子擦拭，順帶在一旁的飯桌上給他添一副碗筷。

通常只有她一個人吃飯的時候，沈成嵐就會讓舒蘭她們幾個近身伺候的人陪著一起吃，多寶雖然大多數時候是跟著王爺，但像這樣被留飯的情況也會偶爾有之，漸漸也就放得開了。

「先別急著吃飯，喝口薑湯暖暖胃。」沈成嵐叮囑兩句。

景國公府自從老夫人當家後，就有讓膳房在入冬後常備薑湯的習慣，沈成嵐可以說是喝著薑湯長大的，前往福州後，因著那裡氣候濕冷，薑湯的好處更加明顯地體現出來，這個習慣由此就被她帶進王府。

自己人關上門吃飯，也沒有食不言、寢不語的規矩，沈成嵐順口就問起王爺上朝是否順當，沒想到多寶竟皺了臉。

沈成嵐的好奇大過擔心。「怎麼，又有人找麻煩？」

多寶斟酌一下用詞，儘量如實回稟道：「奴才聽宮裡伺候早朝的小黃門說，王爺在朝房等著上朝的時候，當著文武百官的面公然吃早膳，被御史臺和六科好幾位言官給參了一本，下朝之後就被皇上給叫進御書房訓誡了。」

沈成嵐挑眉，心裡很是不解。「以往上朝，府裡不是一直給王爺準備吃食的嗎？」

多寶點頭。「有的、有的，一直準備著，王爺每次都是在路上就用了，從沒像今次這樣帶進朝房裡。」

沈成嵐微微蹙眉，忽而想到昨晚那人半真半假的抱怨，轉念就恍然了，笑著提筷繼續吃飯。「小事罷了，不用在意，王爺這時候若是真的讓人挑不出丁點兒毛病，咱們才要擔心。」

說是這麼說，但吃罷早飯，沈成嵐就把海公公和負責外院的江管事給請過來叮囑一番，務必更加嚴格約束王府內外人員。

多了當家的王妃，寧王府表面上看似和以前沒什麼區別，實則是外鬆內緊，不但奴婢僕役們行事越發謹慎，就連沈成嵐也藉故準備武考推掉所有宴請，一時間除了在外高調折騰的王爺，寧王府的存在感很是微薄。

# 第二十八章

時間就這麼悄無聲息地向前滑走著，不知不覺就到了二月初三。

無論是規模還是人數，武科會試都要比文科會試遜色不少，但作為選拔武官的一條有效途徑，武科被重視的程度逐年提高，尤其是今上執政這些年，武科加開恩科的次數遠高於文科。

武科會試分內外場，內場考策論，以翰林院二員為主考官，六科及六部各出兩人為同考官，御史兩人為監試官。外場考官則由內閣大學士兩人、五軍都督府都督五人擔任。

大昭武科會試先考內場，內場共三場考試，第一篇，論一篇，內容多出自武經七書。

沈成嵐有著兩世豐富的領兵和作戰經驗，對武經七書的領悟自然比尋常考生通透許多，內場的三場考試完全難不到她，其中的那篇〈定邊五策〉更是連夜被送到元德帝手裡。

內場之後便是外場，外場分為兩場，頭場馬射，二場步射，合格者再試擂臺。沈成嵐是在擂臺最後一場碰上塗圖。

當年塗圖在皇莊短暫待過兩日後，就被塗閣老接回去，一別經年，再次見到，乍眼一瞧，沈成嵐險些沒認出他來。

腰背挺直，腳步穩健，目光堅毅有神，哪裡看得到上輩子那個紈袴公子的影子？

「有禮了！」

沈成嵐感慨之際，站在她對面的塗圖先一步開口抱了抱拳，沈成嵐還沒來得及回禮，忽又被他搶了話。「之前在大街上，雖然姑娘對在下有指路明燈之恩，但這裡是武舉的擂臺，公正為上，在下不會絲毫手軟，還請見諒！」

沈成嵐。「……」

呃，這口氣，聽著就耳熟了，是討打的味道。

秉著想揍就揍的行事風格，沈成嵐客氣地抱拳回了禮，完全沒有對話的興趣，鑼聲一響就先發制人攻過去。

沈成嵐的一招一式是經由一場場實戰反覆淬鍊而成，招式看似簡練，但又快又準，裹挾著讓人震顫的殺傷力，二十個回合不到，塗圖就明顯招架不住。

上一世把這個當街耍橫的小子吊起來抽打的時候，沈成嵐可沒留什麼餘力，這次將人一腳踹下擂臺她卻是故意收了幾分力道，皮肉傷難免，但內傷絕對不會有。

齊修衍熬了兩個大夜，將手頭上的事務趕出進度，為的就是今天親自來校場外接沈成嵐。三遍更鼓聲後，外場考試結束，校場大門敞開，參加考試的人絡繹而出，臉上神色各異，或興奮未平，或扼腕遺憾……

齊修衍仔細打量，沒見一個垂頭喪氣、氣餒不振的人，不由得暗自點頭。

考生們一跨出校場大門便三五成群開始議論，大多是擂臺賽上讓人印象深刻的佼佼者，漸漸地，沈成嵐的名字越來越頻繁地被提起。

習武之人素來敬重強者，沈成嵐身為萬綠叢中一點紅，考試之初難免被質疑，但經此內場考核，尤其是擂臺上的精彩表現，如今從校場走出來，一路上抱拳致意的人絡繹不絕，這般待遇，讓齊修衍看不到她都難。

忽然，一個青衣藍袍、長得挺俊俏的小子從後面追上來，狀似熟絡地跟沈成嵐搭話，齊修衍見狀飛快地皺了皺眉，抬腳朝沈成嵐迎上去。

「過幾日是京城官學一年一度的比武大賽，其中有幾個身手極為不錯的，可有興趣一起去切磋切磋？」塗圖拍著胸口打包票。「妳放心，我有正當門道進去，絕對不會惹麻煩，一起去吧——啊！」

正磨嘴皮子遊說著，忽地一道身影橫插進來，險些撞在一起，塗圖及時煞住腳，心頭躥出一叢火苗，張嘴就想罵哪個不長眼，直到抬眼看到來人才硬生生把嘴邊的話給吞回去，態度恭謙地拱手賠禮。「不知王爺駕到，若有冒犯，還請王爺恕罪！」

齊修衍大度地抬了抬手，說了兩句免禮的客套話，塗圖還算有點眼色，速速告退，不過走出去老遠還不死心地轉身看向沈成嵐的方向，遺憾之意不言而喻。

「那小子是誰啊？」齊修衍淡淡掃了眼轉身溜走的青衣藍袍少年，狀似不經意地問道。

沈成嵐的目光從回頭顧盼的少年身上收回來，心情很微妙，悄聲耳語道：「塗閣老府上的小少爺，上回這麼大的時候是一街頭禍害，還被我堵到當街吊起來抽了一頓。這輩子看著像是開竅了……」

「被陳聰頂替了太子伴讀的那個塗家孫少爺？」上一世齊修衍觸及大權時，塗閣老已然致仕，故而對他府上的情形並不太了解，這一世因為東宮伴讀換人，沈成嵐又痛揍人家一頓，齊修衍才對塗圖隱約有些印象。

「沒錯，就是他。」沈成嵐點頭，想到那小子在擂臺上的表現又忍不住感慨道：「雖然骨子裡還透著欠揍的勁兒，但也算得上是浪子回頭了！」

塗家是大昭有名的書香世家，祖上出過鴻儒、帝師，塗閣老更是三元及第位列閣臣，門生滿天下，塗圖身為塗家嫡孫，改走武科要面對多大的家族壓力可想而知。而且，從擂臺上的表現來看，他的功夫基礎很紮實，非數年不間斷的苦練不可得，由此可見，心性和耐力極為可取。加之上輩子的對比，沈成嵐對他的轉變大為驚豔。

自重生以來，很多人和事都發生變化，上輩子的諸多遺憾得以彌補的同時，因為世事的變化，前路的不確定性也增加了。

夜深人靜之時，沈成嵐也曾從上一世的惡夢中驚醒，唯恐這一世再悲劇重演，但清醒過來，想到活得意氣風發的二哥，想到心意相投的齊修衍，心頭縈繞的驚恐和不安便會漸漸消散。

誠如齊修衍所說，他們重走這一遭，就是要走出一條和上一世不同的路，未來如何，盡力往前走就知道了。

「妳受傷了？」齊修衍察覺到她氣息的變化，急著詢問道。

沈成嵐看他眉眼間毫不掩飾的擔憂，低笑著搖了搖頭。「沒有，就是餓了！」

沈成嵐的相貌稱不上一見就讓人驚豔的程度，卻非常耐看，尤其是那雙眼睛，笑起來如天邊一彎弦月，靈動通透，卻又有著驕陽般的溫熱，就像她這個人，分明深諳痛楚，卻依然活得蓬勃向上。所以，越是相處日久，齊修衍越是對她愛得深切。

皇城之地，天子腳下，貴胄勛爵聚居，百姓們早見慣大人物，但像寧親王和王妃這樣大咧咧牽著走在街上晃的情形還真是不多見，不免都會克制地看上兩眼，也算是儲備談資。

早前在福州城時，他們也常常這樣逛街，只是不能像現在這樣光明正大、名正言順地並肩牽手。

沈成嵐閒來無事時，早把京城好吃好玩的地方迅速逛了個遍，現下難得兩人忙裡偷閒，便不急著回府，帶著齊修衍逛起街來，直到暮色降下，兩人在臨河的一家小麵攤上吃碗餛飩後才打道回府。

一路走來街道燈光璀璨，行人絡繹不絕，小販的招徠叫賣聲、路人的說話聲、孩子的笑聲……錯落交織出盛世安寧的人間煙火氣，平凡至極卻又珍貴無比。

兩人前腳剛踏進王府大門，海公公就迎出來，手裡拿著一張帖子，看顏色和制式，不用他開口，沈成嵐就已經猜到是誰送來了。

「今兒一早您出府後沒多久，太子府就遣人來送帖子，說是務必要親自交到您手上。」

沈成嵐雖然從未明說，但海公公心細如塵，早就看透她對景國公府長房的態度，故而對沈側妃派來的那個奶嬤嬤也僅是表面上客氣，午時不到就把人給打發出去。

沈成嵐接過帖子隨手翻開看了看，給了齊修衍一個果不其然的眼神。「說是給哥哥準備一些考試用的物事，約我明天一起回國公府。」

武科會試結束，文科會試就在眼前，和武科內場不同，文科會試要連考三場，考場的小單間逼仄簡陋，京城此時正值春寒料峭，對應考的文人學子們來說不可謂不艱難。

沈成嵐早早就打聽過了，海公公更是在自家王爺的授意下早備好不少暖裘、暖爐和精炭等實用物件。

「不必勉強應付她，我尋個由頭替妳推拒便是。」齊修衍知沈成嵐素來不喜歡與人虛與委蛇，尤其是面對長房一家。

沈成嵐把帖子交給海公公處理，臉上並沒什麼為難之色。「不妨事，我本來就打算回去一趟。大哥後日就要啟程返回建州，明日你忙完就過來一起用晚膳吧，算是替大哥餞行。」

齊修衍應聲，不忘叮囑道：「若是我忙得晚了，你們不必等我。」

「好，那我挑你喜歡的菜給你留著！」沈成嵐抬眼笑嘻嘻地看著他，碎碎念叨著一連串的菜名，都是齊修衍喜歡吃的。

齊修衍習慣性地去牽她的手，在兩人手指反扣住後，他嘴角的弧度就沒落下來過。

海公公亦步亦趨跟在兩人身後，趁人不注意悄悄以袖子蹭了蹭眼角。

「不行，真不成了，我投降！投降！」沈成嵐扯過錦被將將滾了兩滾把自己裹成個豬肉卷，只留個腦袋露在被子外，額前的碎髮被汗水打濕，軟軟地貼在皮膚上，看模樣被折騰得有點可憐。

寢房內雖然很暖和，但齊修衍手邊只有一件單薄的中衣，還遲遲不見他穿上，沈成嵐終是心疼他，又滾回來鬆開豬肉卷，抖著手臂拉開被子一角把人給納進被窩。

「灶上的補湯早就讓人停了啊，你怎麼還折騰得這麼狠？」沈成嵐在緊纏住自己的手臂裡調整一個舒服的姿勢，色厲內荏地瞪眼睛。「你該不會又偷偷喝了吧！」

不提補湯還好，一提起來齊修衍就恨不得勒斷懷裡這禍害的腰。「三十年後妳再準備補湯也不遲！」

想起那些險些為補湯折腰的火熱夜晚，沈成嵐縮回脖子窩進自家王爺的肩窩裡。「好嘛、好嘛，是我錯了，可是你也罰我好多次了，也該差不多了吧……」

齊修衍聽出她嗓音裡的倦怠，稍稍鬆開手臂，替她撥開額前的碎髮，輕輕落下一吻。「真累了？」

「嗯，睏了。」感受著熟悉而又安心的體溫，沈成嵐的睡意很快湧上來。

齊修衍低聲喚舒蘭送來新的中衣，自己動手替沈成嵐換了，然後兩人才重新睡進錦被裡。這麼一番折騰，沈成嵐卻絲毫沒被干擾。

藉著外面透進床幔裡的微弱燭光，齊修衍靜靜看著沈成嵐近在咫尺呼吸平穩的睡顏，心緒平和地迎接睡意。自從大婚後，每晚有沈成嵐睡在身側，他已經很少再被惡夢驚醒了。

沈成嵐起床時身側已經空了，而她完全不知道齊修衍什麼時候離開的，睡得如此深沈，一來拜齊修衍折騰所賜，二來也是昨日擂臺賽消耗大量的體力。

沈成嵐不習慣過於精細的脂粉，舒蘭便給她上薄薄的淡妝，頭飾配件也都輕便從簡。趁著她吃早飯的工夫，海公公把箱籠裡給沈成瀾準備的東西一一報給她聽，使用時有需要特別注意的地方，也在單子上做好標注，一看就是花了很多心思。

沈成嵐接手寧王府庶務數年，如今名正言順坐上主母位置，處理府務更是得心應手，換作旁人，可能會覺得這些細碎繁瑣的事情非常耗費精力和耐性，但對沈成嵐來說卻是軍務之餘極好的放鬆方式。當然，順帶多賺些銀子也是很大的動力。

差不多到了沈思清在帖子裡約好的時間，沈成嵐才乘著滿載兩個大箱子的馬車出家門。

馬車剛轉過三棠街街角，趕車的馬夫就低聲稟報，說是看到太子府的馬車。沈成嵐挑開車廂一側的簾子，待兩駕馬車擦肩而過時，正好跟對面車廂裡側頭看過來的沈思清打了個照面，示意地頷了頷首，寧親王府的馬車名正言順走在前面，沈思清這個太子側妃的車駕跟在其後。

沈思清自從嫁入太子府後，僅有幾次回娘家走的都是正街的東側門，馬車直接駛進二門門口，然後等著闔府女眷們恭迎，態度看似謙婉得體，擺出的架勢卻一點也沒含糊。

沈成嵐可不想再慣著她，馬車在側門的下馬石前就停下來，沈成嵐俐落地走下馬車，跟迎上來的馮大管家交代一聲馬車裡的東西該送到哪裡，而後就招呼著沈思清一起進府。

沈思清一身的華服美飾，誠然雍容貴氣，但走起路來卻是多費不少勁，等到了老夫人的壽安堂時額頭都沁出汗，隱約透著那麼一點狼狽之意。沈成嵐將她臉上飛快收斂起的憤懣不滿盡收眼底，不動聲色地如常給老夫人請安。

因著沈成嵐的關係，沈思清這次也不好當著她的面用皇家兒媳婦的身分拿喬，難得像出閣前那樣和長房的人坐在一處。

眼下時辰尚早，各房的爺兒們上早朝的上早朝，點卯的點卯，忙生意的忙生意，是以聚在壽安堂的人就是各房太太和小輩們。

沈聿懷正好有事要跟沈成嵐商量，得知她今天回來就沒有出門，當屋裡眾人的話題都圍繞著沈成瀾這個考生時，他們兄妹倆則在一邊低聲商議，不多時沈聿華也過來了，跟屋裡眾人打過招呼後便加入沈成嵐和沈聿懷的談話中。

沈思清知道三房的生意越做越大，二房也有參與三房的生意，現下看到沈成嵐和沈聿懷兄妹聊得熱絡，心思稍微動一動就能猜到，三房的生意恐怕背後少不了寧親王的支持，沈成嵐應該沒少從中牽線搭橋，再思及寧親王府如今的家底，沈思清心中不禁一陣激盪，躍躍欲試的念頭險些壓抑不住，忍不住暗悔今日帶來的禮品有點薄。

雖說心裡懊悔，但沈思清對自己拿出手的贈禮還是極有信心，成套的湖筆，一方端硯，還有一盒徽墨。尤其是那一整套的紫毫湖筆，可是太子生辰時湖州知府送上來的賀禮，本身貴重不說，太子親賜的這份恩榮可是銀錢衡量不了。

沈成瀾客氣有禮地收下這份來自太子和太子側妃的祝禮，致謝誠摯，卻也沒有什麼多餘的受寵若驚之色，只囑咐隨身小廝將東西送回書房妥善放好。

沈思清斂眸掩下一絲不悅，隨即言笑晏晏地看著其他人送出來的物件。

相較於長房，其他人送的東西的確沒那麼貴重，大多是考場用得上的一些實用物件，尤其是取暖和吃食方面。

「這心思可真是妙啊，裡面絮的都是棉花吧？」許氏愛不釋手地撫摸著沈聿華送上名叫「睡袋」的新奇東西，聽說是蒼郁特意花心思做給沈成瀾，心裡更是歡喜。

沈聿華笑著解釋道：「嗯，都是今年的新棉，彈了之後緊緊壓了好幾層，摸著不厚，卻一點也不透風，睡在裡面可暖和了！」

提及自家夫婿，沈聿華眼角眉梢都是喜色，在座大多是善於察言觀色之人，自然都看得出她婚後的生活極為舒心和美。

睡袋的製作圖紙，蒼郁早已先一步呈送給寧親王，寧親王上呈天子，日前已經被列為重要軍用物資秘密生產，其中所用的棉花和細布很大一部分來自於福來商行的供應，只因目前還屬於軍事機密，故而沈家幾個知情人都沒有透露消息。

沈成嵐在看到睡袋的那一刻，就想到即將參加考試的哥哥，但她和齊修衍都不適合送，三叔和三哥也不適合，然而沈聿華就不同了，因為蒼郁在呈送製作圖紙的時候就說明，靈感來自於即將考試的小舅子。

沈思清在太子身邊得勢多年，心思轉得快，附和著老夫人和兩房嬸嬸將蒼郁和沈聿華誇讚一番，聽似順口地要了一個睡袋，得到沈聿華允諾後，眼裡的笑意第一次通達至眼底。

目的達到，沈思清不便久留，先行一步回太子府。大夫人杜氏以送她出府為由，帶著長房眾人先一步離開，壽安堂裡只剩下二房和三房諸人，氣氛頓時隨和下來。

沈成嵐大大吁了口氣，坐姿也跟著隨意起來，許氏看了忍不住連連拍打她的背。

「在王府裡，妳該不會也這般坐沒坐相吧？」

「這不都是自家人嘛，您就讓我鬆快鬆快吧，我可是昨兒剛比完試，還沒緩過來呢！」沈成嵐自認皮糙肉厚，自家老娘拍在後背上的巴掌不痛不癢，完全不在意。

聽她說比試，許氏當即收回手，關切地詢問道：「說起比試，我本想讓袁管事去妳那兒問問，但是妳爹不讓，說是沒幾天就能放榜。妳自己覺得考得如何？」

外場考試一結束，沈成嵐奪魁的消息就迅速傳播開來，只要內場的文試成績不太差，沈成嵐必定上榜，區別只在於名次罷了。

「我自己覺得挺好，就是不知道合不合主考官的胃口。」沈成嵐大咧咧啃著蘋果，讓人看不透她是信心滿滿，還是渾不在意。

全場只有沈老夫人與她一樣氣定神閒，因為早前沈老國公曾私下對她說過，沈成嵐內場上所寫的定邊策，已經被呈送到皇上手裡，還秘宣了內閣、兵部尚書和五軍都督一同商議。文章雖然經過謄寫已經看不出原著者的筆跡，但沈老國公深諳沈成嵐的想法，一聽就知道是出自於她。是以昨日內場考核一結束，聽到消息的沈老國公就暗暗推測，沈成嵐必定名列頭榜。

想到老國公昨晚說這話時驕傲之情溢於言表的模樣，沈老夫人看著沈成嵐的目光越發柔軟欣慰，轉念想到長房那邊最新的動靜，眸色隨即沈了沈，但很快就斂去。

屋裡眾人說說笑笑，沒人察覺到她這一微變，唯獨沈成嵐這個例外。

開考在即，儘管沈成瀾已經做好準備，但大家也不好多占用他的時間，說了一會兒話之後便各忙各的去了，沈成嵐卻沒急著走。

「祖母，您最近可有什麼事費心勞神？」沈成嵐直接開口問道。「是不是和長房有關？」

沈老夫人側首看了眼楊嬤嬤，楊嬤嬤會意告退，出門後尋了個由頭把當值的僕役丫鬟們遣開。

「有些情況不適合在信裡跟妳說得太清楚，這幾年來我一直盯著那邊，老大夫妻倆表面上長著張精明臉，實則才疏智淺，早前發現他們暗中在外面放印子錢，我就安排人緊盯著，剛開始數額還算正常，每年差不多十幾萬兩，隨著清丫頭在太子府站穩腳，慢慢就增加到三、四十萬兩，能調用這麼多現銀，就算是太子府，也有點不太正常了，但是去年一年，用於放債的銀子就激增到一百多萬兩，我不放心，便讓妳爹派了兩個信得過的人去查了查，結果剛收到消息，跟蹤太子府的人發現他們竟然和左陽、長谷兩縣附近的土匪暗中有所接觸，但怕打草驚蛇，沒敢跟得太緊。」

沈成嵐的臉色隨著老夫人的話越發凝重，左陽、長谷兩縣是北上戎安榷場的商賈必經之地，存在匪患多年，大大小小的剿匪行動不知道搞多少次，匪患就是根除不了。

如今聽到這樣的消息，沈成嵐不禁有個十分不妙的揣度，神色越發冷肅起來。「這件事恐怕極不簡單，咱們不便繼續查下去，王爺散衙後應該會過來，到時候讓我爹詳細跟王爺說明吧！」

「我們商量後也是這個意思。」沈老夫人點頭，接過沈成嵐遞過來的茶盞淺淺啜了一口，身體放鬆地靠進背後的軟枕，含笑地打量她，話裡不由得帶上幾分調侃。「如今各家內眷的大小宴上，聽說都少不得要提起妳，真是京城第一紅人嘍！」

沈成嵐倚在一旁嗑瓜子，聞言癟了癟嘴。「茶餘飯後的閒談，八成不是什麼好聽的話。」

沈老夫人失笑。「可不見得，據我所知，大都是羨慕的，只是有的話說得酸了些……」

沈成嵐甚少參加這種內院女眷們的宴會，婚後更是深居簡出全心備考，如今聽著老夫人聊起這些八卦來不禁覺得有意思，要知道上輩子她在貴婦貴女圈中的口碑可是不怎麼樣。

「嘖嘖嘖，真沒想到，我竟然也有讓她們羨慕的一天！」沈成嵐不禁感慨。「當初在十王府讀書那會兒，陳聰敢明目張膽編排我命格不祥，想必少不了她們在背後嚼舌根。」

沈老夫人不以為意地笑了笑。「咱們家本就備受關注，你們二房更是不知道惹了多少人紅眼，好不容易碰上點不如意的事，可不得被拿來磨嘴皮子。」

當年的開國功勛世家傳到今上這一朝已經是屈指可數，景國公府便是其中之一。沈老國公備受聖寵、授掌軍權，沈成嵐的父親在兵部也身居實職，沈成嵐的大哥沈成瀚年紀輕輕就入選京軍細柳營，對於景國公府這種以武立家的門戶來說，起碼接下來的兩代有很優秀的繼承人，更讓內院女眷們豔羨的是，景國公府二房和三房的兩位爺都極為潔身自好，院裡只有一位當家太太，莫說側室，連個通房丫頭都沒有。

沈成嵐早先因為離府別居的事的確惹來不少非議，但一回京就嫁給寧親王，當上堂堂正正的王妃不說，王府裡也是她一人獨大，同樣連個通房爭寵的都沒有，整個王府後院任她橫著走都行，怎能不惹人羨慕嫉妒。

「有地位、家世出眾的男人誰都喜歡，若是自身又有能力，就更容易招惹桃花了，我知道妳和王爺感情好，即使如此，也不能太疏忽怠慢了，正事再忙，也要儘量多關心關心王爺，夫妻相處，本就是多將對方放在心上惦記著……」沈老夫人不急不緩地徐徐說著，見沈成嵐聽得認真、絲毫沒有不耐之色，心裡越發覺得熨貼暖心，話便越發多了起來。放眼整個景國公府，能煩勞到她老人家說這麼多閒話的人，也就沈成嵐一個。

初春白晝短，齊修衍散衙趕過來的時候天色已經完全黑下來，沈成嵐早一步等在大門口迎他，路上便將發現太子府和左陽、長谷兩縣的土匪私下有所接觸的事跟他透了口風，齊修衍乍聽也有些意外。

「曾經……並沒有發生這種事？」沈成嵐用只有他們倆能聽清的聲音低低問道。

齊修衍眉峰微蹙，但很快又鬆開。「事是有的，不過不是大哥，而是另有其人，妳來猜猜？」

沈成嵐見他不為其擾，心思也跟著放鬆下來，凝神苦想了一番試探著回道：「莫非是二皇子？」

二皇子榮王不管什麼時候都是一副溫文爾雅的模樣，臉上常年噙著笑，但沈成嵐卻覺得他比暴脾氣的太子危險得多。

齊修衍勾著唇角，稍稍俯身湊到她耳邊低語。「螳螂捕蟬，黃雀在後，但黃雀身後還有個打雀兒的人，妳絕對想不到是誰……」

沈成嵐心頭一緊，追問道：「是誰？」

齊修衍也不吊她的胃口，回答道：「就是我那個八弟。」

沈成嵐雙目微瞠，意外不已。八皇子懷王便是齊修衍一母同胞的親弟弟，想到寥寥幾次和賢嬪娘娘的見面，想到她對齊修衍的絕情和對懷王的維護偏愛，沈成嵐不由覺得心口發堵如鯁在喉，憑本能地牽上齊修衍的手緊緊握著。

齊修衍感受到她的情緒，也反手回握著。

沈成嵐的手和那些嬌生慣養的世家貴女們不同，什麼柔荑、凝脂之類的讚美詞語統統跟她的手不沾邊，她的手柔韌有力，掌心、虎口和指腹都覆著不同程度的繭子，那是常年習武風雨不輟留下的，手背、手腕和小臂上甚至還有出戰時受傷而留下無法消除的疤痕。這樣的手，在大多數人眼中看來是不美的，但之於齊修衍，只要能牽住這隻手，這一輩子他就永遠不會再成為孤家寡人。

當然，在沈成嵐面前，還是要繼續裝委屈下去，畢竟被王妃偏愛著、心疼著的感覺實在是太美妙了。

「今日早朝後，父皇宣召內閣及六部堂官至御書房，再次商議出兵北上的事，據說，父皇打算同意太子請戰，北上宣同領兵，與涼城、大寧、建州形成一整道北防軍線……」兩人不緊不慢地走著，齊修衍把最新聽到的消息說給她聽，不出意外的話，太后壽誕之後，他們就要著手準備北上大寧府了。

因為是私人出行，齊修衍沒有驚動景國公府眾人出來恭迎，就跟沈成嵐兩人先去壽安堂見了老爺子和老夫人，隨後就直接回東苑吃飯。

許氏最近正忙著和柏氏商定沈成瀚和林君秋的親事，很快就要換庚帖了，所謂人逢喜事精神爽，許氏這兩天看到長房的人都覺得順眼三分，更別提登門者是自己的親女婿了，從頭到尾笑得燦爛，齊修衍恨不得岳母大人接下來馬上給二舅哥物色媳婦。

沈成嵐見他頻頻打量埋頭吃飯一言不發的大哥，暗暗在桌下踢他小腿提醒他適可而止，否則把害羞的大哥惹毛了，自己也得跟著受到池魚之殃。

因為心裡壓著塊大石頭，這一頓飯就數沈二爺吃得略微沈重，待王爺女婿飯碗一撂就把人給請進書房，齊修衍順帶著把大舅哥也一併喊去。

身為考生的沈成瀾陪著母親和妹妹說了一會兒話後也被趕回去休息，暖閣裡一時間就剩下她們母女二人。

沈二爺口風緊，但始終還是瞞不過心思細膩的髮妻，許氏一邊整理著這些日子以來親手給女兒、女婿做的鞋襪和貼身衣物，一邊面帶憂慮地嘆了口氣。「昨晚妳爹翻來覆去一晚上都沒睡踏實，怕是事情不小。」

沈成嵐斟酌片刻，屏退左右，悄聲把事情告訴她。一味隱瞞著，反而讓她娘更擔心。

許氏乍一聽到消息大為吃驚，但很快就鎮靜下來。「得虧老夫人做得周全，喔，對了，去年端午那會兒，聽妳三嬸說清丫頭還找妳三叔，話裡話外的意思是想入股商行，被妳三叔給婉拒了。現下想來，老夫人是一直在防著長房那邊呢，妳三叔八成也是被老夫人提點過……」

越說越覺得真相就是如此，許氏感慨地長長吁了口氣，對沈成嵐道：「咱母女倆的腦子都不太好使，以後我就把心思多放在賺銀子上，妳就好好領兵打仗，把王府大帳管好就行了，這些籌謀算計的彎彎繞繞，還是聽老夫人和家裡男人的吧。」

沈成嵐被她娘自暴自棄的模樣逗得哈哈大笑，雖然不是很想承認，但事實好像真的如此，就算比旁人多活一輩子，沈成嵐依然覺得自己應付不來那些彎彎繞繞的朝堂權謀。

齊修衍在書房裡並沒有待太久，約莫兩刻鐘就回來了，跟他一起回來的沈家父子倆眉眼間也都是神色輕鬆。許氏心裡暗暗吁了口氣，對齊修衍越發心喜。

不得不說，齊修衍在許氏這裡是極為貼心，儘管王府上下可以把沈成嵐照顧得衣食無憂，但這些年來沈成嵐衣服鞋帽的尺寸，他都始終及時更正給許氏，是以沈成嵐從沒中斷過來自母親親手縫製的衣服、鞋子，當然，投桃報李，齊修衍也跟著沾了不少的光，尤其冬天似乎是用不完的厚襪子和鞋墊，就算海風再陰冷潮濕，一整天下來腳下都是乾燥而暖和。這樣的體貼溫暖，是只有娘親真心疼愛的孩子才能享有，託沈成嵐的福，他又是個有娘的孩子了。

東苑門口，齊修衍執意攔下要送他們出大門的岳父、岳母和舅哥們，只留兩個小廝抬著一只箱籠隨行。齊修衍早就吩咐王府的馬車候在東側門外，這樣比從正門出去能少走不少路。

一路上兩人少不得要說起左陽、長谷兩地的匪患，他們心裡都清楚，京裡的根源不解決，兩地的匪患就無法徹底剷除，此事只能徐徐圖之，急不來。

# 第二十九章

太后歷來不主張大辦壽宴，尤其像今年這樣正巧趕上文科會試的時候，但這次卻一反常態沒有拒絕皇上的提議，眾人私下猜測，應該是想藉壽宴給病中的皇后沖喜氣。

齊修衍不負所望，這場壽宴辦得極為盛大熱鬧，最後一場煙火一直持續到將近子時，舉城歡慶，儼然又一個上元節熱鬧夜。

這一天跟著眾人給太后娘娘拜過壽後，沈成嵐就一直伴隨在皇后娘娘身邊，夜晚的煙火表演前齊修衍也尋過來，宮院內一隅廊下，即使漫天煙火，卻也只能窺得一角。好在身邊還有忠婢和貼心的孩子陪伴。

煙火過後不久，沒想到皇上竟然駕臨，齊修衍和沈成嵐趕在最後一刻出宮門，彼此相視良久，雙雙露出一絲苦笑。

太后壽辰翌日，皇上在早朝上當廷宣布，恩准皇后自請廢位，消息一出，震驚朝堂內外。朝上不少大臣力諫，但這次皇上的態度異常堅決。沈成嵐知道這件事的時候只是沈默一會兒，為隱約可察的預感難過，又替皇后終於得償所願感到欣慰。

這些年來廢后的事越來越頻繁地被提及，時至今日成真，乍一開始惹來不少議論，但貴冑朝臣也好，平頭百姓也罷，心底其實都沒那麼意外，加之文科會試開考，人們的關注被分散大半。

然而，會試第二場還沒結束，宮中就發出喪報，廢后病歿，甚至還沒來得及搬離坤寧宮。因為已經廢位，喪葬禮儀按逝者遺願一切從簡，就連陵墓位置也是選在距離帝陵最遠的角落。

不知情的百姓難免在心裡暗暗感嘆一句人走茶涼，可只有寥寥可數的幾個人才知道，廢后下葬的當晚，一駕載著冰棺的馬車悄然離京，馬不停蹄奔赴西北邊陲一個不起眼的小鎮。

「王爺，咱們也回吧。」春夜的朔風依然寒冽，沈成嵐目送馬車消失於夜色裡，轉身望向與她並馬而立的男人。

不能送完娘娘最後一程，或許會成為他這一生都無法磨滅的遺憾，但生活從來如此，哪怕像他們這樣能重來一回，依舊無法逃脫遺憾和不完美。

齊修衍聞聲從暗色中收回神，看到沈成嵐眼底的關切和憂色不由得彎了彎嘴角。「放心，我沒事。其實我是替母后高興的，當年她為了保護那個男人屈從家族的安排入宮，雖然與父皇達成君子協定，但那個男人還是早早就戰死沙場。對於未亡人來說，死亡其實是解脫，他們終於就要團聚了……」

聽著齊修衍用平靜甚至帶著欣慰的語氣說出「未亡人」這三個字的剎那，沈成嵐的眼淚霎時不爭氣地湧出眼眶，心臟陣陣糾痛。

齊修衍被她無聲淚湧的模樣嚇得一時無措，手忙腳亂地掏出帕子傾身替她擦拭。「快別哭了，都是我不好，不該說這些話讓妳難受。」

沈成嵐不好意思地搶過帕子囫圇抹了把臉，好在有夜色遮掩，讓人看不清她此時的大紅臉。

他們二人是得皇上的恩准才有機會送這一程，縱有再多不捨，在距離京城六十里時，他們還是停了下來。齊修衍提議先到京郊的莊子上歇歇腳，沈成嵐婉拒，夜裡雖冷，但兩人穿著厚毛大氅，並不覺得十分冷，驅馬不緊不慢地往回走，算得上是回京以來難得的悠閒時光。

兩人隨著最早一批人進城，回府後草草洗漱過一番又吃了點東西墊肚子，齊修衍就拉著人補眠。太后娘娘的壽辰宴過後，他又暫時成了閒人一個。

沈成嵐睡得並不太踏實，今天是文科會試的最後一場，她想去考場親自接哥哥。舒蘭掐著時間躡手躡腳走進內室，還沒走幾步床幔就被撩開了，沈成嵐示意她噤聲，一先一後走出來。

「晌午開始天就轉陰了，看樣子像是要下雨，海公公讓人備了馬車，您還是乘車去吧。」舒蘭熟練迅速地替她盤髮。

沈成嵐應下，穿戴整齊後交代一聲「不要打擾王爺」就出門了。正如舒蘭所料，馬車剛拐過貢院所在的長寧大街就開始落雨點，越下越大，等到考場門口的時候已然是大雨的架勢。

景國公府的馬車來得更早一些，沈成嵐尋過去，打開車簾一看竟然是她娘親自來了，母女倆湊在一起邊閒聊邊等著，時間倒也過得很快。

散考時，雨勢並沒有小多少，沈成嵐讓車夫把馬車停在距離考場出口最近的地方，雨雖然大，但幸好沒風，馬車的簾子挑開一半，能清楚看到即墨撐著傘候在門口，隨著學子們陸續走出來，沈成瀾的身影終於出現在視線裡。

沈成瀾是跟著幾個人邊說邊笑從裡面走出來，雖然都撐著傘，但下半身幾乎都被雨水打濕，臉上也都多多少少透露著疲憊，看起來有些狼狽。

沈成嵐見狀喊來牧遙低聲交代一番，隨即就見牧遙迎過去把沈成瀾一行人帶向王府的馬車。

許氏向來行事謹慎，低聲問道：「用王府的馬車送那幾個學子回家，會不會被有心之人拿來說道？」

「不妨事，只是府裡尋常的馬車，也沒有掛王府的牌子，尋常人認不出來。就算被認出來也無妨，大雨天送幾個應考的學子罷了，和那幾位在府裡公然辦詩會的相比不值一提。」

許氏瞄了眼車外，暗暗擰了她一把。「妳呀，什麼話都敢說！」

沈成嵐笑嘻嘻往一邊躲。「哎呀，我也就在您面前說說！」

許氏哪裡捨得真用力，知道她心裡有數便放心了，不多時沈成瀾趕過來，母女倆忙將人迎進車裡。

沈成瀾換了一身乾淨的外袍，接過熱茶雙手捧著淺淺啜了一口，整個人都跟著暖和起來。他常年習武，身體較尋常學子強健許多，臉上並沒有明顯的疲色，沈成嵐和母親見狀算是徹底放下心來，一路上的話題多圍繞著在考場裡的吃住情況，至於考得如何並未多問。

武科會試的榜單昨日就已經公布出來，沈成嵐毫無意外摘得榜首，彼時她正跟著齊修衍在宮中為皇后娘娘守靈，海公公代為接下喜報，並將門房遞上來的拜帖悉數婉拒。

「聽老爺子的語氣，妳這次極有可能被點為武狀元，屆時出兵北上，必定要受職出征……」許氏的心情甚是複雜，一方面為沈成嵐的出眾而驕傲，一方面又為著她即將面對戰場而惴惴不安。這些年來，她將夫君和一個兒子送去邊陲，如今又要將女兒送去戰場，堅韌如許氏也會忍不住膽怯。

景國公府，累世公卿，門庭的榮耀是一代代人用實打實的軍功傳承下來。如今的國公府，三房志不在此，長房無才無德卻空占世子之位，躺在二房的功勛冊上坐享襲爵不說，還總要壓自家一頭，許氏心裡終有些意難平。

現下雖然在外面，但街上因為大雨路人稀少，馬車內外都是自己人，說話反而更方便，沈成嵐斟酌一番，將自己跟隨齊修衍北上大寧的消息低聲告知娘和哥哥。

沈成瀾絲毫不覺意外，這兩年旁觀王爺和妹妹相處，就算是妹妹被派去西南鎮邊，王爺估計也會找個由頭跟著一起過去。

相較之下，許氏的反應就豐富多了，從最初的驚訝化作欣慰，而後別有深意地盯著沈成嵐好一番打量，如釋重負地嘆了口氣，語重心長叮囑道：「有王爺就近照拂，我就放心多了，妳也懂事些，少讓王爺對妳操心。」

沈成嵐佯裝委屈。「我很懂事，不信妳問二哥，分明是我更操心他呢！」

沈成瀾低笑不語，許氏暗暗咬牙擰了她兩把，又被她的厚臉皮逗笑。

不知不覺中馬車駛近十王府，不多時車簾外傳來車夫的稟報聲，王府側門到了。

「殿試結束後得空，和王爺一起回家來吃個飯吧。」許氏目送女兒下車，壓抑著滿心不捨地說。

開始起風了，雨水被颳著斜進車廂，沈成嵐滿口應和著，撐傘上前兩步將車廂門關上，風雨隔絕。

武科會試的榜單一經公布，寧親王府和景國公府再度成為萬眾矚目的焦點，但這兩家卻越發低調，拜帖能擋則擋不說，就連府中下人們也被約束得愈加嚴厲。

遵照聖意，武舉殿試被提前到二月十八，順承殿文考後，皇上親自在西教場考校騎射。

沈成嵐身著輕甲，頭上的盔纓隨著戰馬的快速奔跑而搖動，忽地見她雙腿夾緊馬腹傾身斜側，搭箭拉弓鬆指，箭矢如流光閃過徑直穿透前方正在移動中的人型靶，動作嫻熟流暢，恍若信手拈來，看臺上的元德帝見狀不禁撫掌大喝精彩，一同觀看的皇子和朝臣們暗中交換目光，對這場殿試的結果幾乎已經有數了。

殿試次日，文考讀卷，又次日放榜，沈成嵐意料之中被點為武狀元，與武榜眼、武探花跨馬遊街，引得無數人圍觀豔羨自不必說。

不多久，文舉會試放榜，沈成瀾摘得魁首，景國公府一時間風光無量。

「外頭的人都在說，若是二公子也考了個狀元，那咱們國公府就是一門兩狀元，還是文武雙全，放眼咱大昭也是獨一份……」牧遙跟著舒蘭一邊挾核桃，一邊說著外面的見聞。

正式的官職冊封還沒有下來，沈成嵐難得偷得浮生半日閒，一邊翻閱各處送上來的日常奏報，一邊聽著牧遙打聽來的八卦消磨時間。

「妳這日子過得倒是愜意。」蒼郁登門，見她這副生活既羨慕又嫉妒，辭官務農的念頭又翻湧上來。

沈成嵐一眼看透，毫不客氣道：「你已經不是一人吃飽全家不愁的時候，難道還想讓我姊姊養你不成？」

蒼郁卻不吃她這一套，撩袍就坐。「只要娘子願意，我們家完全可以女主外男主內。」

事實上自從大婚後，蒼郁就把家底統統交付給沈聿華，田莊鋪子平日裡也都是她在打理，家裡的小金庫迅速充盈，在他看來娘子居大功。他麼，按月領花用，和被媳婦養似乎也沒什麼區別。

沈成嵐就是欣賞他臉皮夠厚，讓舒蘭給他重新沏壺茶，蒼郁立刻眼神亮了兩分，得寸進尺又討了二兩好茶。寧親王府素來節儉，唯有茶都是極好的。

「林姑娘就要跟著林夫人回淮南，聿華讓我捎句話，說是妳給她餞行的時候一定要喊上她。」蒼郁說道。

沈成嵐迅速流覽完蒼郁帶來的記事冊，圈出需要進一步商討的地方，聞言滿口應下，說：「雖然倉促了些，但總算能趕在大哥返回遼東前過了婚書，如今咱們也算是一家人了，我尋思著就在你那裡擺宴吧，清靜。」

寧親王府也好，景國公府也罷，現下都挺招人眼，她們姊妹三個私下小聚，在三姊那裡再合適不過。

蒼郁自然沒有不方便，極為爽快地應下。不多時，王府外院管事帶著莊園各主事聚齊，兩人移步議事廳，一商討就忘記時間，等到出來的時候已經日暮西斜了。

知道三姊在家等著蒼郁，沈成嵐便沒有留膳，回到主院一問才發現齊修衍竟然到現在還沒有回府，海公公剛想開口詢問是不是派人去宮門口打聽，外面就傳來通報，說是王爺回來了。

沈成嵐讓人擺膳，自己則迎出去，剛走出廊下就看到從月洞門拐進來的齊修衍。

「怎這麼晚？」沈成嵐問道。

齊修衍見她只穿著夾襖便將自己的大氅解下來替她披上，稍緩的神色再度緊繃起來。「今日早朝上，父皇正式宣佈對北境增兵，散朝後內閣和兵部戶部一干重臣被宣召入御書房議事，我和太子也被叫去旁聽。」

沈成嵐攏著大氅的手一頓。「只是旁聽？」

太子自冊立以來雖然勤於觀政，奈何在政事上委實沒那個天分，資質平平已經是過於中肯的評價，想來太子殿下自己也意識到了，又有二皇子珠玉在前，於是轉變策略，在兵事上頗花些心思。這次大昭對北境用兵，齊修衍領兵出征已然是定論，御書房議事找他去並不奇怪，太子在場麼，意味就有些深了，之前他就明確請戰了。

「皇上真打算派太子出去歷練？」沈成嵐說得挺委婉。

太子打從出生起就沒出過京城，見過最大的兵事陣仗恐怕就是每三年一次的京軍大演練，打仗這種事，紙上談來終覺淺，太子卻連紙上談兵都沒談明白，讓他領兵出征，皇上真會放心？

齊修衍一眼看透她所想。「太子在早朝上再次請戰，態度挺堅定的，父皇沒有當廷表態，但御書房議事叫上他，看意思八成是允准了。」

「太子畢竟是儲君，之前從未領過兵，初次就指揮這麼重大的戰事，萬一……」沈成嵐念頭忽地一閃。「莫非朝堂上又有變故？」

齊修衍點頭。「皇后的寶座剛剛空出來就有人沈不住氣，這幾日不斷有人上摺子請立新后，連宗人府也有不少人跟著遞摺子。」

雖說這些年不在京中，但因為時常給皇上送年節禮、拍龍屁表忠心的緣故，沈成嵐反倒有更多的機會了解今上，這位可不是耳根軟的主兒，從皇后娘娘這些年穩坐后位就看得出來。

沈成嵐不禁搖頭嘆息。「貴妃到底還是太心急。」

齊修衍輕笑。「她一直都急著要那個位置，眾人皆知。若只是太子一黨積極為沈貴妃爭取后位倒也罷了，這次上摺子的人裡面，還有不少榮王那邊的。」

「二皇子的人擁立沈貴妃為后？」沈成嵐失笑。「挺有意思。」

「浸淫宮闈這些年，郭淑妃慣會用以退為進這招，二皇兄倒是學得青出於藍，可惜啊，父皇耳聰目明，這個時候越把沈貴妃和太子往火堆上架，父皇的警惕心就會越強。」

沈成嵐聞言嘿嘿一笑，悄聲應了句。「這時候蹦躂得越歡，摔得越狠！」

齊修衍長臂一伸，攬住她的肩緊了緊，表示英雄所見略同。

正如齊修衍和沈成嵐所料，接下來幾天所有呈遞請立新后的奏摺統統留中不發，早朝上有人當面奏請，皇上的態度也極為平和，常常讓奏請的大臣說得口乾舌燥。

請立新后這件事，甭管懷著什麼初衷和目的，太子一方也好，二皇子一方也罷，翻過來調過去也就那麼一套說詞，皇上耐性好，但那些務實肯幹的臣子們耐心卻逐漸耗盡了。

北境調兵、春耕、防洪築堤、擴修官道……哪件不是關乎國運民生的要緊事，哪能浪費寶貴的早朝時間聽他們老調重談！

於是乎，經過幾次激烈的語言和肢體溝通，隨著數位請立新后的大臣因為說話太多中氣虛耗被抬出大殿，早朝再度恢復如常。

后位依然空懸，上摺子奏請立后的大臣們無一人遭訓斥，沈貴妃依然主理後宮，太子的請戰，也獲准了。

讓沈成嵐覺得更詭異的是，太子請戰獲准，除了務實中立派的幾個大臣明確表示異議，各方竟都默契地保持沈默。

或許就像齊修衍所說，太子需要這樣一場戰事，站在太子對立方的人也同樣期待著這樣一場戰事。不同的是，前者急需一場漂亮的勝仗，後者則不然了。

不管怎樣，北方的戰事已然敲定，皇上雷霆手段，不消兩日，任命詔書接連從朝中發出，大昭北境由西自東設置涼城、宣同、大寧、建州四大帥帳，宣同帥帳由總督陸老將軍鎮守，太子任監軍，抽調十萬京軍增補。寧親王齊修衍坐鎮大寧，都指揮使梁翟為副將，沈成嵐為驍騎參領，抽調五萬京軍增補。

此外，涼城帥帳和建州帥帳則分別由永國公范大將軍和景國公沈老將軍坐鎮。皇上居於京城，親自作為總調度，為四大將軍帳統籌兵械輜重，志在經此一役徹底消除北境隱患。

戰事在前，整個寧親王府上下都忙而不亂地運轉起來，待到五萬京軍抽調整合完畢，沈成嵐告假一天和齊修衍一起回景國公府，與家人辭行。

沈老國公接下詔命後便即刻啟程返回遼東，沈二爺稍晚一步，已於三日前押送第一批輜重離京。

接連送別丈夫、兒子、女兒、女婿奔赴戰場，許氏這些日子因為親人重聚而生出的歡喜消磨殆盡，牽掛憂慮是一定有的，但面對他們，許氏由始至終都是溫和從容，絕不願再給他們添一絲顧慮。

然而從家門出來一坐上馬車，沈成嵐就忍不住紅了眼眶。活了兩世，沈成嵐自認對得起身披的戎裝，對得起戍守一方的百姓，唯有對默默守候在自己身後的親人滿心虧欠。

「別怕，這一次都還來得及。」

齊修衍不說還好，這話一出口，沈成嵐當即就被逼出了眼淚。

大咧咧如她，也會在午夜夢迴時分不清這重來的一世究竟是真實的，還是自己的黃粱一夢。可即使是夢，她也認了，努力作一次美夢。

三月初的京城已經新芽初萌，然而越往北走，寒意越濃，待穿過平梁丘陵，北地草原一馬平川，無所遮攔的凜冽朔風撲面而來，颳得人臉皮疼。

都指揮使梁翟早已率人候在城外迎接，視野裡人影未至，耳邊就隱隱聽到滾滾馬蹄聲，如悶雷翻湧而來，不多時，獵獵旌旗躍入眼簾，瞬間視野裡斥滿黑壓壓的人影。

沒有鳴鑼開道，沒有車駕儀仗，寧親王輕甲加身，與普通騎兵一樣一路疾行提前抵達大寧城。

梁翟從驚詫中快速回過神，絲毫不敢怠慢地將人迎進城，徑直帶到總督衙門。

寧親王奉命前來大寧，可不僅僅是為了即將到來的戰事，還兼著另一重身分：大寧府總督，手握大寧地界軍政大權。

更讓梁翟對寧親王心生敬畏的是，這次開戰，他們大寧帥帳無監軍，一應決策部署均由大帥全權定奪，這樣便少了許多掣肘。同時也能揣度出皇上對寧親王的信任程度。

齊修衍只帶著一支王府親衛進城，左參將唐通則率領大部隊直接奔赴北郊大營駐紮。

「大帥，接風宴已備好，請您和沈參領先移步後宅稍微梳洗，下官們在前廳恭候。」梁翟雖為武官，察言觀色的本事自認不輸給那些個文官，王爺、王妃一身輕甲出現，擺明是要以軍事為重。

聽到這般稱呼，齊修衍很是欣賞梁翟的識趣。「也好，今日先不忙著議事，宴席結束後你們早些回去歇息，待我巡視過大營後再擇時間。」

梁翟滿口應下先行告退，一直候在門外的多寶和舒蘭趕忙進來幫兩位主子脫下甲冑，芳苓已經帶著幾個隨從備好熱水了。

總督衙門的格局與一般衙門無二，前衙後宅，進來這一路上沈成嵐留心瞧了瞧，不少地方看得出來剛經過翻修，庭院屋舍灑掃整潔，通透敞亮，是北地典型的建築風格。

「奴婢剛剛在院子各處逛了一遭，拾掇得很乾淨，就是各屋擺設空蕩了些，拿得出手的擺件一個也沒瞧見。」芳苓熟練地幫自家王妃束髮戴冠，中肯評價道：「大寧果然如傳聞所說，並不富裕。」

沈成嵐指了指身前銅鏡裡不太清晰的自己。「嗯，看得出來。」

大寧城距離落雁關不足四十里，距離最北的踞風關也不過八十多里，當年在任者將總督衙門從鶴城遷至大寧城，便是存了誓死守國門之意。大寧府北部三州十二縣直面北地草原，常年受牧雲三部侵擾，近十年雖沒有大規模用兵，但小規模的戰事年年都有，打仗拚的是兵，還有銀錢，像大寧這種年年有戰事的邊城，真建出個富貴窩的總督衙門才有鬼。

沈成嵐素來隨遇而安，對住處並不挑剔，乾淨整潔足矣，但大寧卻不能繼續窮下去，她對齊修衍振興大寧有信心，而自己能做的，就是盡全力為他清除外患。

寧親王奉命鎮守大寧，按理說這場接風宴應該做足排場，但眼下情勢特殊，戰事迫在眉睫，誰也不想給新上任總督大人留下疏怠備戰的初印象，故而雖有酒有菜，但都十分克制，半個時辰不到就散席了，府衙門口當值的差役見到諸位大人一個個神智清明、腳步穩健地走出來大感意外。

今日天氣大晴，眼下未時過半，正是暖和的時候，齊修衍提議出去逛一逛，沈成嵐欣然應下，也沒讓多寶和牧遙他們跟著，就帶著兩個親衛微服出府了。

上一世沈成嵐跟著大哥到長寧馬場提取戰馬，因為離大寧城不遠，所以抽空來大寧城逛了大半天。

「我和大哥來的時候可比現在熱鬧多了，西城有個挺大的馬市，還能見到不少番邦人，就是味道太重了，隔著好幾條街都能聞到那股馬糞味……」沈成嵐邊走邊低聲跟齊修衍說著那時的所見所聞，本以為早就忘卻的往事，這一刻被眼前的景物刺激得再次鮮活起來。

齊修衍一如既往耐心聽著，彷彿從不曾踏足過這座城。上一世交錯的時光在此刻重合，他們終於能在同一個時刻走在同一條街道看著同樣的景致，人生如此，何其有幸。

大寧街道上的積雪還沒完全融化，沈成嵐尋著記憶竟然找到當年曾經光臨過的那家羊湯店，小小的鋪面裡只擺得開四、五張桌，拾掇得很乾淨，老闆和老闆娘比記憶裡年輕不少，但肉饃和羊湯還是那個味道。

羊湯店老闆依然是個愛攀談的人，沈成嵐見到他們倍感親切，聊得竟也投機，對去年冬天的天氣等情況大致有所了解。

「梁翟今日得到最新奏報，踞風關外的地堡發現斥候的蹤跡，看來牧雲三部的處境已經容不得他們再多等了。」齊修衍放下床幔，動作嫻熟地鑽進已經被沈成嵐焐暖的被窩。

寢房裡沒有火牆，地龍也是舊式，燒得再多也沒王府的屋裡暖和，然而兩個人睡在一起都不覺得冷。

「去年入冬的那場大雪下得又早又急，據說不少莊稼還沒來得及收割就被大雪埋了，牧雲三部匆忙之間只顧著在踞風關一帶打劫穀草，屢屢碰壁後才想到去集寧榷場囤購糧草，可惜沒多久集寧榷場就關閉了。按踞風關傳回來的奏報，牧雲三部掠走的糧草只有往年的三成，如果沒有其他屯糧管道，牧雲三部目前的狀況恐怕非常糟糕。」晚膳前梁翟派人送來最新的奏報，情勢比他們預想的更嚴峻。

三部的狀況越糟，意味著對大寧的掠奪越瘋狂，戰鬥會更加激烈。

沈成嵐忽然蹙眉，問道：「太子應該行程過半了吧？」

齊修衍身體驟然繃緊，沈吟片刻道：「從兩日前傳回的消息來算，行進順利的話應該到順城一帶……」

今上雖然不願意看到自己的兒子們結黨，但也不想看到他們明目張膽彼此刺探攻訐，故而齊修衍這些年雖然在幾處安排暗探，但相較於其他兄弟，行動則隱晦多了，好處是沒有觸犯皇上的忍耐底線，弊端是有些消息不能第一時間獲取。譬如這次太子的行軍進程，三到五日收到一次消息算是快了。

從第一次收到太子那邊的消息開始，齊修衍就有種隱隱不安，不知從何而起，但始終縈繞在心頭無法散去，現下被沈成嵐這麼一提，不安感愈加強烈，陡然翻身起來去翻書箱。

值夜的多寶聞聲在門口外詢問，沈成嵐出聲擋了回去，自己起身替齊修衍披了一件厚袍子，又把房裡的燈都點亮了。

「你在擔心什麼？」沈成嵐雖然在日常生活中不拘小節，但事關齊修衍她卻十分敏感，這一路上就發覺他心緒有些不寧，每每收到太子那邊的消息時尤為明顯。

大昭的詳細輿圖乃至高機密，齊修衍手裡這一份是他憑藉上一世的記憶花費數年時間勾勒出來，雖不能十分精確到每一個縣，但大致位置出入不大，尤其是一些軍事重鎮和關鍵府縣都有重點標注，每每看到這九塊輿圖，沈成嵐都不禁由衷敬佩齊修衍，這得看過多少遍才能將如此遼闊的疆域深深烙印在腦海裡。

心裡如此感慨著，沈成嵐的目光落在齊修衍的手指上，很快被他指尖的移動軌跡震驚到。「這……這不可能吧？」

齊修衍的食指徘徊在偏離太子既定行軍路線的一小塊區域，燭光映照的臉上籠罩著一層肅穆之色。「之前經祖母提醒，我讓人去仔細盤查左陽、長谷這兩縣的土匪寨子，初查下來和太子府有所牽連，再挖深了細查，竟然還有榮王的影子。」

沈成嵐心下一驚。「二皇子？」

「不錯，隱藏得十分深，若非馮九心細又有經驗，恐怕也發現不了。」齊修衍道。

「二皇兄把這條線藏得這麼謹慎，必定是要派上大用場。」

沈成嵐問道：「你懷疑這次太子出征就是大用場？」

齊修衍道：「太子這次帶著十萬大軍北上，戰事近在眼前，途中稍有貽誤便是大罪，就算是儲君也沒法承受的重罪……」

屋中頓時陷入一片沈寂。

「太子應該不會那麼不知輕重吧？就算他不知，身邊的那些幕僚總還能規勸著……」按回京以來這段時間對太子的了解，沈成嵐這話說得並沒什麼底氣。

高位坐久了，極容易被奉承和討好蒙蔽雙眼，成為剛愎自用滋生的溫床。

上一世肅清大昭北境外患的大戰要比現在晚兩年，而且是今上御駕親征，打了將近一年才以阿古達木汗王庭提交停戰國書而結束。

然而，一場突如其來的大雪災讓歷史的洪流發生偏移，沈成嵐完全能夠理解齊修衍的顧慮。「不管怎樣，我都能守住大寧城，你想做什麼儘管放手去做，皇上若是怪罪，咱們一起擔著便是。」

沈成嵐與蒙北騎兵打一輩子的交道，尤其是牧雲三部，儘管時間發生改變，但在騎兵、輜重、軍情等方面的準備也是不可同日而語，沈成嵐有信心穩住大寧城這方關口，更何況她還有個殺手鐧沒有祭出。在牧雲三部雖然只是個口口相傳的故事，但沈成嵐覺得這件事的可信度還挺高，趁這次機會可以試一試，待印證結果之後再告訴齊修衍也不遲，免得空歡喜一場。

「好。」齊修衍還不知道沈成嵐心裡打著的小算盤，但只要有她在，那種有人可依靠的感覺便會如影隨形，對齊修衍來說，這種體驗是新鮮的，妙不可言，足以沖淡所有未知狀況帶來的困擾。

「我給父皇呈送一份加急密報，權當是未雨綢繆了，之後麼，只能走一步算一步了。」齊修衍說。

沈成嵐贊同，在齊修衍寫密摺的時候，小心翼翼把輿圖收拾起來放回書箱，任誰也想不到這個看起來平凡的小書箱裡竟然放著如此重要的東西，誠如蒼郁所說，最危險的地方就是最安全的地方。

翌日一早城門剛開，一騎快馬馳離大寧城，馬不停蹄奔往京城方向。

總督衙門，一身輕甲的齊修衍和沈成嵐早早出府巡視駐軍大營。

北郊駐軍大營，沈成嵐一進驍騎營就察覺到氣氛有些不對，正是出操的時候，校場上以指揮臺中軸線為界，從臺上的將官到臺下全副武裝的騎兵們，涇渭分明化為兩大陣營，一方是大寧本地的守備騎兵，另一方是由寧王府三千府衛親兵和京軍騎兵組成的外來戶。

這種互看不順眼又礙於軍紀不能狠狠教訓對方一頓的場面，沈成嵐簡直見怪不怪，側身低聲詢問自己的副手。「從昨兒入營到現在真的一場私架也沒打？」

塗圖臉上的平靜險些沒崩，磨著牙小聲回覆。「都是謹遵軍紀的士兵，不是街頭的混混！」

從塗大少嘴裡聽到這番話，沈成嵐恍然有種時空錯亂之感，塗閣老不知道上輩子燒了多少高香、積了多大的福德，塗大少這輩子能長得如此端正良善。殿試中，塗圖雖沒有考進一甲，但在二甲中名次很靠前，又求著塗閣老，得到驍騎左副尉的職位，做了沈成嵐的副手。

驍騎營在大戰中多數要充當前鋒，有太多與蒙北騎兵正面交鋒的機會，因此十分危險，即使是沈成嵐也要親自帶兵衝鋒，塗圖作為副手自然也要面臨同樣的險境，塗閣老肯把塗圖送到這個位置，沈成嵐委實意外，但更多的是敬佩，力所能及之內，她也會盡力提攜教導塗圖，照顧保護就不必了，他是堂堂正正的武舉出身，是保家衛國的將士，躲在人後被人保護是對他的羞辱。

不過麼，像塗圖這種少爺兵也要給一些別樣的關懷，讓他們在最短時間內見識到什麼是真正的沙場。戰場上的折損，相當大一部分是來自於初次上戰場的「新兵」。

軍中讓人信服的方式簡單又粗暴，一切憑實力，於是驍騎營沈參領巡查大營第一天，營裡就展開轟轟烈烈的大比武，從單人弓馬騎射到不同規模的方陣衝鋒配合戰，比得熱火朝天，看得別的營躍躍欲試，很快就紛紛仿效。

沈成嵐在軍中迅速從寧王妃徹底轉變為沈參領。

齊修衍坐鎮軍中大帳，處理軍中事務同時，開始分批次召見大寧政務官員。

自踞風關外逐層向北增建地堡、瞭望墩臺和敵臺，增加巡邏小隊，清理疏通大寧城、落雁關、踞風關至鶴城、杞縣、羅州府的糧馬道，增設開遠、奉遠等六縣屯田數……一條條告令從駐軍大帳中發出，涉及大寧軍事、政務和民生，等到押送後續輜重的齊修明抵達大營的時候，齊修衍已經基本掌控大寧全域，而沈成嵐也已經帶著驍騎營和小股蒙北遊騎有了幾次交鋒。

齊修明執意請戰，皇上擰不過只能答應，但也不可能讓他真的上前線，於是把他塞到輜重營，給翼長當副手，皇上都想好了，只要他彎不下腰，就有正當理由把人扣在京軍大營裡，然而齊修明壓根兒不給皇上機會，絲毫沒猶豫就答應了，做事更是事必躬親、謙虛細膩，讓皇上找不到任何藉口，只能放他跟著大寧的輜重營來到駐地。

帶來充足輜重的同時，齊修明也帶來一個不算好的消息。

「這次父皇派了常英侯監軍宣同，路上三不五時就往京城遞摺子，對太子行軍速度頗有微詞，惹得父皇連發兩道訓誡給太子。途中大軍雖然沒有轉道，但太子還是調派三千軍士繞道左陽、長谷兩縣剿匪。」齊修明灌了口茶，繼續說道：「我最新聽到的消息是，那三千軍士在左陽、長谷兩縣圍剿數日，蕩平不少山寨，滅掉的卻都是小魚小蝦，真正的土匪頭子早就跑得影兒都沒了。這回啊，太子恐怕要被父皇的訓誡罵得狗血淋頭了！」

齊修明雖然年紀不大，可跟在三哥和師傅身邊多年，大局觀很好，對將士也倍加愛惜，因此見太子糊塗武斷，受訓斥純屬應當，只可惜了那三千將士，還沒跟真正的敵人交手就輾轉奔波跑去剿匪，不僅沒有功勞，還要受牽連被記過，當真憋屈！

大帳內沒有外人，沈成嵐便由著他發了一通牢騷，面上不顯，心裡卻和齊修衍一樣大大鬆了口氣。

萬幸啊，大軍行程沒有被打亂。

「什麼？我還要繼續待在輜重營！」齊修明聽到安排給自己的任務頓時從椅子上蹦了起來，湊到沈成嵐身邊皺著一張臉。「師傅，妳就帶著我唄，當個隨從也行啊！」

沈成嵐一巴掌推開他的腦袋，笑得眉眼彎彎。「你給我當隨從太大材小用了，只有在輜重營才能讓你大展拳腳，來來來，聽為師給你細細說道……」

齊修衍看著自家弟弟在自家王妃面前一點脾氣也沒有，任憑搓圓揉扁的乖順模樣就覺得神奇，這真是自己那個性子又臭又硬、頑固得十頭牛也拉不回來的弟弟？

十皇子雖然長得高大，身體遠遠矯健於同齡，但說到底還是個不滿十四歲的少年，皇上能同意他跟著來大寧戰場歷練，沈成嵐卻不會真捨得讓他如此年少就披甲上陣。想要熟悉戰場，積累作戰經驗，輜重營是個再合適不過的地方，他們統籌輸送輜重，能與各營接觸，只要肯用心，第一手戰場消息甚至比坐鎮大帳中的統帥都了解得全面及時。

而且，沈成嵐這次對輜重營的編制做過很大的調整，編設三個輜重營，每營編官兵一千九百一十二人，除卻正常的糧車，每營另增設三輛軍車，全營官兵配備武器兵械，可保衛運輸糧草，也能隨時作為援軍投入戰鬥。

沈成嵐這個設想一經提出就得到齊修衍的全力支持，稍加完善後便在大帳議事中順利通過，齊修明來得正是時候，先前幾年在福州水師營海防時，他就跟著沈成嵐調配輜重，對他師傅的想法再熟悉不過。

所以說，這場大戰就算推後十年，齊修明再長大十歲，還是會被沈成嵐扔去輜重營，年紀不是最重要的，經驗才是關鍵。

沈成嵐給十皇子描畫的大餅又大又香，任誰聽了都饞。

見齊修明是哼著小調、踱著小方步離開，齊修衍忍不住給沈成嵐豎了個大拇指。

輜重營重新編設的方法，大寧沒有藏私，建州那邊是早就知道了，甚至比大寧還要先一步行動，涼城和宣同那邊也送去抄件，涼城反應迅速，驛卒帶回范大帥的親筆手書，表明會立刻著手編設輜重營。

宣同的反應就曖昧多了，驛卒回來稟報，陸老將軍對抄件十分看重，但太子和監軍常英侯都興趣缺缺，說是要先呈送皇上過目，而後再根據宣同的情況酌情調整，不過依然還是對大寧表示感謝。

宣同常設守備軍就有二十五萬，而大寧算上齊修衍帶來的五萬京軍也只有二十萬人，論輜重調配供給的能力，太子自然不看重大寧的建議。

輜重營改編的事，齊修衍早已先一步秘呈皇上，能做的他都已經做了，宣同不採用，也不好勉強，左右還有陸老將軍在，應該出不了大紕漏。

# 第三十章

踞風關外蒙北遊騎出現得越來越頻繁，試探之意再明顯不過，建州、宣同、涼城等地也出現同樣的狀況。

大寧的帥帳從大寧城北郊遷至落雁關，沈成嵐的驍騎營駐紮在踞風關，每天帶人巡視最外一層的地堡，每隔兩、三天回帥帳議事，甲冑脫下身的時間越來越短。

縱觀大寧北境一線，宣同轄內土地最為肥沃，幾處關隘緊鄰著產糧大縣，只要重兵叩關，收穫遠遠大於其他地區。因此，蒙北王庭幾次南下，大軍主力攻克的都是宣同，這也是宣同常設守備軍遠多於其他邊境區的原因。

經過一整個冬天的大雪災蹂躪，草原各部物資匱乏，急需糧草補助，這種情況下集中兵力攻打宣同關隘明顯更划算。但大昭也不是傻子，自然也會在宣同一帶增加駐軍，想要破開缺口，難度更勝以往。

落雁關帥帳內，簡易的輿圖鋪展在木板搭起的桌檯上，旁邊是占據帥帳近一半地方的巨大沙盤。

「從目前收到的軍報來看，蒙北遊騎在各處出現的數量大抵差不多，他們難道是想化整為零，同時在北線開戰？」梁翟凝重的目光梭巡在沙盤上密集插著小旗子的區域。

齊修衍站在他身側，同樣一身戎甲，神情卻從容許多，配上他俊朗的容貌，襯得一旁的梁指揮使更加黑瘦。

「倒也不是沒這個可能。去年春，阿古達木雖然把蒙北分為六個萬戶，更有利於王庭統領管制，但實際上只有被封為中央萬戶的哈察部能被完全調動，其他幾個萬戶，不是依附於太師蘇赫，就是各自為政，阿古達木想要集合六個萬戶組成大軍揮師南下，人心齊不齊暫且不論，會師所費糧草就是個頭等難題。」

梁翟點頭。「如此看來，分兵的機率似乎更大些……」

左參將唐通駐守踞風關多年，算是大帳裡跟蒙北騎兵打交道時間最長的老將，聽到大帥的分析覺得有理，同時又有自己的顧慮。「去年剛入秋時集寧榷場傳過一陣子流言，說是因為濟農病死，阿古達木的病情越發加重，太師蘇赫在朝中的權勢越來越大，如果他利用他女兒大閼氏的關係掌控哈察部，再加上他手裡原有的軍力，以及依附於他的幾個萬戶，糾集成大軍南下也不是不可能！」

「嗯，屆時中軍統帥只是從阿古達木換成蘇赫而已。」齊修衍頷首，若有所思。

「蘇赫陰險狡詐更勝阿古達木，若他是統帥，大軍主力到底攻打哪裡還真不好預測……」

帳內頓時安靜一片，忽地帳外傳來通報，沈成嵐到了。

大帳的門簾被挑開，隨著一個不高大的身影走進來，帳裡凝重的氣氛瞬間被沖散許多。

梁翟指揮使每每收到宣同的軍報都不禁暗暗感嘆自己的好命，一來同為皇上的兒子，寧親王可比每天帶著浩浩蕩蕩十萬大軍在草原上晃蕩著找蒙北大軍主力的太子睿智親善多了；二來就是眼前這位寧王妃，身上沒有一點貴女的嬌氣不說，堂堂正正的武狀元，還出身景國公府，實打實有著真本事，看看人家改編的輜重營，豈止一個妙字了得！

沈成嵐在軍中的威望自從輜重營改編後就發生改變，齊修衍默默看在眼裡，一次次認清現實，沈成嵐真的非常適合行伍。

「踞風關的城牆已經全部修葺完畢，敵臺、角樓等各項防禦也都安排妥當，關外村民已經全部內遷進城，一粒糧食也沒留下，就算蒙北大軍主力攻破踞風關，關內百姓和糧草也能以最快的速度遷進落雁關。」沈成嵐微勾的嘴角莫名帶著一股肅殺之氣。

即使最後落雁關也破了，百姓和糧食也會以最快的速度遷進大寧城。大寧城牆高防厚，還有護城河，快速破城可沒那麼容易，就算蒙北大軍連著拿下踞風關、落雁關，顆粒糧食都沒有的兩座空城只會加速耗盡他們的輜重。

蒙北大軍主力敢來，大寧就算打不過，拖也要把他們拖死！這是沈成嵐和齊修衍依據最壞情況做出的應策。屆時拖住蒙北大軍主力，建州、宣同分兵從兩翼包抄，便是甕中捉鱉。或許大寧會遭受重創，但對北線整個戰局來說卻是大利。

「路上我還撿到兩條漏網之魚。」沈成嵐解釋道：「混在內遷村民裡的細作，打探消息時被老村長察覺到不對勁，偷偷派人來稟告，我讓牧遙帶人給拿住了。」

右參將羅明挑眉。「大昭人？」

「據交代，祖上就已經被牧雲三部收買了。」沈成嵐點點頭，看向齊修衍，眼裡噙著笑，說出來的話卻讓大帳裡的幾人心頭顫了顫。「他們這次是奔著大帥來的。」

齊修衍聞言似是絲毫不覺意外，半打趣道：「牧雲三部的野心倒是不小。」

梁翟的警惕心空前高漲。「大帥，咱可千萬不能掉以輕心，末將以為，您還是在大寧城坐鎮最為穩妥。」

唐通和羅明也有此意，然而還沒來得及開口附和，就被沈成嵐給搶先了。「不可不可，我還指望著大帥配合呢，怎麼能回大寧城！」

梁翟險些攏不住魂，想也不想就反對。「配合什麼？大帥萬不可輕易涉險！」

跟齊修衍交換一個了然的眼神，沈成嵐安撫地拍了拍梁翟緊繃著的肩膀，解釋道：「放心，用不著大帥親自帶兵出去，只要去踞風關的大營裡坐坐就成……」

「踞風關？不行！」這下子連唐通也穩不住了。「牧雲三部的鐵騎僅次於哈察鐵騎，他們若是集中兵力突襲踞風關，誰也不能保證一定守得住，絕不能讓大帥以身涉險！」

沈成嵐半口氣梗在嗓子眼，求助地看向齊修衍。

「牧雲三部常年侵擾我大寧邊境，趁著這次機會，務必要將禍患徹底清除。」齊修衍示意他們落坐，語調一如既往和緩，極有安撫人心的作用。「諸位放寬心，沈參領是絕對不會輕易讓我涉險的，她敢如此提議，必定有十足的把握，咱們不妨聽她仔細說說。」

突如其來被這二位的恩愛閃了一把，帳內的氣氛陡然放鬆下來，沈成嵐抓緊時機把自己的計劃說明一番。隨著她的講述，梁翟等幾位將領越聽越投入，時不時還發表一些補充意見，不知不覺一套完整的作戰計劃竟出爐了。

反而是齊修衍這個對象，被晾在主位上，儼然淪為大作戰裡的工具人。

作戰計劃當場獲得齊修衍同意，各將領按照計劃各自去安排，大帳裡頓時只剩下他們兩人。

不知不覺時間已近傍晚，沈成嵐是巡城之後直接快馬加鞭趕過來，這會兒終於能踏踏實實坐下來喝口茶。

齊修衍也沒喚人進來，自己動手幫她卸下甲冑，摸摸她的後背，裡衣竟然還是潮的，雖然心知前方將士都是如此，仍不受控制地心疼。「我讓人送水進來，妳先洗個澡，咱們再吃飯？」

沈成嵐一口氣喝了半壺茶才罷手，聞言搖頭。「還是先吃飯吧，吃飽了再洗。」

大寧物資匱乏，這次朝廷雖然撥給比較充足的糧草，但誰也不知道這場仗會打多久，軍中從上到下都自覺節省，沈成嵐在大營裡從來不開小灶，中午巡查地堡時只吃了點乾糧，剛走進帥帳那會兒她就已經腹中空空，強撐到現在。

齊修衍也跟將士們同吃同住，但畢竟是帥帳，飯食上總有些額外優待，齊修衍深知沈成嵐的飯量，晚飯特意多要一小盆米飯。

相較於自己的營帳，齊修衍的帥帳要寬敞舒服許多，沈成嵐痛快地洗了熱水澡，換一身乾燥暖和的衣袍，跟齊修衍在營地裡隨意散步。

大戰在前，如此平和寧靜的營地風光實在難得。

「我雖然有把握，但梁指揮使他們的擔憂也是對的，你的安危直接關係到大寧駐軍的軍心穩定，如果情況有變……」

兩人走出營地一段距離，說話極為方便，齊修衍牽住她的手用力握了握，搶過話頭。「如果情況有變，我會立刻後撤，轉移到足夠安全的地方。妳不用為我分心，只管專注戰場便是。」

沙場凶險，沈成嵐所在的驍騎營身為前鋒，更是衝在凶險的第一線，後顧之憂只會讓她陷入更凶險的境地。

齊修衍的這番保證對沈成嵐來說無疑是最有力的一顆定心丸。這一世醒來有太多的事偏離原有的軌跡，沈成嵐感恩於得以彌補的遺憾，同時也對未來更加敬畏謹慎。

「牧雲三部自傲於他們無往不利的精銳鐵騎，只要這支鐵騎不倒，任何手段逼迫他們簽下停戰協定，換來的和平都只是暫時的。」站在無聲流淌的望朔河邊，齊修衍極目遠眺天與地的交會處，沈聲道：「只有徹底打垮他們的鐵騎，大寧邊民才能真正迎來休養生息的機會。」

沈成嵐與他並肩而立，目光看著同樣的方向，斬釘截鐵地保證。「定會達成此願。」

營地裡今天新宰兩頭羊，露天架著的大鍋裡羊湯鼎沸，梁翟最喜好這一口熱羊雜湯，也不派人替他端去營帳，自己左手一塊雜糧餅，右手一只大碗公，吃得額頭直冒汗，相當舒爽。

唐通和羅明見狀也跟著仿效，三人圍在一起邊吃邊張望河邊散步的人影，唐通終忍不住發出一聲喟嘆。「伉儷情深啊，我老唐算是見識到了！」

「羨慕不來的，大帥這福氣，」梁翟反壓下筷子豎了豎大拇指。「放眼咱大昭，怕也是獨一份！」

唐通、羅明兩個老兵痞嘿嘿笑著，有志一同慶幸自己的好命，跟著這樣的福星，好日子可都在後頭呢！為了以後的好日子，牧雲三部必須狠狠趴下！

寧親王夫妻倆怎麼也沒想到河邊散個步也能激勵士氣。

第二天，沈成嵐是頂著星星離開落雁關大營。

在她離開後不久，兩個尋常大寧百姓打扮的男人也被秘密送出營地，他們從落雁關北門出來，直奔踞風關，身上帶著一個極為關鍵的消息。

大寧統帥寧親王掛念身在前方的寧王妃，親自巡查踞風關，並有意力排眾議將帥帳再次北移，遷至踞風關。

帥駕進入踞風關當日，很多人有幸目睹。

「大哥，魚餌順利撒出去了。」人群中一個身著短打、相貌平平的男子，不慌不忙挪動到男人身邊壓低聲音稟報。

男人的臉亦是平凡得泯於人群，聞言緬著的嘴角稍有鬆動，淡淡「嗯」一聲以作回應。

踞風關這幾日在逐漸增強巡城守備，普通百姓的感受或許不那麼明顯，但有心之人不難察覺，駐地大營查探難度太大，但城中細枝末節的變化都被詳盡記錄，馬不停蹄送出踞風關。

暮色籠罩下的駐地大營與尋常的氛圍略有不同，篝火多燃不少，營地巡邏的衛兵也增加好幾隊，空氣中充斥著無形的緊張感。

不遠處的荊棘叢後，一道身影緩慢蠕動著後退，退出一段距離後旋身靈活躍入暗色中，絲毫沒察覺他的動作盡數落入另一雙眼睛裡。

「好，通知下去，準備迎戰！」唐通霍然起身，平生第一次，因為近在眼前的戰鬥心生雀躍。

臨近子時，三千鐵騎馬蹄裹布悄無聲息地疾行在草原上，迅速將陷入火海中的營地拋在身後。

踞風關城牆上，齊修衍身披重甲執劍而立，目光所及之處，兩支鐵騎在火海映照下衝鋒絞殺。

「俄斯格日，我們好像上當了，這個駐軍大營就是個空幌子！」阿希格憤懣地扯著嗓子吼道。

身為兀哈特部的現任族長，俄斯格日是牧雲三部這次統一行動的總指揮，看著佇立在不遠處的踞風關關城，他不甘心地狠狠啐一口，低喝道：「大寧騎兵就是一群軟腳蝦，怕什麼！繼續進攻，給我拿下他們那個王爺！」

牧雲鐵騎在與大寧邊軍的交鋒中屢屢占據上風，屢屢嘗到甜頭，這使得傲慢之心在軍中悄然滋生，很快他們就要嘗到自釀的苦果。

五天後，大青山靜靜矗立在凌晨的天光下，山坳中氈帳密集聚紮，零星飄起兩道炊煙。

三千鐵騎如幽靈般出現在緩坡上，沈成嵐揮臂直指目標，鐵騎如水般飛馳而下，呈包圍之勢將這個臨時村落牢牢桎梏。

「報——」傳令兵一路飛奔至城門下，嘶啞著嗓子高聲稟報。「驍騎營成功突襲牧雲三部後方駐地，牧雲鐵騎全線撤退！」

城上一片譁然，齊修衍連日來守在城門，此時雙眼已經布滿血絲，聞言精神一振，運足中氣下令。「全線追擊！」

落霞坡，注定成為牧雲三部惡夢降臨的地方。

沈成嵐率領的三千鐵騎與唐通率領的大寧鐵騎營在此會師，牧雲鐵騎在族人的注目下被徹底打殘，不敗的神話就此終結，從此迎來大寧鐵騎的時代。

是夜，臨時駐地大營主帳內，俄斯格日見到大寧統帥的真容，以及坐在他身側面容稚嫩的「殺神」——沈成嵐。

為了全族人的性命，這位草原部族之王也不得不低下頭顱，可當沈成嵐一開口，他臉上的血色瞬間被抽離。

沈成嵐說：「我要吉日格勒，那個被你養在部落裡的小男孩。」

踞風關大捷的消息八百里加急傳到京城，朝堂上下一片震然。

首戰大捷，對整條北境戰線上的將士們來說，無疑是一記強有力的激勵。

然而，激勵不是對所有人來說都是有益的。皇上對大寧的重賞詔書還沒發出，宣同就傳來巨變，太子被蒙北王庭大軍圍困於白杜山！

不日，大寧帥帳接到敕令，命齊修衍分兵援助宣同守將陸老將軍解救太子。

白杜山位於宣同與大寧交界地的北向延伸線上，太子竟然帶著大軍遛馬到這麼遠的地方，顯然是途中被引誘到這裡。

「還是我帶著五萬兵馬過去吧。」梁翟開口道。

齊修衍搖頭。「詔令上明確寫著，讓我親自帶兵過去，違抗皇命可是重罪。」

羅明心有不甘。「可您是咱們大寧的統帥……」

沒說出口的是，同樣是皇上的兒子，差別待遇也太大了吧……

他們不知道的是，皇上之所以讓齊修衍親自去白杜山，最主要的原因是他手裡捏著一個舉足輕重的籌碼。

一個大膽的想法倏地閃過，沈成嵐凝眉反覆琢磨，就連羅明他們什麼時候離開的都沒察覺。

「我有個比較冒險的想法。」沈成嵐嚥了嚥口水，語氣誠懇地試圖說服齊修衍。「雖然需要冒點險，可只要成了，不僅能解太子的困局，整場戰事說不定也會有重大轉折！」

齊修衍看進她灼灼的目光，臉色反而陰沈下來。「妳要去以身涉險。」

沈成嵐的態度越誠懇，試圖說服人的意圖越明顯，意味著她要做的事越危險。這一點在福州海防營的時候，齊修衍就曾有幸領略過一次。現在沈成嵐的態度，比那時候更諂媚，齊修衍的心陡然提到嗓子眼。

沈成嵐乾巴巴笑了兩聲，拖著椅子湊到齊修衍身邊緊挨著，解釋道：「阿古達木膝下無子，好不容易過繼弟弟的獨子立為濟農，又死在他的前頭，不管是不是太師蘇赫做的，如今蒙北王庭面臨的最大危機就是沒有繼承人，吉日格勒是他們唯一的希望，同時也是蘇赫最大的威脅。蘇赫絕對不會讓他順利回到蒙北王庭，最合理的辦法就是讓他死在兩軍交戰中。蘇赫疑心重，這麼重要的事斷然不會交給別人，必定會親自解決這個麻煩，只要擒住他，或者殺了他，我們就有足夠的籌碼讓蒙北王庭退兵，簽署停戰協定。」

當年阿古達木因為誤信讒言驅逐他的長子滿都拉圖，後來傳說滿都拉圖遭遇山賊，全家命喪賊手。誰也沒想到，他懷孕的妻子被俄斯格日所救，從此隱姓埋名生活在兀哈特部。如今，這個不滿十歲的小子成為左右戰局的關鍵。

春耕在即，越快結束戰事對大寧邊城百姓越有利，沈成嵐的計劃無疑有著巨大的吸引力，齊修衍十分動心，但一想到讓她去面對蘇赫的精銳鐵騎，動心就都化作擔心了。一邊是邊境百姓，一邊是沈成嵐，換作上一世，齊修衍可能會毫不遲疑選擇前者，但此時此刻，這個抉擇對他來說太艱難了。

沈成嵐不忍，捧著他的臉讓他看著自己。「我對白杜山一帶很熟悉，沒人比我更合適，這不是選擇，我是唯一的人選。我保證，我會安全回來的，一定！」

牙關緊緊咬合下，齊修衍的脖頸隱隱可見鼓起的青筋，四目相對中，他還是先敗下陣來，艱澀地吐出一個字。「好。」

一個月後，當前線傳來北白杜山雪崩的消息時，正在中帳議事的齊修衍險些當場昏厥，在場眾將領驚得紛紛起身圍上來，一迭連聲地傳召軍醫。

齊修衍這輩子第一次怒喝，讓他們閉嘴，將報信的士卒叫上前來詳述。

梁遠是大寧駐防營一名經驗豐富的老斥候，這次跟著統帥一起來白杜山增援，乍聞噩耗，他也覺得難以置信。

「三日前，蘇赫率領蒙北鐵騎追擊沈參領至北白杜山，山中有一峽谷可通西潦河，那裡便是陸老將軍的中帳所在。」梁遠的嗓音嘶啞中帶著氣聲，宛如被撕裂的鼓。「蘇赫緊追不捨，我等在周邊待命，並不清楚裡面的具體情形，只見蒙北騎兵進山後不久就發生大雪崩，等到我們能上前查看的時候，發現峽谷入口已經崩塌，整個峽谷都被填平了……」

此情此景，怎麼會有生還的可能！

梁遠只覺得喉間發苦，吞嚥唾沫都是煎熬。

想到沈成嵐之前要了一批火藥，齊修衍現下總算知道它們的用途。陣陣耳鳴襲來，他幾乎聽不到周遭的聲音，失去意識前只看到一群人湧上來。

沈成嵐啊沈成嵐，無論哪一輩子，都是個大騙子！

陰沈潮濕的牢房……隔著柵欄的匆匆一別……數十年寡居高處的孤冷……

昏昏沈沈中，齊修衍彷彿又回到上一世，偌大的皇城，他如鬼魅般形單影隻地不停走著、尋找著，停不下來，也找不到她的影子，疲憊而無望……

忽地，一陣熟悉的聲音彷彿從天際傳來，剛開始斷斷續續，隨後越來越清晰，竟是沈成嵐的聲音，他心裡著急，匆匆往最高的城牆上跑，希望能離那聲音更近一些，跑著跑著腳下一空，整個人登時墮了下去！

猛地打了個冷顫，齊修衍從床榻上坐起，滿頭是汗，來不及調整呼吸，就被眼前的人震得愣在當場。

沈成嵐拿著帕子給他擦汗，雙眼又紅又腫，兩頰的淚痕還沒乾，帶著哭腔道：「你可算是醒了，嚇死我了！」

瞧瞧，這惡人先告狀的本事，多精湛！

齊修衍又喜又氣，努力平復著才沒再次昏厥過去，默默享受沈成嵐的伺候，擦了身體又換了身乾淨的中衣，才屏退左右，留下沈成嵐單獨說話。

「我還以為這輩子又要做鰥夫了，守著妳的牌位過剩下幾十年。」齊修衍半倚著床頭，話說得涼薄，眼睛卻一刻也捨不得從沈成嵐的臉上移開。

沈成嵐既心疼又心虛，寧可齊修衍發火痛罵自己一頓，也好過他生悶氣傷害自己的身體。「是我不對，不該瞞著你，害你替我擔心。」

一如既往地積極認錯，下次還是敢。

本該趁著這次機會狠狠給她一個教訓，但看著她紅腫的眼睛，齊修衍終還是狠不下心，認命地長嘆了口氣，起身將人攬進懷裡。

經歷一場苦戰，艱難脫身後馬不停蹄地趕回來又驚聞齊修衍悲痛攻心吐血昏迷，此時被禁錮在熟悉的臂彎裡，沈成嵐終於能卸下肩上所有，放肆地任疲憊湧上來。

齊修衍沒有喚人進來，自己將沈成嵐抱上床榻，人已經意識昏沈地睡過去，眼淚卻還止不住地往外流。

齊修衍不厭其煩地耐心擦拭著，不知不覺自己也濕了眼眶。

心中的大石頭都落地了，沈成嵐這一覺睡得酣暢淋漓，等她醒來時，太子已經奉命啟程回京，蒙北王庭派來使臣，正式提交議和國書。與此同時，阿古達木汗提出請求，由大寧驍騎營參領沈成嵐親自護送濟農吉日格勒入京，與蒙北使團會合。

皇上的聖諭很快抵達，沈成嵐先一步護送吉日格勒返京，寧親王稍緩兩日，接到蒙北使團後護送其一同進京。

「蘇赫真的死了吧？」

駐地大營再度迎來平和的傍晚，齊修衍和沈成嵐坐在河邊的草地上，看著不遠處陪著母親洗衣服的小男孩。

沈成嵐沒形象地席地半躺著，因為扯到尚未完全癒合的傷口吸了兩口氣，在齊修衍的瞪視下，她乾笑著挪了個沒那麼疼的姿勢。「知道北白杜山為什麼又被稱為魔鬼山嗎？那是因為山中有很多天然形成的風洞，每當朔風從峽谷口灌進來，就會發出嗡嗚聲，聽起來猶如鬼泣。事先我就帶人去峽谷裡踩過點，算好風洞能夠容納的人數，埋好了火藥。」

沈成嵐雙臂交叉墊在腦後，仰望著晚霞鋪了大半的天空，由衷感嘆道：「說起來也是老天爺要絕了蘇赫的命，我一直擔心火藥的引子會出意外，結果太順利，一點就著，擺明老天爺要收他啊！」

樂極生悲，笑得太大聲又扯到傷口，她連聲吸氣，直弄得齊修衍哭笑不得。

北白杜山雪崩，在齊修衍心裡鐫刻上深深的陰影，以至於沈成嵐護送吉日格勒啟程時，他送了一程又一程，眼看著就要出宣城地界了，沈成嵐無奈，好一頓安撫才把人勸住，因著她身上的傷並未痊癒，路上便放緩行程，待進京城轄內，按照皇上的意思沒有馬上進城，暫時駐留在西郊大營。

五日後，蒙北使團抵達京城，沈成嵐帶一百鐵騎護送吉日格勒與使團會合，一同進京。

與太子灰溜溜回來時不同，元德帝率領文武百官親自在成安門外迎接隊伍凱旋，沿途街道兩旁擠滿圍觀的百姓，歡呼讚譽聲不斷，儼然萬人空巷之勢。

將蒙北使團和吉日格勒交接出去，齊修衍和沈成嵐才真正鬆一口氣，元德帝直接將他們帶進宮，吃過晚膳才放他們回府。

落日的餘暉籠罩著偌大的皇宮，依然是這條出宮的宮道，威嚴而狹長，沈成嵐第一次回頭，穿過一重重宮門，彷彿能看到站在承安殿門口目送他們離開的皇上。

沈成嵐倏然轉身，藉著寬大衣袖的遮掩悄悄牽住齊修衍的手。

「怎麼了？」齊修衍低聲詢問。

沈成嵐搖了搖頭，深吸一口氣，穩穩地走在這條未來可能還要走過無數次的宮道。

「沒什麼，就是突然發現皇宮也挺美的。」

# 第三十一章

元德三十八年，大寧城。

這一夜對沈成嵐和齊修衍來說無比漫長，內室的燈火徹夜未熄，當清晨的陽光透過琉璃窗照射進來時，沈成嵐覺得縈繞在自己心底最後一絲陰霾也隨之被驅散得乾乾淨淨，從此，那個背負污名自戕於暗無天日大牢裡的沈成嵐徹底成為過去了。

齊修衍心裡高興，出手就特別大方，總督衙門後院席開五桌，不當值的營官和衙門的官員都被請過來。

蒼郁搗鼓出一款新的暖鍋底料，用牛油和番椒炒得顏色紅亮，吃起來又麻又辣，相當過癮。奈何這東西稀缺，有價無市，只能偶爾在總督這裡打打秋風。

一幫人在後院吃得熱火朝天，極具侵略性的底料味道充斥著整個園子，甚至蔓延到牆外。郭全一隻腳還沒跨進中門，鼻端嗅了嗅，立刻就被這股熟悉的異香給勾起饞蟲。

郭全識趣地停在中門，示意守衛通報，門內熱鬧的聲音戛然而止，隱約聽見窸窣的椅子挪動聲，毫無雜亂之象。

待到裡面傳來一聲回應，郭全由守衛引著走進內院，院裡香案已經備上，寧親王與王妃為首，身後四、五十號人整齊列隊候著，無一人失態，郭全默默看在眼裡，心中感慨不已。

這次郭全是帶著聖旨來的，不敢怠慢，跟寧親王夫妻略微寒暄後就直奔正題。

齊修衍當初來到大寧，也算是臨危受命，如今的大寧經過八年休養生息，屯田翻了數倍，軍糧基本可以自給自足、大寧城外的荒田多被邊民百姓開墾，阡陌間溝渠縱橫，引河水灌溉，高處看去，如蜘蛛結網一般，農人在田間勞作，遠處是種植新式牧草的草場，牧人騎著馬，驅趕著成群的牛羊。

集寧榷場經過兩次擴建，已經成為北部邊境上規模最大的榷場，行走邊塞的商隊、附近的獵戶、招撫後被安置在此處的流民，以及越來越多來自採買交換物資的蒙北部落，都給集寧榷場的發展注入源源不斷的生機。如今在大寧城內看到蒙北人都是很尋常的事。

齊修衍以利害關係為基礎，使得牧雲三部改設為牧雲三衛，增設長寧馬場，專為鐵騎儲備戰馬，大寧鐵騎的實力迅速增強，短短幾年，長寧馬場就與集寧榷場並稱為大寧的兩大聚寶盆。

大寧發展欣欣向榮，大家都以為寧親王要被改封到大寧，皇上卻一紙詔書下來，讓他攜家帶口即刻返回京城。

至於返回京城的目的是什麼，聖旨裡半個字也沒透露。

眾人離開總督衙門後悄悄揣測，王爺在這邊勵精圖治，有功無過，唯一不如願的也就至今沒個子嗣，但王妃年輕，身體康健，想要個孩子也不難，總不至於因為這個被皇上揪回京。

猜來猜去，就剩一種可能，那就是王爺太能幹了，眼見著大寧步入正軌，就要把人給調到另一個犄角旮旯當墾荒牛了。眾人越想越覺得這個可能性最大，不禁為王爺掬一把同情淚，當皇上的兒子不容易啊！

沈成嵐跟他們的猜想差不多，從京城到福州，再到大寧，東邊安穩了，北邊安穩了，就剩西南讓皇上有點不省心。皇上一不順心，保證會想到齊修衍。

關上門聽著沈成嵐躺在被窩裡碎碎唸，齊修衍的嘴角始終揚著落不下來。旁人或許還沒看清，但他心裡明白，父皇已經對太子和榮王兩派的明爭暗鬥忍耐到極限了，自己這次回去，應當就要久居京城了。

沈成嵐對此渾然不知，有了福州打包家當的經驗，這一次更加得心應手，甚至還來得及順手帶上牧雲三衛快馬加鞭送來的孝敬。

返京途中，沈成嵐破天荒沒有騎馬，跟著齊修衍一同乘車，大部分時間都在翻閱西南縣誌，甚至還有些不知從哪兒淘弄來的民間話本，齊修衍幾次想要勸她別費神了，去不成西南，卻都被沈成嵐的專注勁兒給無聲擋回來。

得，看就看吧，總比知道真相一路上寢食難安要好。

自蒙北王庭提交議和國書後，北境這些年沒有大戰事，大寧一帶更是少動兵戈，皇上論功行賞，除卻升官賞銀子，還特許沈成嵐每年回京一次給祖母和母親過生辰，順便來給他老人家請個安，捎點大寧的土儀，是以這次回京和從福州回來那次的感受截然不同。

王府有海公公守著，一如既往的妥善。

休憩一夜，齊修衍早早起身準備上朝。沈成嵐如今已經是從二品武將，也要跟著一起上朝。

「以往每次回來，皇上都會免了我的早朝，這次沒有，看來我猜的八九不離十。」沈成嵐再次堅定自己的猜測。

齊修衍只是淡淡笑著，不插話。

早朝規矩多，也不知道要多久，沈成嵐不敢吃湯湯水水的東西，只吃了點糕點墊肚子。

好不容易進了宮門，在奉天殿外就得和齊修衍分開站了，她不著痕跡地掃視一圈，迅速找到祖父和父親湊過去。

兩年前，祖父和父親被調回京城，大哥雖然仍在遼東府，但景國公府總算是重新站穩了。

進入奉天殿，在等候皇上臨朝的空隙，沈二爺不忘再次叮囑沈成嵐安靜待著，除非皇上問話，否則不准出聲，沈成嵐回他一個牢牢閉緊嘴巴的表情。隔著過道，齊修衍把他們父女倆的互動看在眼裡，滿心喜悅與饜足。他的嵐兒就是如此，無論置身在何處，都是那抹最鮮活的顏色。

事情爆發得十分突然，又似乎在順應某種必然的趨勢。先是有言官彈劾皇莊東宮莊田侵占民田，迫害申告百姓，接著又爆出太子府私下放印子錢，乘機侵占借債人的家產……

皇上當庭震怒，命大理寺立即徹查，當日太子府被禁軍封鎖，府庫被封，就連太子妃等各處內院的資產也被詳細登記造冊，注明來源。

很快，一批與左陽、長谷兩縣土匪有關的贓物被查出來，大理寺順藤摸瓜，竟由這兩地匪首的身上扯出榮王這顆大瓜，頓時震驚朝野。

然而，通匪還僅僅只是個開端。當榮王經營多年的賢名被撕開，內裡的齷齪與不堪暴露在光天化日之下，太子的貪婪與無德簡直相形見絀。

榮王機關算盡，早早將通匪這條線埋進太子府，卻萬萬沒想到，自己也成了被困在這條線上的螞蚱。自認為是運籌帷幄的黃雀，到頭來才知道，不過是捕蟬的螳螂。

事實一經查明，皇上的發落乾脆俐落，廢黜儲君，褫奪王爵，該查封的查封，該流放的流放，毫無拖泥帶水，半個月不到，這起牽扯兩位皇子的大案就已塵埃落定。

夜深人靜時細細回想整樁案子，回想皇上的殺伐果決，前朝後宮不知多少人驚出一身冷汗。

沈成嵐終於意會過來，趁著齊修衍被皇上抓去當勞力，自己下朝就往景國公府跑。回京後她雖然頂著個從二品的頭銜，但差在還沒給她安排具體的衙門正差，沈成嵐還以為在京裡逗留不了多久就要去西南，沒想到啊，皇上竟然另有打算！

「祖母，王爺要當太子了是吧！」沈成嵐手上扒著瓜子皮，語氣很肯定。

沈老夫人抬手撚了兩粒瓜子仁細細咀嚼，對她心緒不寧就喜歡扒瓜子的小習慣了然於心。

「應該是了，妳家王爺就沒跟妳透露過？」

聽到祖母刻意用「妳家王爺」來稱呼齊修衍，沈成嵐不僅老臉一紅，手上扒瓜子的動作更快了。「我心裡大致是有底的，只是……」

「只是事到臨頭，心慌了？」沈老夫人深知沈成嵐的心情，即使她今天不回來，也要讓人去喊她過來坐。

「心慌倒不至於，這一天早有心理準備，只是突然變成現實……」沈成嵐湊近祖母，小心翼翼道：「祖母，那可是太子妃啊，搞不好以後還要做皇后，您說我能行嗎？」

讓她打下蒙北王庭都不會發怵，但一想到母儀天下，沈成嵐就覺得壓力山一般大。

沈老夫人被她苦哈哈的模樣逗得開懷大笑，有人汲汲營營、不擇手段就為了攀上那個至尊的位置，有人卻對那潑天的富貴避之唯恐不及，當真不服命運不行啊。

「我的孫女，上馬能安邦，下馬能治家，文韜武略哪一樣都不遜男子，做個太子妃怎麼了，如若不是早早便宜那小子，早晚能封侯拜將！」

沈成嵐失笑。「祖母，您誇的這是我嗎？」

祖孫倆笑得停不下來，許氏剛走進內院就聽到上房傳出來的笑聲，心裡的那點惶然奇跡般消散。或許正如大兒子在家書中所說，既來之則安之便是。

許氏進屋後不久，剛回府的孟氏得知沈成嵐過來了，也直奔到老夫人這邊，四人的話題就轉到沈聿華剛滿月的小哥兒身上。

沈聿華婚後夫妻和美、事事順心，如今第三個兒子都已經滿月了，長子蒼霖六歲，早早便跟在沈二爺身邊習武，一年中幾乎大半時間都住在景國公府，性格不肖父母，反而更像古板嚴肅的沈成瀚。

幾個人正說著蒼霖的趣事，屋外忽然傳來一陣嘈雜聲，不等沈成嵐起身，南溪進來稟報，說是大夫人帶著幾個孩子在門口跪著，鬧著一定要見老夫人。

太子傾覆，身為太子側妃的沈思清執掌太子府庫多年，自然要被一併徹查，杜氏幫著放印子錢的事自然兜不住，幸而這些年景國公府軍功卓然，聖心穩固，沒有被過多牽罪，只有長房被公事公辦，沈敬安褫奪世子之位，闔家流放西南穹州，遇赦不赦，五代內子孫不得科考。

沈老國公與族中商量，決定將沈敬安一家除族，過幾日便要開祠堂。景國公府善緣頗廣，即使被流放到穹州，總有人會看在景國公府的面子上照顧一二，如果被除族，境遇可想而知。杜氏聽到風聲後就頻頻到老夫人這裡哭求，沈老夫人擋回去一次後便不再見她。

「定是聽到嵐丫頭回來了，又不死心過來鬧。」孟氏說著就要起身。「我去打發她。」

沈成嵐忙攔住。

「既然奔著我來的，見不著人肯定不會輕易離開，還是我去看看吧，話說明白了也好讓她死心。」

府裡生活多年，孟氏深知杜氏是個什麼德行，擔心沈成嵐會應付不來，許氏拉著她笑道：「讓她去，歷練歷練也好，以後說不準還得碰到比那更難纏的人，咱們總不能擋在她身前一輩子，左右在家裡也吃不了虧。」

孟氏想到這幾日夫君和兒子女婿們私下裡的閒聊，感慨地嘆了口氣，不知不覺間孩子們飛得太高，她們這些做長輩的已經不得不放手讓他們自己去面對風雨了。

沈成嵐記不清多少年沒見過這麼多的長房人，除卻大伯沈敬安，幾乎人都齊了，就連嫁人的沈思瓊也在內。

杜氏見到沈成嵐，眼前一亮，不知哪來的力氣一把推開攔著的兩個嬤嬤就衝上前來，然而沒靠近多少就被舒蘭給截下來。「王妃面前不可放肆！」

「狗仗人勢的賤婢，也不看看這是什麼地方，輪得上妳說話！」杜氏抬手就要打，舒蘭紋絲不動，擺明就算挨巴掌也不會放她過去。

杜氏被激怒，高揚的手臂就要往舒蘭白嫩細膩的臉上招呼，忽地手腕一痛，戛然被箝住。

「大伯母，您也應該看看這是什麼地方，還是不要放肆的好。」沈成嵐不客氣地甩開手，舒蘭順勢退後兩步站到沈成嵐身後。

杜氏愣在當場，臉色紅白交錯，想到如今自家的處境，最終還是忍下來，緩和神色，放柔聲音近似請求道：「嵐丫頭，不管怎麼說，咱們都還是打斷骨頭連著筋的血親，妳在老夫人面前說得上話，能不能幫大伯母去討個情，求老夫人幫幫忙……」

沈成嵐的目光從扎堆站在門口的長房眾人一一掠過，最後落在面前的杜氏身上，好一會兒才開口道：「難為大伯母還記得我們是打斷骨頭連著筋的血親，偷偷放印子錢的時候、逼死人命的時候、搶占民田的時候，想沒想過一旦事發，整個景國公府都要被你們拉入萬劫不復的境地。沒錯，在老夫人跟前我的確說得上話，但我不想，更張不開這個嘴！

「還想讓老夫人做什麼？為了一個景國公府世子的名頭，你們明裡暗裡編排多少老夫人的閒話，給老夫人穿多少小鞋，老夫人不跟你們計較，那是大度，不指望你們感恩，但起碼你們心裡得有數。褫奪爵位、革除功名、流放、除族……哪件事是老夫人能管得了？與其在這兒浪費時間，不如對得起聖上沒有羈押入獄的恩典，好好準備些路上用得著的東西才是正事。」

杜氏以血脈親情逼迫老夫人，說到底不就是想讓老夫人出面，讓其他兩房出力出錢嘛，其中沈成嵐及其背後炙手可熱的寧親王才是真正能出大力的人。如今這番話，沈成嵐算是表明態度，任杜氏再放低姿態糾纏，始終不給她半分奢望的可能。

杜氏眼見沒有轉圜的餘地，只得提出最後的請求，救沈思清出內獄。

太子府被抄，太子被罰去守陵，太子妃自請出家常伴青燈古佛，其餘女眷或隨行或充教坊司，沈思清不僅在錢財上涉案頗深，因為內院爭寵手裡竟還有人命，數罪並罰，終身監禁內獄。

沈思清慣會興風作浪，沈成嵐原本還挺不放心她跟著太子去守陵，總擔心以她那顆不安分的心總有一天會再做出什麼么蛾子，關在內獄簡直再好不過了，怎可能會費心費力把她弄出來。

雖然當日拒絕杜氏所求，沈成嵐還是打算日後走一趟內獄。

「你公務繁忙，沒必要特意陪我走這一趟。」沈成嵐勸道。

齊修衍依然堅持。「公務再忙，這點時間還擠得出來，不用著急，我就在門外等著妳。」

沈成嵐多少能夠理解他的用意，上一世他們一家的厄運與長房的夥同構陷有直接關係，作為長房主心骨的沈思清必定「貢獻良多」，依齊修衍的性格，即使到這一世，也絕對不會輕易放過他們，此時的流放不過是給健在的老景國公一個情面。

沈敬安智疏才淺，杜氏鼠目寸光，幾個孩子或好高騖遠眼高手低、或繡花枕頭外強中乾，總之，這麼一窩子就算放出去了，也折騰不出什麼風浪，這也是他們能被活著逐出京城的根本原因。

沈思清則不同，在太子府內院傾軋中，雙手染過血的她始終處於上風，手辣且心狠，放她出京隨廢太子守陵，齊修衍怎麼可能放任這樣的隱患存在。

齊修衍從來就不是良善之輩，沒有母族庇護，父親又是九五之尊，純良之善只會要了他的命，在這一點上，兩世的齊修衍在沈成嵐面前都不曾偽裝過。所以，這次內獄之行，不出意外情況，將是跟沈思清的最後一面。

內獄多用來關押終身監禁的勛貴內眷，建在皇城內，位置極為偏僻隱秘，門口不懸匾，只左右有兩隊禁衛當值，齊修衍跟前來接駕的掌事嬤嬤簡單交代兩句，就停在大門口目送沈成嵐跟著嬤嬤走進去。

雖然帶了個獄字，但被關押的人終究是勛貴內眷，是以並沒有像一般大牢那樣的設置，在沈成嵐看來，這裡更似冷宮，房舍簡陋，甚至還能看到些頹垣尚未及時清理修繕，一門之隔，門外草長鶯飛蒼翠滿目，門內荒冷肅殺死寂沈沈。

引路的嬤嬤是個極有眼色的人，見沈成嵐對沿途並沒有好奇心，無聲加快腳步，徑直將她帶到一處小院門前，語氣謙遜地稟報，這就是廢太子側妃沈氏所在。

沈成嵐給了個打賞的荷包，在謝恩聲中推開斑駁的院門走進去。

說是院子，其實狹窄逼仄，只有一進，終年只有頭頂一方小小的天空照進日光，幽暗而壓抑，可總比大牢強多了。

沈思清聽到聲音，艱難撐起上身朝門口張望，杖刑之後她直接被扔進內獄，別說身邊連個照顧的人都沒有，就連傷藥都供應得斷斷續續，傷口始終不見好。

沈成嵐挑開殘留著陳舊污漬的門簾踏進屋，兩人正好四目相對，沈思清眼裡的詫異和失望一閃而過，須臾被更濃烈的喜色取代。

景國公府最看重的便是聲名，沈思清自認拿捏住老爺子和老夫人的命門，就像當初她鬧得那般放肆，老爺子和老夫人最後也得妥協，讓她稱心如意嫁進太子府。

「景國公府不能有個終身監禁於內獄的女兒，四妹，求妳請祖父、祖母救救我，懇求皇上開恩，讓我隨太子一起去守陵，或者流放，都可以，只要不是在這裡，怎樣都行！」

狹小的屋內一座土炕占據大半的空間，充斥著劣質傷藥的濃烈味道，夾雜著一絲傷口潰爛的微臭。沈思清趴伏在看不出顏色的陳舊被褥上，髮髻凌亂，衣衫皺成一團，狼狽不堪。

即使淪落到這個地步，她所想的，也不是反省自己的過錯，而是繼續以景國公府的聲望逼挾老爺子和老夫人，為她自己謀退路，死性不改。

儘管早有心理準備，但當事實真真切切暴露在眼前，沈成嵐依然難掩失望。

「妳說得沒錯，景國公府不能有你們這樣辱沒門風的子孫，所以，祖父已經開祠祭祖，將你們一房從族譜中除名了，從此，景國公府與你們再無牽扯。」

沈思清大驚，霍然起身，傷口被撕開的劇痛又使得她癱趴回炕上，額頭瞬間沁出一層冷汗。

「不可能！這絕不可能！老爺子怎可能這麼狠心？」

慌亂惶然間目視沈成嵐鎮定淡然的臉，沈思清絕望地意識到，沈成嵐此時根本沒有說謊的必要，憤恨至極反而失態狂笑，狀若癲狂。

「是你們，一定是老夫人帶著你們攛掇的是不是？乘機除掉我們一房，妳爹就能名正言順承襲景國公府了是不是？人常道，會咬人的狗不叫，你們不愧是老夫人教養出來的，個個都是心狠手辣！」

沈思清恍然間醍醐灌頂。

「太子被廢，榮王被褫奪王爵，兩敗俱傷，最終得利的竟是你們寧親王府！好啊，好深的城府，好沈得住氣！」

從小到大，沈思清自恃處處壓姊妹們一頭，尤其是沈成嵐，父親事事不如二叔，那她就要處處比沈成嵐強。然而偏偏事與願違，沈成嵐明明德言容功樣樣不如自己，結果自己窮途末路苟延殘喘，沈成嵐不僅得到寧親王一心一意相待，還擁有人人豔羨的自由和榮耀。

她想不懂，明明自己窮盡心思百般綢繆，為什麼落得與沈成嵐雲泥之別的境地？

她不服，更不甘心！

「鮮花著錦，烈火烹油，當年太子也曾這般風光無兩，寧親王是否能比太子幸運，四妹，咱們且行且看。」

沈成嵐雙眸微瞇，目光陡然犀利，但很快在沈思清挑釁的目光中斂去鋒芒恢復如常。

「德不配位，再亮麗的風光也只能是過眼雲煙，太子如此，妳亦如此。至於我家王爺前程如何，就不勞妳費心了，自有我看著他，陪著他。」

沈成嵐是齊修衍深藏在心裡的底線，是他的逆鱗。齊修衍之於沈成嵐，亦如此。沒來這一趟之前，沈成嵐或許還有一絲放任沈思清自生自滅的可能，現在卻沒有了。

沈思清洩憤般尖銳的聲音，隔絕在內獄斑駁陳舊的黑漆門內。沈成嵐屏退引路的嬤嬤自己沿原路返回，兩名禁衛再度合力推開厚重的大門，門扉緩緩展開。

那道熟悉得不能再熟悉的身影就穩穩站在日光裡，躍入人眼底，沈成嵐唇角舒展，疾步迎上去。

「太子冊封詔書應該很快就要下來了吧，咱們得做些準備接旨。」

「無妨，這個我有經驗，已經交代海公公準備妥當了。」

「冊封大典是不是很繁瑣？你給我講講規矩，免得到時候出紕漏丟人了。」

「無妨，我在心裡替妳預演過，熟得很，保證在大典之前教會妳。

「賢妃又派人送來帖子，讓我進宮見面，八成還是為了給懷王換封地的事。」

「無妨，你軍中公務繁忙，讓海公公回個帖子便是。」

「父皇連著好幾次在下朝後逮我去御書房了，質問咱們什麼時候要個娃娃。」

「……」

「幹麼不說話了？」

「這……孩子的事我也沒經驗，要不咱先把避子湯停了試試？」

「……好吧。」

「今晚就停！」

長房一行人在官差的押送下正式離京踏上流放之路的同一天，滿朝官員盛裝站列在乾清殿前的大廣場上，親眼見證王朝的第二次立儲大典。

持續幾天的惴惴不安和緊張，在空遠磅礴的鍾磬聲響起的那一刻神奇地煙消雲散。眼前站在高臺上的這個男人，從十王府到福州，又從福州到大寧，他們始終一起走過。眼下，不過是他們又要一起走進一段新的路程而已。

抱著這樣的覺悟，當齊修衍向她伸出手時，她在那一刻毫不猶豫地握了上去，與他並肩接受百官朝拜。

當晚東宮大擺宴席，沈成嵐卻不像前太子妃那樣喝過一杯酒就先行回後殿，宴會上至少有一半的人是朝著恭賀她而來。

大寧乃苦寒之地，每年差不多有五個月朔風刺骨，烈酒無疑是驅寒的利器。在大寧這幾年，沈成嵐的酒量跟她的戰術一樣，徹底練出來了。

「這……這也太不成體統了吧？」坐在大殿東側席位上的老御史看著太子妃再一次豪爽地一口乾了整杯酒，抬頭紋皺得都能夾死蒼蠅。

坐在他旁邊的正好是戶部齊尚書，見何御史憤憤不滿，不由得搖頭，在心裡暗忖老頭食古不化。

「何僉憲，凡事看兩面，人亦如是。太子妃本就與尋常女子不同，名正言順的武科出身，且不說年少時就在福州海防營嶄露頭角，單是在大寧這些年，立下的戰功那可都是歷歷在目，毫不誇張地說，北境這幾年能如此安寧，太子妃厥功至偉，這是皇上的原話。咱們這位太子妃呢，又不只是太子妃，她可是跟咱們同朝為臣，用尋常女子的標準要求她，那才是不妥。來來來，今日是大喜的日子，先喝酒！」

何御史被搶白得一時無力反駁，他是由衷認同太子妃的軍功戰績，但從今天開始，畢竟還多了一層太子妃的身分，總要學著收斂自持吧？不行，以後還得繼續規勸，否則以後怎麼母儀天下！

何御史拿起酒杯跟齊尚書碰了碰，越發堅定心裡的念頭。

「嫂子，妳發現沒有，坐在對面那個姓何的老頭又在看妳不順眼了！」齊修明說罷挽了挽衣袖，作勢要起身。「我去幫妳教訓教訓他！」

沈成嵐按著他的肩膀阻止他起身，順著他的目光瞄了眼對面，毫不在意地道：「何僉憲看我不順眼又不是一天、兩天了，他挑出來那些問題，我的確是有，人家也沒杜撰，你教訓人家什麼。」

齊修明沈著臉不高興，低聲嘟囔。「我就是看不慣他們對妳挑三揀四，怎麼沒見他們這樣找前太子妃的麻煩！」

蒼郁湊過來，給憤憤不平的十皇子涼王斟滿酒，笑道：「換個角度想，何僉憲未嘗不是對太子妃期望頗高，希望越大，要求就越高，這麼一想，反而是好事。人家何僉憲可不是閒得發慌亂找麻煩的人，五十多了，連著三年夏天去江南道督察河壩，在壩上跟河工們同吃同住，絕非尸位素餐的官老爺！」

廢太子和榮王在朝中角力多年，雖一朝敗落，但朝中朋黨不可能盡數瓦解，按他們的慣性，自然要尋找下一個靠山。選擇新太子的，捧著誇著；想要另擇從龍之功的，則少不得明著暗著打壓新太子。

夫妻一體，沈成嵐自然也成了備受關注的對象。

喧鬧的宴會終於結束，海公公和外院的江管事帶著府中宮婢僕役一一將客人們送上各家的馬車。

齊修衍一直跟岳父和兩個舅哥坐在一起，酒被灌了不少，這會兒窩在暖炕上枕著沈成嵐的腿，酒勁越發上頭。

「抱歉，讓妳跟著我經受非議。」

沈成嵐接過芳苓送過來的醒酒湯，讓她和門口侍奉的兩個宮女一起先行退下，自己親自動手餵齊修衍喝。

這次是真的喝多了，齊修衍舌根都有點發硬，一湯匙醒酒湯餵進去，順著嘴角能流出來一小半，沈成嵐沒辦法，只能將他扶起來靠坐在床頭，往腰後塞個軟枕，每次半勺半勺地餵，沒有一絲不耐煩，還得好言安撫，儘管眼前這個醉鬼壓根兒就聽不進去她說的話。

都說酒後吐真言，這還是沈成嵐頭一遭見到齊修衍真醉，聽他下意識一遍遍喊著自己的名字，眼淚怎麼擦也停不下來，沈成嵐心裡酸楚得無以復加。

她一直以為，他們成親這麼久，上輩子的大劫之日也順利度過，齊修衍心裡的夢魘也該消弭了，然而現在才知道，看不見的傷，沒那麼容易治癒。

這一夜，沈成嵐抱著他，一遍遍不厭其煩地回應他的呼喚，直到丑時末才堪堪將人安撫下來，聽著他近在咫尺略微粗重的呼吸聲，沈成嵐一直猶豫不決的心終於得以安穩落地。

想想這一世，自醒來至今，都是齊修衍默默站在身後支持著自己，鼓勵著自己，似乎多了一世的歷練，他是無所不能、不可打倒的。而自己，這些年忙著往前走，竟忘了多回頭看看他。

其實，祖母和娘親提醒過她，還不是一、兩次，只是她並沒有真的聽進去。

「醒了？頭疼嗎？」不知不覺就這麼看了齊修衍一夜，見他皺著眉頭睜眼，沈成嵐湊上來給他按壓太陽穴。只是一晚不睡，對她來說根本就算不得什麼，精神看著比剛醒來的齊修衍還要好。

「什麼時辰了？」

齊修衍開口問道，嗓音還帶著宿醉後的微啞。透過床幔，看著像是天已經亮了，這時候能在榻側看到沈成嵐，實在是難得。

沈成嵐將他眼中一閃而逝的訝異盡收眼底，沒說什麼，待他皺著的眉頭漸漸舒展開，先一步翻身下床，掀開床幔，道：「尚不到卯時末，今日沒有大朝會，皇上特許在巳時初刻趕到正陽殿即可，時間還很寬裕。」

齊修衍跟著起身，發現腦袋並不像之前宿醉醒來後那般脹痛，應該是喝了醒酒湯的緣故，可冥思苦想，也想不出昨晚是怎麼喝了醒酒湯，再看到沈成嵐竟然親自拿著自己的衣袍走上近前，不禁問道：「我昨晚喝醉了，沒做什麼出格的事吧？」

出格？

沈成嵐當即搖頭，齊修衍剛要鬆口氣，就聽她理所當然地說道：「咱們是夫妻，你做什麼都不算出格。」

齊修衍登時就有一種想吐血的衝動，乖乖閉嘴享受沈成嵐給自己穿衣束髮。

老天爺啊，昨晚到底是做了什麼，竟然讓嵐兒如此反常！

「怎麼不繼續問了？」沈成嵐替他束髮，打趣地問道。

齊修衍搖頭。「突然不想知道了。」

透過光可鑑人的銅鏡看自己的臉，眼底明顯血絲過多，眼眶還隱隱疼脹，越看越像是痛哭過的症狀。

沈成嵐看著眼前的脖頸迅速泛紅，忍不住輕笑出聲，瞬間彷彿看到一扇門緩緩打開，讓她看到屬於齊修衍的另一面，有點陌生卻異常可愛，讓人忍不住想撩撥。

「昨晚你抱著我哭，一直叫我的名字，還不停地訴苦，說我對你不好，總把你一個人丟在家裡，跑出去就沒影兒……」在軍營裡混久了，這種鬼話沈成嵐張口就來。

齊修衍想也不想就否認。「這不可能，我絕對不會說這樣的胡話！」哭啊，喊名字啊，這種事他可能幹得出來，訴苦什麼的絕對不可能，因為他從來就沒這種想法。不過光是哭啊、喊啊，就足夠丟人了。

「昨晚的事不准再提！」齊修衍下定決心，以後再也不跟岳父和兩個舅哥拚酒量，代價太大。

沈成嵐可不想一次就把人惹毛了，見好就收。

兩個人一起起床、洗漱，用早膳，不用旁人伺候，只兩個人，彷彿又回到最初在十王府的日子。

「早年咱們種在十王府的那些桃樹，聽海公公說，結的桃子又大又甜，要不要讓人移到太子府來？」想到十王府，齊修衍自然而然就想到種在院子裡的桃樹。

沈成嵐有點心動，那是她和齊修衍親手種下的，可惜此後經年，他們輾轉在外，一次桃期也沒趕上，如今那處院子，已經賜給更小的皇子。

「不必了，稍後讓多寶去要幾棵小桃樹，咱們再重新栽一次吧！桃三、李四、杏五，等三年小桃樹就能長大啦！」

人家小皇子住得好好的，太子一冊封就跑去人家院子裡挖桃樹，不是明擺著往言官手裡遞把柄嘛！

不出意外，他們就要長久地居住在京城了，三年而已，等得起。

齊修衍了解她的顧慮，這次回京後，她明顯比之前收斂許多。「也好，一會兒就讓多寶去辦，稍後回來了，咱們就動手栽。」

沈成嵐不禁失笑。「不知情的人，還以為你多喜歡吃桃子。」

# 第三十二章

儲君新立，東宮上下裁撤一新。

然而，沈成嵐執意堅持換上寧王府的老人兒，一個原東宮的僕役都沒有留下，人手不足的部分則由海公公重新挑選調教。

司禮監秉筆太監馬洪在奉命籌備東宮夜宴時，曾在皇上面前提及此事，隱晦地暗指太子妃在用人一事上專橫霸道，甚至有用人唯親之嫌。皇上當時並未表態，今日馬洪在御前稟報，再次提及東宮選調新人之事，元德帝當場發怒，直接訓斥馬洪包藏禍心，讓錦衣衛將人拖去仔細盤問。

沈成嵐跟著齊修衍剛邁進正陽殿大門，遠遠地就看到兩個繡衣衛校尉腳步穩健地拖著嘴裡不住告饒的人，看那人的衣著，竟像是個品階不低的大太監。

沈成嵐收回視線，目不斜視地跟著齊修衍的步調繼續往前走。歷練多年，她早已經學會克制好奇心。

兩人在廊下沒停留多久，就得到宣召，走進東暖閣時沈成嵐飛快偷窺一下皇上的臉色。

嗯，龍顏平靜，並沒有遷怒的徵兆。

元德帝耳聰目明，怎麼可能沒察覺到沈成嵐的小動作，心裡殘存的怒氣被她孩子氣的動作弄散大半，沒好氣地擺了擺手讓他們免禮落坐。

「從明日開始，你就跟著內閣觀政，朕每日批閱的奏摺也會先轉到你手裡，然後再下發，及時看，不要耽誤進度。」元德帝說道。

齊修衍當即應下，領旨謝恩。

沈成嵐張了張嘴，硬是把到嘴邊的話給嚥了回去，跟著齊修衍起身謝恩。

元德帝擺了擺手。

「沒外人在，就不用拘禮了，沈小將軍，妳可是有話要說？」

寧王妃、四丫頭、沈小將軍……皇上對沈成嵐的稱呼總是隨心情而變，根據多年的經驗，沈成嵐摸出規律，叫她沈小將軍的時候，皇上的心情應該是最好的。

但沈成嵐還是先看了看齊修衍，以眼神求助徵詢他該不該說。

元德帝失笑。

「當著朕的面眉來眼去的，成何體統！有話儘管說，朕恕妳無罪。」

沈成嵐見齊修衍笑著對自己眨了眨眼，又得到皇上的這句保證，頓時來了底氣，往前蹭了蹭，只坐一半的椅子，隨時準備著一言不合就下跪請罪。

「父皇，本朝還沒有太子直接跟著內閣觀政的先例，更沒有每日觀摩皇上已閱奏摺的優待，您這麼安排，太子怕是要被架到火上烤了……」沈成嵐垂下眼瞼，不敢偷窺龍顏，腿肚子直發緊，隨時準備撲到皇上跟前下跪請罪。

可是她等了又等，沒有聽到皇上熟悉的怒吼，就悄悄撩起眼皮偷覷。

呵，皇上竟然老神在在啜著茶。

沈成嵐開始有些坐立難安。

皇上這態度，是生氣了沒發作出來呢？還是氣過頭呢？

不然，還是甭管三七二十一，先請罪吧！

沈成嵐作勢就要撲過去跪，還沒來得及動，就被齊修衍眼疾手快攥住手，笑不可遏地朝她微微搖頭。

皇上看她跟一隻炸毛的貓似的，心裡好氣又好笑。這丫頭，說她怕自己，可小時候就能在自己跟前睜著眼睛說瞎話，三不五時送點禮討好自己還相當摳門，膽子大得很！說她不怕自己，卻又總像現在這樣，如同膽小易受驚的貓兒，隨時會就地炸毛。

元德帝恍然想起當年給老三他們選伴讀的時候，那是第一次見到這個丫頭，假扮成她哥哥魚目混珠，板著一張小臉裝得那叫一個認真，完全不知道老景國公早就把她的老底都掀了。

當時也是這種小心翼翼隨時準備炸毛的模樣，讓人忍不住想戳破她的假象，卻又心有不捨，想看她還能作出什麼妖。

「玉不琢不成器，十王府的先生沒教過妳嗎？」元德帝從容地啜口茶說道。

沈成嵐低聲回道：「教過，兒臣就是怕火勢太猛，把太子給燒糊了。」

元德帝險些被一口清茶給嗆著，郭全緊咬後槽牙憋著笑上前給皇上拍背順氣。齊修衍緊緊攥著沈成嵐的手，雙肩忍不住微微顫抖。

跟她說話，最好遠離吃喝，這是一起生活多年來齊修衍悟出的生活智慧。

一口氣終於順過來，看著臊眉耷眼知錯似地老實坐在椅子裡的兒媳婦，元德帝認命地嘆了口氣。「太子禁不禁烤，妳就不用擔心了，說說妳吧。讓妳考慮的事，想好了嗎？」

沈成嵐自回京後雖然掛著武階，卻一直沒有安排具體的職位。皇上私下傳召，給她三個選擇：禁軍副統領、京軍細柳營指揮使、五軍都督府中軍都督僉事。

在大寧駐守的七年間，沈成嵐在北境的功績無庸置疑，給她這三個選擇，元德帝認為，以沈成嵐的資歷完全配得上。

當然，給她三個選擇，也包含一點私心，作為對她的小小試探。

「回稟陛下，臣——已有決斷，日後會在禁軍恪盡職守，不敢懈怠！」沈成嵐站起身，行了個武將禮，鄭重回道。
元德帝的神色卻變得柔和，確認道：「妳真的想好了，要去禁軍？」
對在北地善於長驅深入漠北草原作戰的沈成嵐來說，禁軍更似雀籠，將她牢牢圈在京城，乃至皇城之中。若在京軍或者五軍都督府，尚有再次領兵出征的機會。
關於此事，齊修衍曾和她私下探討過，依他的想法，是想讓沈成嵐進五軍都督府，一來有更大的上升餘地，二來保有領兵出征的機會。儘管不捨，儘管會牽掛擔憂，齊修衍始終不忍心因為自己而讓沈成嵐受到掣肘。
他以為沈成嵐已經默認自己的想法，沒想到她最終竟然做出這樣的選擇。
「妳——」
齊修衍看著沈成嵐堅毅的側臉，一時間百感交集。
沈成嵐如有所感，側頭飛快朝他笑了笑，繼而恭恭敬敬改為跪姿，深深叩首，道：「父皇恕罪，兒臣想說句真心話。這些年來，兒臣為大昭、為父皇、為黎民百姓而戰，殫精竭慮，不敢懈怠，這是兒臣的職責，也是兒臣的夙願。如今，北境安寧，四海清平，暫時無戰事之憂，兒臣想，想為殿下盡些責任。」
緊張地嚥了嚥口水，沈成嵐及時補充道：「當、當然，萬一邊境再有危機，兒臣定會義不容辭，但憑父皇驅使！」

當著皇上的面如此毫不避諱地表示進禁軍的目的是為了保護太子，古往今來，沈成嵐可能是頭一份。

齊修衍已經不知道該如何評斷自己這個枕邊人了。明明用兵詭詐，一到父皇面前，坦誠得可怕。

偏偏元德帝就是喜歡她這樣，還沒等兒子湊過來跟著跪，就對沈成嵐佯裝不耐煩地擺手。

「得了，趕緊起來吧，朕已經知道妳跟太子有多恩愛了，甭再顯擺。」

齊修衍當即無語，不知該如何反應。早知道父皇格外包容嵐兒，卻不想到了如此程度。說出去，被架到火上烤的人應該是她吧？

郭全站在皇上身後，目送太子夫婦向大殿門口的方向走，一時間也是心頭澎湃、百感交集，同時又有種塵埃落定的踏實感。

這個太子，是皇上真心屬意的，旁人或許不知，但他心裡卻再清楚不過，以往種種看似冷落不公的待遇，何嘗不是另一種試煉？

幸而，殿下從未讓皇上失望過。

或許，對廢太子和榮王來說，皇上這個父親未免狠心無情了些，但皇上不是沒有給過他們選擇的機會，只是他們被權勢慾望蒙蔽雙眼，一而再、再而三錯失機會。

「小全子，把宮裡的眼睛都擦亮了，那孩子不是個蠢笨的，靈透著呢，就是需要人提點一把，你多費點心。」元德帝看著並肩而行漸行漸遠的兩個孩子，不知不覺間，他們就這麼長大了。

郭全受寵若驚應下，暗忖：皇上這是有意要把後宮掌事權也交到太子妃手裡。

「真的想去禁軍？」

走出正陽殿大門，齊修衍毫不避諱地牽上沈成嵐的手。

她的手並不像尋常貴女那般柔嫩細膩，常年習武不輟的緣故，虎口和掌心有著明顯的繭子，指骨細長，手指關節卻有些腫大，這是在北地酷寒環境下長期練兵、打仗形成的風濕症狀，此生怕是無法根治，只能日常多注意些，不讓症狀加重。

沈成嵐反手與他十指相扣，孩子氣地微微晃動著，心情前所未有的輕鬆，抬起另一隻手拍了拍胸口，自信心空前氾濫，豪言壯語脫口而出。「以後，你守護江山社稷黎民百姓，我守護你！」

齊修衍。「……」

這話明明讓人感動得要死，怎麼從沈成嵐嘴裡說出來就莫名帶著喜感，讓人想哭又想笑。

親自將齊修衍送到內閣辦公的龍圖殿，沈成嵐先到吏部簽文，再到禁軍指揮使司衙門點卯、領腰牌和官服，一套流程走下來，竟然還沒到午膳的點。想著以後就要在禁軍當值，一旬才有一次休沐，便先回東宮交代自己的去向，還不忘叮囑海公公去龍圖殿給太子送午膳，然後自己帶著腰牌出宮。

景國公府如今沒了長房興風作浪，闔府安寧，府裡都是用慣的老人，尤其是門房，看到她回來也沒一驚一乍，平靜如常地將她迎進府。

回到最放鬆的環境，沈成嵐原形畢露，一路步履如飛，沒多大工夫就進了東苑院門，把通報的門房都甩在後頭。

許氏正等著擺膳，忽然聽到屏風外傳來丫鬟驚喜的聲音，不用猜就知道是那個小冤家回來了，笑著讓姚嬤嬤去膳房通知多加兩道菜。

「沒有逢年過節，妳怎麼又往家裡跑！」明明心裡高興看到沈成嵐走進來，許氏卻故意裝嫌棄。

沈成嵐笑吟吟在桌邊坐下，兀自倒了杯茶。「我爹晌午不回來吃飯嗎？霖兒也不在？」

許氏沒好氣地白了她一眼。「妳爹這幾日去京軍大營巡察，都不在家吃飯。至於霖兒，當然是回自己家啦！妳要是早給我生個外孫或外孫女，這會兒就能帶著孩子來陪我們吃飯了！」

沈成嵐但笑不語，只顧著喝茶。

許氏見她一反常態，不僅心頭躥上一陣驚喜，傾身上前壓低聲音問道：「莫不是，妳有好消息了？」

沈成嵐險些被一口茶嗆到，猛咳兩聲順過氣，無奈道：「現在沒有好消息，不過很快就能有了。」

「哼哼，這句話妳兩年前就開始說了。」許氏坐直身體，心裡卻沒覺得失望。

女兒一直跟著王爺駐守大寧，雖說沒什麼大的戰事，但每年秋收時都免不了會有遊騎過來打劫穀草，沈成嵐自然得帶兵去清剿。以她大大咧咧的性子，若是真的懷了孩子，許氏光是想就擔心得睡不著覺。後來王爺回京述職，主動和她解釋，說是暫時不要孩子是他的主意，想等邊境更平靜一些再考慮。知道王爺自有打算，許氏徹底放下心來，也有閒心像這樣打趣女兒。

「娘，我這次回來，是想告訴你們，我決定進禁軍當差了。」在親娘面前，沈成嵐覺得沒什麼好害羞的，直白道：「上衙散衙有時有晌，也不用帶兵出去打仗，太子總該放心讓我生孩子了。」

許氏聞言心中大喜，卻豎著眉毛去擰她的耳朵。「太子對妳一片赤誠維護，妳竟還編排人家，我看妳就是欠收拾！」

「哎呀，娘，疼疼疼！」沈成嵐捂著耳朵直喊疼。「我錯了，娘，都是我的錯，我保證以後都乖乖聽太子的話！」

「這還差不多！」許氏鬆開手，這次她是真的用了六、七分的力，瞧瞧，耳朵都擰紅了。

這些年齊修衍是怎麼對待女兒的，她全都看在眼裡，漸漸地，丈母娘看女婿，越看越順眼。

沈成嵐揉著耳朵訴委屈。「娘，我發現您越來越偏向太子了。」

許氏不理會她，招呼丫鬟們擺膳，催促道：「快點吃，吃完了咱們去老夫人那兒。喔，對了，華兒當初懷頭一胎的時候，蒼郁找人開了一副調養身體的溫補方子，稍後我去要來，妳讓東宮的醫官瞧瞧，能用的話，妳也開始好好調理。」

沈成嵐甕聲甕氣應和，沒敢跟親娘說，溫補方子什麼的，當年一到福州穩定下來，齊修衍就開始逼著她喝，中間好幾次都把她給補得淌鼻血。

飯後，跟著娘親來到老夫人的院子，三嬸正好也在，聽說沈成嵐要去禁軍當差，都忍不住高興。

沈成嵐一直盯著時間，估摸著快要散衙了，告別家裡人往宮裡趕。

「啟稟太子妃，午後賢妃娘娘派人來，說是請您過去說話。」一見到沈成嵐現身，海公公連忙跑來堵人。

賢妃？

想起上一次見面時的尷尬情形，沈成嵐並不想去。可她畢竟是長輩，更是齊修衍的生母，主動差人來請，不去實在不像話。

換了身裙裝，沈成嵐只帶著一個大宮女隨行，動身前往永樂宮。

東宮與皇宮之間隔著液清池，賢妃居住的永樂宮又屬西路三宮，沈成嵐在宮中雖然享有乘坐轎輦的待遇，但以她的腳力，可能自己走過去還要更快一點。就是苦了隨行的大宮女，雖然有點功夫底子，但一路穿過液清大橋和大半個皇宮，漸漸呼吸就有些不穩。

永樂宮宮門口，沈成嵐欣慰地拍了拍大宮女青禂的肩膀，路上不僅跟上自己的速度，髮絲都沒亂，說明基本功很紮實，很有培養潛力。

體貼地刻意放慢腳步讓青禂調整好呼吸，主僕倆一前一後沿著抄手遊廊繞過前院主殿，來到後院，遠遠地就看到候在正殿廊下的管事嬤嬤急匆匆迎上來福了福身，嘴裡念叨著。

「太子妃殿下，總算是等到您了，娘娘一直等著呢！」

這是怪自己來晚了？

沈成嵐懶得回應，目不斜視地往裡走。

自八皇子受封懷王、就藩景州，齊氏正式由嬪位晉升為妃位，本以為從此以後可以在沈成嵐這個兒媳婦跟前擺出親生婆婆的樣子，不承想風雲際會，寧王竟後來者居上，被冊立為新的儲君，且深得聖心，不但破例讓他入內閣觀政，還允他觀摩批閱奏章。

這個消息像長了翅膀似地迅速傳遍前朝後宮，太監和宮女們甚至背後悄悄議論，說是太子妃天生福相，不僅旺娘家，還特別旺夫！

齊賢妃自太子冊封大典後一直等著他們夫妻倆過來，可不僅沒等來親兒子，就連兒媳婦也沒見到影子，只能差人去請，結果沈成嵐竟然瀟瀟灑灑出宮去了！

齊賢妃聽到稟報氣得心口隱隱發疼，奈何形勢比人強，只能自己跟自己較勁，非得把人給等來。

沈成嵐待人通傳後大大方方走進來，不卑不亢行個半禮。如今她是太子妃，按大昭後宮規制，太子妃的位分是高於一般妃子，沈成嵐在她面前行半禮，已經是給足她臉面了。

賢妃再不甘心，也只能默默壓下，臉上堆起笑容寒暄了幾句，讓宮婢擺膳。

沈成嵐掐著時間回來是想跟齊修衍一起吃晚膳，哪裡想到齊賢妃竟然半路殺出來。

「賢妃娘娘，恕我冒昧問一句，您找我來，可還是為了懷王殿下那件事？」沈成嵐喝了小半碗湯算作周全臉面，放下碗看向故作心事重重的賢妃，直接掀開面紗，問道。

賢妃等的就是這個梯子，就勢重重嘆了口氣，道：「本宮知道，這絕非易事，本也打算息了這個念頭。可一想到廢太子的遭遇，就常常夜不安枕。儲君之位，看似鮮花著錦，實則危機四伏，你們這些年常駐京外，京中根基淺薄，無論是前朝還是後宮，都是最需要至親之人名正言順從旁扶持！」

至親之人？名正言順？

沈成嵐敏銳地捕捉到賢妃這次遊說之詞中的新鮮用詞，抵在舌間反覆品了品，忽然腦海裡閃過一個險些讓她失笑的荒誕猜測。

「娘娘您多慮了，廢太子之所以落得那般慘澹的下場，就是因為結黨營私、徇私舞弊，從而禍亂朝綱，損害國本。朋黨和外戚，向來是君王的逆鱗，皇上深思熟慮後，最終選擇我家王爺作為儲君，我想，最看重的恰恰是他這些年不涉黨爭，務實政事。只要一直保持這份初心，就不會重蹈廢太子的覆轍。」

沈成嵐的見解可謂一針見血，也抓準皇上的心思。

賢妃暗忖：這應該是齊修衍私下分析給她聽的。這個發現讓她隱隱生出危機感，若齊修衍真的達到這樣的見識和眼界，那她最終所圖，恐怕又要落空……

「啟稟娘娘，太子駕到！」

賢妃還想再遊說，門外忽然傳來宮婢的稟報聲。

來得倒是快！

賢妃心頭閃過不悅，但依然維持著臉面上的微笑，甚至站起身主動去迎齊修衍。

沈成嵐將她的態度看在眼裡，再一次佩服齊賢妃精湛的演技。這麼多年，無論和齊修衍如何不歡而散，再見面時仍然能毫無芥蒂地表演慈母面孔。每次看到她虛偽的笑臉，沈成嵐下意識都會想到沈思清。她們給人的感覺，彷彿是盤踞在暗處的毒蛇，專門喜歡趁人不備偷襲暗算，讓人防不勝防。

上一世栽在這種陰毒的算計之下，這一世沈成嵐格外忌憚這種人，每每接觸必定打起十二分戒備。

這恰好就是齊修衍希望看到的結果。他的嵐兒只要懂得自保即可，這些陰謀詭譎的算計自有他來清除。

從皇子王爵到一國儲君，一個人的改變會有多大？

賢妃第一次正式面對以太子身分出現的齊修衍，衝擊之大讓她恍然覺得心悸。那雙眼眸看著她，更加深沈不驚，彷彿她心裡最隱秘的計算，都已經被他看穿。

這樣的一雙眼睛，讓她覺得憤怒，更覺得畏懼，多被看一會兒都覺得坐立難安。

是以齊修衍說要走，她破天荒沒有一絲挽留。

「你是特意來替我解圍？」走出永樂宮宮門，沈成嵐覺得呼吸都變得暢快了，一身輕鬆，渾然不覺自己看著齊修衍笑吟吟的模樣有多傻氣。

「我們太子妃厲害著呢，哪需要我來解圍。就是聽說妳特意回來陪我吃飯，我來尋人罷了。」

宮道兩旁的燈籠已經點亮，沿途只有當值戍衛的校尉，齊修衍習慣地牽起她的手，沈成嵐很自然地反握住。

青稠和多寶極有眼色地後退一段距離，方便兩位主子說話。

「賢妃似乎還不死心。」沈成嵐低聲將齊賢妃之前說的話複述一遍，也說出自己的猜測。「你說，她該不會是對皇后的位置有什麼想法吧？」

雖然是自己的揣測，但說出來仍然覺得不可思議。

不愧是賢妃，只有別人想不到的，沒有她不敢想的。

齊修衍晃了晃兩人交握著的手，笑著促狹道：「進步了呀，這都讓妳發現了。」

「什麼時候了，你還打趣我！」沈成嵐稍用力捏他的手，心裡因為齊賢妃生出的顧慮被他平靜的反應沖淡大半。

齊修衍笑著任由她揉捏自己的手掌，溫聲道：「這幾日內閣陸續收到奏請立后的摺子，送到父皇手裡一直留中不發。提名的人選，就是賢妃。」

自先皇后自請廢位過世，后位始終虛懸，當初皇上遲遲不肯冊立沈貴妃為后，就常常被二皇子一派拿來做把柄攻擊太子。

如今，歷史重現，齊修衍面臨著和廢太子相似的處境。

「是賢妃授意的？」沈成嵐蹙眉。

通常來說，為了穩固儲君的正統地位，即使他不是嫡子出身，皇上也會想辦法給他嫡子的身分，最常用的方法，就是冊封他的母親為后。

如今后位虛空，賢妃又是儲君的生母，立她為后顯然是最簡單有效的辦法。

齊修衍微微搖頭，道：「可能是她，也可能是有人想藉此投石問路。」

「問什麼路？」沈成嵐撇嘴。「皇上對你有多重視？你對賢妃有幾分母子情分？」

齊修衍失笑。「隨他們去折騰，這種事就留給父皇去操心吧！咱們快回去吃飯，內閣的老頭子們絮叨得很，這半天我連口茶都沒騰出工夫喝。」

沈成嵐聞言心疼不已。怎就這麼忙了，連喝茶的工夫都不給，往後禁軍安排當值，她得多去龍圖殿晃晃。

元德帝雖勤於政務，但也不是不懂心疼自己，近幾年大昭的氣象還算四海清平、河清海晏，元德帝便把原來每三日一次的大朝會改成每五日一次，算是給七早八早爬起來上早朝的大臣們施予福祉。沈成嵐也跟著受益，她如今是禁軍副統領，以後每次大朝會都要伴駕臨朝。

第一次站在蹕階下，面朝文武百官。嗯，這個視角，感覺既新鮮又有點說不清道不明的微妙。

太監唱禮，有事啟奏，無事退朝。

沈成嵐眼觀鼻鼻觀心，裝作木頭人，齊修衍就站在她對面，兩人相距甚至不到五尺。

很好，以後他們也算是能一起上朝了。

沈成嵐恪盡職守，儘量降低自己的存在感，奈何她的身分實在是大昭開朝以來獨一份，既是炙手可熱的新任太子妃，又是甲冑加身、御前帶刀的禁軍副統領，人往蹕階下一站，甚至比太子爺還惹眼。以至於每個出列稟述政務的朝臣都不由自主先看她一眼，隨朝觀政的幾個皇子更是頻頻關注她。

齊修衍剛開始還有些擔心她會不適應，哪知道人家眼皮一耷拉，任憑爾等隨便觀仰。不愧是戰場上淬鍊出來的意志，堅不可摧！

元德帝將朝臣們的反應看在眼裡，嘴角時不時揚起一絲可疑的弧度，似在偷笑。

大朝會前半段沒什麼特別的，各部彙報轄內急待解決的重要事務，依舊是該協商的協商、該爭執的爭執，人前雅正端方的文臣們，暴脾氣上來袖子一捋，就能掐到一塊兒，生猛的勁頭絲毫不輸給對面的一般武將。

今兒應該算是比較平和，殿內當值的禁軍校尉只上前拉了一次架。

轉折發生在宗人府左宗正徐玹站出來當廷奏請冊立新后。

朝臣們的意見很統一，得立后。

但立誰為后？一時間發生分歧。

爭論主要圍繞著兩個人，其一，自然是太子的生母，賢妃。其二，是莊妃，莊妃晉封妃位要比賢妃早很多年，膝下雖然只有兩位公主，但深得皇上信重，即使是在沈貴妃、郭淑妃盛極後宮之時，莊妃都在協理後宮事務，且出身江南大儒之家，累世的書香門第。

起初還有人提議其他的備選人，漸漸地，爭論集中到這兩位身上，你來我往，唇槍舌劍，互不相讓。

沈成嵐不動聲色地偷瞄齊修衍，看他身姿挺拔地站在那裡，淡定地置身事外，心裡隱隱泛上心疼。未來誰坐上后位，齊修衍和她就要恭恭敬敬奉她為母后了。

齊修衍啊齊修衍，似乎特別沒有母親緣，尚在襁褓之中就被親娘當作邀寵工具送給皇貴妃，皇貴妃默默為他打算，是個真正疼惜他的人，奈何紅顏薄命，他又成了個沒娘的人。

如今，滿殿朝臣吵作一團，給他找嫡母，卻沒人想過問一句他的意見。

他們已經長大了，可是時至今日，沈成嵐還是忍不住心疼齊修衍，想把自己所擁有的都分他一半。

「臣——戶部右侍郎蒼郁，有本啟奏！」

沈成嵐正憋悶著，一道洪亮的聲音蓋過爭吵聲清晰地在大殿內響起。殿內的嘈雜聲戛然而止，眾臣目光應聲聚焦在一個施施然出列的年輕人身上。

他不是別人，正是被坊間戲稱為大昭第一關係戶：蒼郁。

從一介落魄秀才，到遼東清吏司郎中，再到如今的戶部右侍郎，蒼郁的官途一路伴隨著破格錄用、破格提拔、破格擢升，經歷不可複製。

破格重用他的是今上，誰也沒膽子妄論，於是乎，羨慕嫉妒恨的目標就集中到蒼郁身上，沒少遭受詬病。

奈何今上就是看重他，這不，看到他出列，臉色都明顯變得緩和了。

「蒼愛卿啊，有什麼話儘管說。」元德帝被前面一波爭吵鬧得有些心煩。

蒼郁辦事能力強，嗆人的能力更強，按以往的經驗，只要他站出來，耳根就可以清靜了。

蒼郁應了聲諾，掃了眼爭論的兩邊，方才開口道：「諸位大人此前陳情，立后之重要性，臣附議。憶往昔，太子殿下未及弱冠之年時，便已經能獨立督建竹管引水工事、選址增闢屯田、主持水患賑災、督造福州港、充實海防營，護福州一方百姓安寧，其後更是臨危受命、遠上大寧，其間功績，相信不必臣細說，諸位大人也都心中明鏡。」

齊修衍的功績，被蒼郁這麼樁樁件件羅列出來，大殿裡頓時徹底安靜下來，尤其是那些抱著隱秘心思的朝臣們，隱隱覺得備受壓力。縱觀陛下的兒子們，包括廢太子和二皇子榮王，論實幹，哪個都要黯然失色。

「蒼大人，太子殿下的文采武德咱們滿朝文武誰人不知，只是，咱們現下商議的是立后之事，還是不要扯得太遠吧！」禮部左侍郎很不客氣地出聲提醒道。

未等他話音落下，立刻有人表示異議。「此言差矣，太子殿下能在少年時期就顯露出非凡的經世之才，必然與母妃的悉心教導不可分……」

母妃二字一出口，氣氛頓時陷入莫名尷尬的境地。發聲這人只想著賢妃是太子的生母，一時情急竟忘了，太子卻是養在先皇貴妃膝下的。

支持立賢妃為后的眾朝臣恨得牙根直癢癢，如果眼神能化作實物，恐怕已經把他射成篩子。

成事不足敗事有餘的蠢貨！

有人主動搭梯子，蒼郁樂呵呵順著往上爬，提起袍裾跪下，鄭重叩首，道：「臣與太子殿下相識多年，常聽殿下提及先皇貴妃娘娘，感恩於娘娘全然無私的撫育教導，遺憾於母子間的情深緣淺。樹欲靜而風不止，子欲養而親不待。每每提及娘娘，殿下皆滿懷抱憾。臣，福分淺薄，無緣得見娘娘霽月光輝，然而殿上諸多大人想必比下官有福多了。故，臣在此奏請，立先皇貴妃袁氏為后，為天下女子樹立表率，同時周全太子殿下之拳拳孝心！」

齊修衍聞之動容，跪地伏身附議。

皇貴妃在世時與皇上鶼鰈情深，因她過世，皇上不僅執意將她的棺槨安放在他的皇陵地宮中，甚至廢朝半個月。此後每逢貴妃忌日，皇上都追思悼念，時至今日，長安宮仍未有新的主人。

但憑皇上的這份長情，也沒人敢當庭提出反對。況且，袁家早已退出京都朝堂，立個已經死了的皇貴妃為后，既不能給太子帶來什麼助力，又對其他家沒什麼威脅，倒是最折衷的選擇。

念及此，當即就有不少朝臣附議蒼郁的奏請，待到內閣首輔塗閣老也下跪附議，持觀望態度的那部分朝臣也跟著紛紛附議，立后之事，算是塵埃落定。

元德帝大喜，立刻著禮部準備立后相關典儀，並在退朝後，將太子和蒼郁叫到御書房，私下狠狠賞了蒼郁一大筆金銀。

立袁氏為后，不僅周全齊修衍的孝心，更成全元德帝餘生最大的夙願。蒼郁向來不打無把握之仗，敢在大殿上主動奏請立后，必定是跟太子商量好的對策。

飲水思源，不忘舊恩，光這一點，元德帝就再次確認自己沒有選錯人。

「父皇，兒臣還有件要事啟稟。」待蒼郁退出御書房，齊修衍示意皇上屏退左右，並讓郭全守好房門，才從懷中取出一封密報呈到元德帝面前。

永樂宮內殿，守在門口的兩個婢女聽到裡面傳出來的摔砸怒罵聲，驚得大氣都不敢喘一口，唯恐遭遷怒被罰。這大半年來，娘娘的脾氣越發暴躁，一不順心就對宮婢動輒打罵，完全顛覆往昔柔善親和的模樣。

「去，把太子給我叫來！我要當面問問他，到底有沒有把我這個親娘放在眼裡！」賢妃力竭，跌坐在暖炕上，憤然低喝。

大昭自建朝以來，還從未有過立死去的妃子為后的先例，所以皇上再喜歡袁氏，再意難平，也無法開口破這個先例。她就是吃定這一點，才有信心策動這場立后，沒想到竟然毀在自己的親生兒子手裡，這讓她怎麼能甘心！

掌宮大太監唯唯諾諾應下，踉蹌著從裡面跑出來，打算親自去請太子，剛穿過正殿旁的月洞門，遠遠就看到了一前一後迎面走來的兩人，定睛一看，頓時激動得眼底噙上兩泡淚。

這不正是太子和太子妃殿下嘛！

賢妃沒想到齊修衍會來得這麼快，而且還是和沈成嵐一起來。

「狗東西，太子來了怎麼也不早通傳！」賢妃從未在齊修衍面前如此失態過，滿室狼藉、鬢髮凌亂的姿態，讓她心中的怒火瞬間被羞窘難堪取代大半。

沈成嵐看著伏地連連告罪的掌宮大太監，和他身後跪得戰戰兢兢、面龐帶傷的幾個婢女，不禁蹙眉，開口道：「你們先退下吧。」

幾人聞言如蒙大赦，連連謝恩退下。

賢妃見狀，心裡的怒火又騰地躥了上來，陰陽怪氣地道：「太子妃當真好大的威風，竟然在本宮的地盤上作起主來了！」

「娘娘言重，現下我甲冑在身，恕不能行常禮了，還望見諒。」沈成嵐抱了抱拳，和齊修衍交換一個眼神，轉身撤出內殿，守在廊下。

掌宮大太監見狀，帶著兩個小太監搬了把大椅過來，沈成嵐婉言拒絕。其實她今天的職責就是伴駕上朝，退朝後就能下衙，之所以沒脫甲冑陪齊修衍走這一趟，純粹是為了給他充場面。對賢妃來說，禁軍副統領的身分可比太子妃有威懾力，畢竟是實實在在的內軍權。

賢妃被沈成嵐不同以往的傲慢態度刺激得越發火氣大盛，指著門口的方向憋得滿臉通紅，咬牙切齒地低斥道：「你看看，這就是你選的好媳婦，無禮又傲慢，眼睛裡哪還有我這個婆婆？傳出去簡直讓人笑話……」

齊修衍揀了一個還算能落腳的椅子坐下，對於賢妃的怒氣視而不見，直接打斷她的數落。

「她應該放在眼裡的婆婆本來就不是妳，而是我的母后。」

「……你，你個逆子！」賢妃被這毫不留情的一句話狠狠戳中，已然失去理智。「是我，生下你的人是我！如果不是我生了你，又把你送到那個短命鬼身邊，你會有今天的風光地位？狼心狗肺的東西，你竟然連親娘都不認，品行敗壞如此，怎配當這個太子！」

「我不配當太子，誰配？齊修安嗎？」齊修衍仍舊不為她的失態所動，一側嘴角輕揚，扯出個嘲諷的冷笑。

「不是所有生了孩子的女人都配被稱為母親。的確，是妳生了我，但是從頭到尾，我都只是妳邀寵的工具罷了。妳若真的對我尚有一絲母子親情，又怎麼會在我遭人欺凌、荀延殘喘之時始終冷眼旁觀。不是我不顧念母子之情，而是妳，早就親手斬斷我們之間那點微薄的血脈羈絆。」

齊修衍眼裡的平靜凜然如同一桶冰水，將賢妃兜頭澆得透心涼。這些年來，她始終迴避自己對齊修衍所做的一切。不想，就不必面對良心的譴責，就能心安理得將之歸為對他好。久而久之，連她自己也相信這些被扭曲的假象。

「那又如何？你終究是我生的，血脈牽連不是你想斷就能斷，不管到什麼時候，世人都得承認，我是你的親娘，懷王是你的親兄弟！」假象被撕開，賢妃最先感覺到的不是羞愧，而是憤怒和憎恨，恨齊修衍連最後一絲體面也不肯顧念。

「因為是我的親娘，是我的親兄弟，所以無論做了什麼，我都不會痛下殺機，父皇更是得顧及我的臉面網開一面？」齊修衍不禁覺得好笑。「這就是你們在景州荒山裡豢養私兵有恃無恐的底氣？」

血色瞬間從賢妃臉上抽離。「你、你在說什麼，我聽不懂！」

齊修衍懶得跟她攀扯。「枉你們自作聰明，殊不知景州轄內雖不設團練，但每個藩王封地內，父皇都設有龍鱗衛特使負責監察王府。你們自以為做得隱蔽，殊不知早就被龍鱗衛發現了。」

龍鱗衛的確在地方派有監察特使，但並非每個藩王封地都有固定設置，而且，這次也不是龍鱗衛發現懷王在封地內豢養私兵，而是河間府團練使章達。河間府團練兵秘密組織剿匪，在追捕漏網的山匪時偶然闖入景州的荒山，才發現這個要命的秘密。

章達曾在齊修衍麾下效力，後來又經過齊修衍的舉薦調派到河間府任團練使，對他極為敬重，發現這件事後立即下了封口令，並派心腹快馬加鞭將密報親自送到齊修衍手中，與此同時，也調集好兵力，隨時準備配合齊修衍清除禍患。

賢妃跌坐在暖炕邊，驚駭得雙唇發顫，一時發不出聲音，良久，她才找回些力氣，手掌緊緊扶著炕沿撐起身體，目光灼灼地盯著齊修衍，竭力維持理智道：「你先來跟我說這些，而不是直接稟明皇上圈禁我，所圖為何？」

齊修衍雙眸清澈，內如古井無波。「所圖？我對妳，從來沒圖過什麼，你們，也沒什麼值得我圖的。這件事，我已經稟明父皇，稍後會有諭旨傳召懷王回京侍疾，妳不做多餘的事，我就可以保他一命。」

「侍疾？」賢妃蒼白著一張臉搖頭。「皇上龍體康健，近期從未缺席早朝，突然傳出病重，懷王根本不會相信。」

「所以啊，病重的不是父皇，而是妳。為了懷王的性命，稍後就只能委屈妳了。」

齊修衍說著站起身，對門口拍了拍手。

賢妃大駭，不知哪來的力氣爬上暖炕蜷縮進牆角，驚叫道：「你想做什麼？放肆！

你們想對本宮做什麼！」

齊修衍見狀，眼底的嘲諷更甚，淡淡開口道：「妳以為我會對妳做什麼？給妳下毒，故意讓妳病重？妳還真是一點兒都不了解我。」

說罷，他無意再多逗留，毫無戀棧地大步走出去。

「都說完了？」辨出熟悉的腳步聲，沈成嵐轉身迎上去，仔細打量他眉眼，發現並沒有異樣，才放下心來。

齊修衍眼中冷意盡消，笑意直達眼底。「都說完了，咱們回家吧。」

沈成嵐拍開他握上來的手。「穿著甲冑呢，我現在可是上衙時間，被人看到了又要參我幾本！」

齊修衍笑得開懷。「妳怕被參？」

「無傷大雅的小事參就參了，公事不行，得公私分明。」沈成嵐堅持底線。只要身上穿著甲冑，從福州到大寧，再到禁軍，她都緊守規矩。至於脫下甲冑，那就另當別論。

齊修衍看著她的目光越發柔軟。「宮中規矩大，難為妳了。」

沈成嵐笑得狡黠，壓低聲音道：「不過就是些規矩罷了，我早就嫻熟於心，不過，哥哥說了，總要偶爾給人抓抓小辮子才好，事事盡善反而不善。」

雖然心裡早有隱隱的猜測，但這一瞬間得到印證，齊修衍的心還是被狠狠撞了一下。這就是沈成嵐，總習慣先替自己考慮。

「信我，在宮裡我也能讓妳活得很自在。」齊修衍堅定道。

沈成嵐調侃道：「還是別太慣著我了，不然史官筆下，非把你寫成昏君，把我寫成紅顏禍水不可！」

齊修衍被她逗笑。「隨他們寫，有妳這樣上馬能安邦定國、下馬能賺銀子養家的紅顏禍水，我當個昏君又有何妨。」

雖然明知四下沒人能聽到，沈成嵐還是警惕地四下確認一眼。「你這豪言壯語若是被皇上聽到，說不準咱們就要被攆出京城了！」

「那不是正好，如果被攆去西南，妳那些縣誌就有機會派上用場了。」齊修衍巴不得有出京的機會，自從當太子，皇上越來越有偷懶的跡象，最直接的後果就是自己下衙的時間越來越晚，這發展苗頭可不太妙啊……

他們兩人依舊如來時那般，一前一後，禮數得體，妥妥的君臣之禮。前提是，聽不清他們的對話。

在他們身後，永樂宮的宮門緩緩關閉，不多久，賢妃意外落水感染風寒的消息迅速傳遍後宮，各懷心思的妃嬪陸續登門探望，發現賢妃確是病了，且病情迅速加重。

過沒幾日，在皇上親自探望後，為了讓賢妃安心靜養，永樂宮關閉宮門，暫時禁止外人探望。

# 第三十三章

景州懷王府，齊修安接下聖諭後心裡尚存懷疑，稍後收到京中暗探的消息，確定母妃是真的病了，當即帶著一小隊府衛趕往京城。

就在他策馬踏出景州的地界，得到密令的章達率領五千團練兵，悄悄前往景州郊外的荒山。

與此同時，龍鱗衛指揮使親率一支禁軍日夜兼程，錯開懷王的上京之路，直撲向景州懷王府。

懷王入京後第二天，河間府團練使章達得到密報，領兵進入景州剿匪，成功端掉一個將近三千人的匪寨。

皇上得知消息後龍顏大怒，責令章達徹底清除河間府內所有匪患，並命他立即派兵護送懷王府一干親眷入京。

齊修安看著身著赤色太子常服的齊修衍步履沈穩地走進來，被他胸前和兩肩上的金織蟠龍刺得眼睛隱隱作痛。自從入京後，他就以侍疾為由被困在這配殿之內。

「三哥當真好手段，更是好狠的心腸。」

豢養私兵的秘密被發現，回想起皇上之前處置廢太子和榮王的雷霆手段，齊修安就日日被巨大的恐懼籠罩，不過短短幾日，他就心力憔悴，彷彿老了十幾歲。

齊修衍不禁感嘆，不愧是賢妃悉心養大的親兒子，事事歸咎於他人的自私完美地一脈相承。

齊修衍耐力好，沈成嵐卻忍不住了，在他身邊坐下，冷聲道：「論臭不要臉的本事，懷王也是無人能及。」

齊修安哪裡受過這樣的嘲諷，當即橫眉怒瞪。「妳算個什麼東西，也敢辱罵本王！」

沈成嵐安撫地拍了拍動怒的齊修衍，哂笑地看著齊修安，道：「我憑自己的本事，博來禁軍副統領的位置，你呢？你有什麼東西是靠你自己的本事得到的？你母妃的寵愛、你自幼在皇子中優人一等的待遇，那是靠出賣齊修衍換來的。懷王的爵位？那是你命好，投胎在皇家，即使無才無德，只要不自己作死，就能得到王爵。你說說你，讀書沒天賦，練武怕吃苦，文不成武不就，自作聰明遊走在廢太子和榮王之間，以為手裡捏著廢太子的殘部和榮王私斂的錢財就能成事？你當皇上跟你一樣天真？」

既然齊修衍之前把揭發秘密的功勞推到皇上和龍鱗衛頭上，沈成嵐便繼續給皇上戴高帽。

「妳——」齊修安被這一大通噼哩啪啦如炸雷般的真相震得血脈逆流，喉間泛上一股腥甜，想反駁卻又一時詞窮，心裡越發著急。這麼急上加急，終於承受不住，哇地噴出一口血來。

聽聞太子和太子妃駕到，急匆匆趕過來的賢妃恰好看到這一幕，驚得尖叫，連聲喊著宣太醫。

多寶上前一步探了探懷王的脈搏，稟道：「只是一時急火攻心，並無大礙。」

「並無大礙？狗奴才，你沒看到懷王都吐血了嗎？」賢妃衝過去想要扶起齊修安，奈何力氣不夠，又怒罵著喊來門外當值的宮婢太監們進來，將齊修安扶到軟榻上躺好，並讓人去宣太醫。

沈成嵐從腰間掏出個青瓷藥瓶交給多寶，示意他給懷王吃一顆，雖然這口血吐得要不了命，但總要以防萬一。

「滾開，不用妳來假好心！」賢妃揮袖驅趕靠上前的多寶，怒目看向沈成嵐，嘴上高喝著。「耳朵都聾了嗎？給本宮去請太醫！」

掌宮大太監下意識去看坐在上位的太子，賢妃發現他的小動作，頓時火冒三丈，抄起軟榻几案上的茶壺就砸過去。「狗奴才，反了不成，本宮還沒死，仍是這永樂宮的主子！」

齊修衍不想再看她發瘋，朝掌宮大太監微微頷了頷首。

沈成嵐看著賢妃使喚宮女打水絞帕子，親自動手小心翼翼地替懷王擦拭嘴角、臉上的血痕，還心疼得直垂淚，心裡頓時覺得憋悶，藉著寬大衣袖的遮掩悄悄握緊齊修衍的手。

齊修衍反手握住，跟她十指相扣，以眼神示意自己沒事。如他之前所說，對眼前這個生母，他是真的一丁點的貪圖也沒有。無戀亦無恨，只求她能安安靜靜度過餘生，不要再興風作浪自尋死路。

「微臣參見太子殿下、太子妃殿下，參見賢妃娘娘、懷王殿下！」常太醫被永樂宮的掌宮大太監扯著衣袖一路小跑過來，氣息都有些不穩了。

沈成嵐見是他，不禁有些意外。「常軼倫，怎麼是你？」

這些年常太醫一直跟著他們在大寧府邸，作為王府的醫官。大把的閒暇時間就用在給城中百姓義診，在大寧素有「活菩薩」之稱。待到他們奉命回京，沈成嵐本想讓常太醫留在大寧自由自在地行醫，但他執意跟著一起回京，不過請了長假，說是要回平縣老家探探親。沈成嵐以為他要在老家多住一段時間，就沒再多過問，沒想到他竟然橫空出現在這裡。

「回太子妃的話，微臣日前銷假回京，請示過太子殿下後就又回太醫院，今兒正好是微臣當值。」如果可以選，常太醫也不想來蹚渾水，誰曉得事情就是這麼巧呢！

沈成嵐也很同情他的遭遇，無奈地擺了擺手。「罷了，咱們稍後再說，你先替懷王瞧瞧。」

常太醫應下，跟在他身邊的小藥童機靈懂眼色，不用他吩咐就打開藥箱取出脈枕，可人還沒走近懷王就碰上跟多寶同樣的遭遇，被賢妃一袖子給抽了個正著。

「你們很熟？」賢妃在後宮浸淫多年，最不憚以最陰暗的人心揣測人。「去，換個太醫過來！」

常太醫一邊平復呼吸，一邊暗忖：若真是重疾，懷王恐怕就耽誤在他親娘手上了。

齊修衍也不想讓常太醫多受牽連，示意他先退下，另換個人過來。

賢妃見狀，順勢要求請胡太醫過來。

齊修衍屏退眾人，並向多寶使了個眼色。多寶會意，躬身退下，親自送常太醫回值房。

太醫院在後宮的長康右門設有值房，時時安排太醫在此當值，便於及時就醫。若傳召不當值的太醫，就要一路出午門、奉天門、大明門，才能到太醫院的官署。這一來一回，少說也要一個時辰。

賢妃堅持傳召胡太醫，是因為他已經連著兩天沒來給自己請脈了。

「不過是點個太醫而已，這你也要阻攔嗎？」賢妃垂眸看著自她來後就沈默不語的齊修安。「自本宮生病以來，一直是胡太醫在為本宮盡力醫治，本宮現在只相信他。」

「是嗎？」齊修衍過分沈靜的黑眸打量著眼前的兩人，目光如炬，看透他們強弩之末，瘋狂而虛弱的內心。「現在要找胡太醫，去太醫院官署可找不到，得去龍鱗衛的詔獄才行。不過，想從詔獄提人，賢妃可能要再等兩日。」

詔……詔獄！

沒人能扛過詔獄的審問。

賢妃瞬間感覺如墜冰窟，由心底漫上層層寒意，冷得牙齒都在打顫，而被她半攬在懷裡的齊修安比她顫抖得還要厲害。

「你說過，只要我配合，就會保下我們一命。」賢妃頹然鬆開手，任齊修安滑躺在軟榻上。

齊修衍將她這個下意識的動作看在眼裡，眼底浮上不加掩飾的嘲諷和涼薄。「沒記錯的話，我允諾的是『妳不做多餘的事，我就可以保他一命』。妳指使胡太醫暗中聯絡廢太子和廢王齊修正舊部，已經違背約定，意圖逼宮謀反更是罪大惡極，現在還以此要脅，不覺得太好笑了嗎？」

「逼宮謀反」四個字一說出，賢妃和懷王霎時面如土色，抖如篩糠。

賢妃頓覺走投無路，眼前的齊修衍儼然成為唯一的救命稻草，踉蹌著衝過來就要跪抱他的大腿，被沈成嵐一個眼疾手快半途截住，架著塞進圈椅裡。

雖然已經斬斷母子的情分，但賢妃是他的生母，這是無論如何都沒法改變的事實，沈成嵐不想看到賢妃跪在齊修衍腳邊的情形，她不想讓他更難過。

看吧，這就是真心和假意的天壤之別。真正關心你的人，會將你的感受放在心上，妥善照顧，而假意的人，完全不會考慮她的舉動是否會化為刀劍戳在你的心上。

「賢妃娘娘，請自重。」沈成嵐手上用力，將掙扎的賢妃牢牢按在椅子裡。「殿下在這個時候過來，還不懂是什麼意思嗎？恕我奉勸您一句，機會不是總有的，還望您能抓住這最後一次，否則就算是大羅神仙下凡，也沒有轉圜的餘地了！」

沈成嵐心中壓著怒氣，手上就沒有留情，賢妃反而因為痛感而漸漸找回理智，隨即被她的話裡有話震撼到，當即放棄掙扎，如蒙大赦地看向齊修衍，目光灼灼。「我這次一定說到做到，從此安安分分待在這永樂宮中！」

齊修安察覺到沈成嵐的目光看過來，也不躺在軟榻上裝虛弱，掙扎著爬起來跪在榻下，賭咒發誓表誠心的話如滔滔江水，一看就是從小到大沒少說過。

沈成嵐向齊修衍使了個眼色，表示對懷王不是很放心。

齊修衍對她笑了笑，表示無妨，讓她坐回自己身邊。

「現在，胡太醫的口供還沒有確認畫押，唯一可以轉圜的餘地是，你們將廢太子和廢王的餘黨殘部、私銀交代清楚，我會私下向父皇求情，算是你們戴罪立功，功過相抵。胡太醫的口供裡，不會出現你們的名字。」

齊修安覺得不可思議。「父皇真會這麼容易就答應你的求情？」

齊修衍微微哂笑。「你以為你能成多大的事？到現在你還沒發現吧，你自認聰明，能在廢太子和廢王之間左右逢源，妄圖利用他們上位，豈不知從一開始，你就只是廢王齊修正手裡的一枚棋子罷了，哪怕他被圈禁，仍然能將你玩弄在股掌之間。不妨告訴你，你府上那個長史，還有一直以來替你招募訓練私兵的人，喔，還有胡太醫，其實都是廢王的人。可笑，你竟還真以為拉攏住他們了。」

「這、這不可能！」齊修安心中大慟。「齊修正已經廢了，絕無重見天日的機會，他們能倚仗的只有我！」

「絕無重見天日的機會？」齊修衍毫不客氣地戳穿他的自欺欺人。「為了讓他交出暗藏的勢力和錢財，你許給他什麼承諾，你都忘了嗎？」

沈成嵐心中暗忖：還真是母子，都對自己許下的承諾轉頭就忘，對別人許諾的念念不忘。

齊修安聞言委頓在地，殘酷的真相讓他恍惚間徹底否定自己的所有，自認運籌帷喔，實際上卻只是人家手中的提線木偶嗎……

「賢妃娘娘，同為皇上的兒子，太子終究要顧念兄弟之情，能為他周旋至此，已經是仁至義盡，現下，就只看你們的選擇了。」沈成嵐說。

事到如今，還有另一條退路嗎？

賢妃無路可退，只能點頭答應。

多寶聽到太子傳召的聲音從外面走進來，手裡端著個托盤，上面擺放著筆墨紙硯，恭敬地放到屋中間的方桌上。

「娘娘，懷王殿下，請吧。」沈成嵐提醒道。

賢妃先一步動作，走到桌邊坐下，毫不猶豫地提筆。

齊修安見狀也從恍惚中回過神，腳步虛浮地踱到桌邊，看也不看賢妃紙上所寫的內容，兀自提起筆。

約莫三刻鐘後，齊修安提前收筆，看到賢妃仍在寫著，不禁懷著好奇和費解看了一眼，頓時臉色變得極為難看。

只一眼，他就看到好幾個覺得陌生的名字。

沈成嵐看到他的反應，心下了然。難怪齊修衍要讓他們各寫一份，原來竟是如此。

又過了將近一刻鐘時間，賢妃才終於擱下筆。

多寶仔細將兩份名單收好，呈給太子。

齊修衍看也沒看，直接讓多寶立即轉呈給皇上。

「你做事，倒是比廢王還要周全。」賢妃不禁喟嘆。「立后之事，想必你也早有謀算吧。」

袁氏是皇上唯一放在心尖上的人，即使是死了，也無人能取代。如今她被光明正大立為皇后，將來名正言順與皇上同葬帝陵，終是圓了皇上最大的夙願。至此，齊修衍的太子之位便無人可撼動。正因為如此，他才有底氣可以說服皇上，對她們母子網開一面。

這是何等的恩寵啊！

賢妃只恨，這樣的榮寵為何不是懷王。

後不後悔當初送出齊修衍？對賢妃來說，不能想，也不敢想，怕悔得肝腸寸斷。

常太醫再次被請回來，經他診斷，賢妃娘娘病情越發加重，有惡化轉為肺病的跡象，必須完全閉宮靜養。

消息如同長了翅膀飛到各宮各院，這次待太子和太子妃離開永樂宮後，沒有一個妃嬪登門探望。

隨後，皇上宣召太子和懷王，沈成嵐則自己回到東宮，閒來無事給新栽的桃樹苗搭架子。樹苗纖弱，京城春風大，搭個架子省得折了。

「太子妃，為什麼樹苗之間要隔得這麼遠呀？」青稠跟在沈成嵐身後，輕鬆地提著一桶水，沈成嵐搭完一棵樹苗，她就舀兩大瓢水澆上。

沈成嵐抬眼環顧了一圈，道：「妳是沒看到我之前在十王府種的那些桃樹，十幾年的工夫就長那麼大，海公公說後來不得不年年修剪掉一些枝條，才能讓日光透進來。這回啊，咱得記取經驗教訓，先給它們留出足夠的地方。」

「太子爺似乎很喜歡吃桃子——」話一出口，青稠就察覺到自己失言，忙要跪地告罪，忽地被一枝竹竿攔住。

沈成嵐揮著竹竿輕輕敲了敲她的膝蓋，抽回來繼續搭架，道：「以後有外人在的時候多注意就好，這裡沒外人，就不用跪了。而且，太子不是喜歡吃桃子，只是喜歡吃我種的桃樹結的桃子！」

青稠滿腔感激涕零瞬間被一頭霧水取代，撓頭表示不懂。「這有什麼區別嗎？不都是桃子……」

海公公端著茶水走過來，聽到她們的談話，看著偌大的花園裡稀稀疏疏種著的小桃樹苗們，心底湧上無限憧憬。他得好好保重這把老骨頭，太子和太子妃的好日子還在後頭呢！

齊修衍比往常回來得又要晚一些，沈成嵐一邊翻看莊妃派人送過來的後宮帳簿，一邊等他回來吃飯。

「說了多少次，不用等我，到了用膳的時候妳就先吃。」齊修衍換過常服，見沈成嵐捧著手裡的帳簿看得認真，不禁問道：「莊妃又派人送帳簿過來？」

沈成嵐點頭，放下帳簿挨著齊修衍坐到桌邊。「衙門那邊有大統領在，需要我處理的公務不算多，莊妃從現在一點一點手把手教我，將來接過來也省得手忙腳亂。」

皇上立了先皇貴妃為后，後宮宮務仍然沒有皇后一力承擔，只能由莊妃繼續代理。沈成嵐暗自歡喜，以為沒自己什麼事，沒想到皇上金口一開，讓她跟莊妃學習處理宮務。好在她早有管理王府中饋的經驗，上手還算比較快。然而，能力強也有能力強的煩惱，莊妃送過來的帳簿是一次比一次厚了。

「小笨蛋，怎麼吃著飯也能打瞌睡？」齊修衍伸手托住她的下頜，好笑又心疼地拿下她手裡的筷子。「還想吃嗎？我餵妳。」

沈成嵐醒過神，打著哈欠搖了搖頭。「不吃了，我想睡覺。」

齊修衍點頭，喊來青稠伺候她去沐浴，自己也草草吃過碗飯就撂下筷子。

皇上近來越發愛偷懶，本來說好每天只讓他翻閱已經批好的奏摺，漸漸地竟讓他區分奏摺的輕重緩急，然後把輕緩的部分推給他來批覆，皇上只須再復看一遍。近來他在御書房停留的時間越來越長，就連閣老們都開始懷疑了。

「我好睏，今晚你不要鬧我好不好？」察覺到身後靠上來的人，沈成嵐習慣地往後縮進他的懷抱裡，搭著他圈上來的手臂柔聲打著商量。

最近她總覺得覺不夠睡，尤其是趕上大朝會當值。

齊修衍環住她，在她後頸、耳邊輕輕吻了吻，低笑著安撫。「好，不鬧妳，我就抱著妳睡。」

沈成嵐全然放鬆身體，忽然想到什麼事，問道：「皇上自那日召見懷王後就沒了下文，你也回來得越來越晚，可是有什麼關係嗎？」

「嗯，是有一些關係，錦衣衛已經按照他和賢妃招供的名錄將可疑之人盡數控制，其中有一些人隱藏得太深，不方便直接緝捕，得想些法子。」齊修衍緊了緊手臂，放緩聲音道：「都是些收尾的瑣事，翻不出大浪，妳就放心吧！」

沈成嵐點頭，又問道：「如何處置賢妃和懷王，皇上有定奪了嗎？」

齊修衍道：「賢妃稍後會被移送至行宮靜養，懷王親眷已經抵京，稍後他會在早朝上奏請長期留京侍疾。」

「仍住回十王府？」沈成嵐問道。

懷王未就藩前，在十王府的懷王府已經住進其他皇子了。

「會另外賜他府邸。」齊修衍說道。「待時機慢慢成熟，皇上會正式取消十王府，皇子們會另賜府邸，留住京城，不再就藩。」

這是蒼郁在齊修衍被正式冊封為太子後獻上的諫言之一，實施起來勢必阻礙重重，但對大昭的長期穩定來說至為重要。

齊修衍經過潤色後呈給皇上，果然，備受重視，父子倆關上門仔細商討好多次，才漸漸形成大概的輪廓。

沈成嵐最初聽說時心中頗有隱憂，但見皇上極力贊同，齊修衍也頗有信心，便漸漸放心了。

感覺懷裡的人呼吸變得輕緩綿長，齊修衍也心滿意足地閉上眼睛。睡前還惦念著，明日得讓常太醫來給嵐兒請個平安脈，總覺得她近來格外困倦。

翌日，齊修衍醒來第一件事就是叮囑海公公去派人去太醫院，請常太醫過來給太子妃請脈。

海公公大驚。「太子妃身體不適？」

「就是例行請個平安脈，總覺得她近來嗜睡，昨兒吃晚膳的時候竟然打瞌睡了。」想到當時的情形，齊修衍仍覺得有趣。

嗜睡？就算早朝不當值，太子妃起得也很早，早功一日也不落，春睏秋乏夏打盹這種情況，好像從來也沒在太子妃身上看到過，莫非是最近跟著莊妃學習處理宮務累到了……

海公公暗忖著，忽地一道光從腦海中閃過，他暗暗低呼一聲拍了拍自己的腦門，當即喊來青稠，低聲詢問太子妃上一次的月事是什麼時候走的。

青稠被問得一懵，仔細回憶一下，報出個具體日期。

沈成嵐的月事向來很準，這次竟然過了十多天還沒來。

近來事多，齊修衍忙得無暇旁顧，沈成嵐自己也暈頭，青稠和多寶沒經驗，唯一靠得住的海公公忙裡一疏忽，竟然也沒往這件事上想。

海公公急忙讓多寶立刻去請常太醫。

齊修衍愣在當場，在海公公的輕喚聲中才回過神，心裡的歡喜向上翻湧，雙眼竟微微泛紅。「海公公，這是真的嗎？」

海公公激動得恨不得在原地打轉，按捺著心緒道：「殿下莫急，待常太醫診過脈後就知道了。」

想到某事的海公公忽然嚴肅起來，低聲詢問道：「殿下，這兩日您沒折騰太子妃吧？」

齊修衍看著目光烈烈的海公公，頓時沈默了。

海公公領會他沈默的含義，一時不知該怎麼反應才好。

這、這簡直是胡鬧嘛！

默默收回不贊同的目光，海公公讓青稠去膳房吩咐御廚，多準備一些有營養的粥和開胃小菜，蟹黃包子以後就不要準備了，換成太子妃最喜歡的豬肉湯包。

齊修衍看著海公公事無巨細地交代著，自己則腳底抹油，又溜回寢殿內室。

在齊修衍起身的時候，沈成嵐其實就已經醒了，只是身體疲乏，賴在床上不想起，見他又回來了，納悶問道：「外面怎麼了？我好像聽到海公公的聲音。」

看著完全沒察覺到自己身體異樣的沈成嵐，齊修衍三步併作兩步衝到床榻前緊緊抱住她，心裡既歡喜感激，又酸澀刺痛。

他的嵐兒，活了兩世，卻還沒有當母親的經驗呢。

「沒事，是海公公在安排宮婢們擺膳，又想起許久沒有給妳請平安脈了，就讓人去請常軼倫過來。」怕萬一不是海公公所想的那樣，平白讓沈成嵐失望，齊修衍打算先搪塞過去，等常太醫確定了再說。

沈成嵐不疑有他，翻身下床，一邊打起床幔一邊說道：「巡城的時候，我去太醫院找常軼倫就好了，用不著讓他特意跑一趟。」

齊修衍被她翻身下床的模樣驚得心頭一顫，還沒來得及去扶她，又見她舉高胳膊大大伸了個懶腰，忙不迭衝上去拉下她的胳膊。「妳一巡城就顧不上別的了，還是讓常軼倫跑一趟吧，左右他平時也沒什麼事。」

礙於太醫院的規矩大，不比在大寧王府的時候自在，常太醫只能暫時歇了義診，忙著鑽研太醫院的藥學典籍，看起來確實比較閒。

常太醫比想像中來得快許多，沈成嵐還沒喝完第一碗粥，見狀不禁納悶。「請個平安脈，你來得這麼急做什麼，看你滿頭滿臉的汗。青稠，帶常大人去擦擦。」

青稠應聲，帶著欲言又止的常太醫去偏殿。

「吃過早膳了嗎？沒吃的話就在這裡吃一些。」沈成嵐見常太醫清清爽爽地回來，又問道。

常太醫現在哪有胃口吃飯，忙稱自己已經吃過了。沈成嵐也不勉強，兀自喝了三碗粥，吃了兩屜湯包才心滿意足地放下筷子。今兒她打算巡城後，去校場考校新入編的禁軍，午膳很可能就在衙裡隨意吃過。即使她不挑食，也覺得衙門裡的堂饌做得不怎麼美味。

見她胃口絲毫未受影響，常太醫目光閃了閃，心裡的雀躍平復不少。然而，當他的手指探上沈成嵐的脈搏，一顆心剎那高高懸起。

反覆確認好幾次，常太醫才緩緩收回手，在太子和海公公炯炯目光的緊迫盯視下微微頷首，起身長揖一禮道：「恭賀太子、太子妃，大喜！太子妃已經有一個多月的身孕了。」

雖然已有猜測，但隨著常太醫這聲確認，齊修衍瞬間被巨大的歡喜淹沒，長臂一伸將沈成嵐緊緊擁入懷裡。

海公公高興得直抹眼淚，見到太子的動作猛地被嚇住，慌忙上前勸阻。「殿下，您輕著點！」

齊修衍聞言回過神，忙鬆開手臂，卻又眷戀不捨，一時竟然不知道該怎麼對待沈成嵐才好。

模樣……嗯，看起來有點蠢。

常太醫低下頭，咬唇忍笑。

沈成嵐初聞消息也愣神，卻比齊修衍鎮定多了，這還得多虧她娘沒事總在她耳邊念叨，現在終於被念叨出孩子來了，反而覺得很自然。

「殿下，我沒事，懷孩子而已，哪裡摸不得、碰不得了！」沈成嵐拉住齊修衍不知何處安放的手，笑著安撫他。

常太醫表示很理解，懷孕的妻子反過來安慰狂喜的夫君，這種事在恩愛的夫妻間太常見了。看太子的狀態，應該不太能聽進去太多的話，常太醫索性把需要格外注意的事項一一詳細說給海公公，尤其是膳食方面，交代得尤為詳細，並表示以後每日午膳後都會來給太子妃請脈。意思很明確，從此以後，沈成嵐都要回東宮來吃午膳，甚至要調整作息，增加午後小憩。

沈成嵐覺得沒必要這麼麻煩，卻被齊修衍和海公公堅決駁回。送走常太醫，齊修衍讓海公公先陪著沈成嵐，他親自去向皇上告假，順便也要替沈成嵐告假。

「我要一直待在宮裡不能上衙了？」沈成嵐輕撫著自己的肚子，平平的，很緊致，一點兒異樣也感覺不到。

海公公寬慰道：「前三個月胎兒還不太穩，等孩子穩了，您的身體也無礙，便可以上衙了，只是不能再像以往那樣親自上擂臺，也不能長時間走著巡城。您忍忍，等到小皇孫出生後就好了。老奴現在就派人去國公府報喜，請老夫人和夫人進宮來看看您可好？」

沈成嵐想點頭，但轉念一想又改口道：「報喜可以，進宮就先免了，跟我娘說，我一切都好，緩幾日再進宮吧！」

她與太子本就風頭正盛，如今她又有身孕，怕是整個前朝後宮都盯著她，還是讓家裡避著些吧！

海公公領會她的用意，感喟於她的細心，應聲先行退下。

真的有娃娃了？

恢復清靜的室內，沈成嵐撫著自己的肚子，慢慢消化這個驚喜。

這小傢伙，來得也太無聲無息了吧！

沈成嵐一個人的清靜並沒有持續多久，很快就被皇上的親臨打破。沒多久整個後宮都知道太子妃有孕的消息，各種探望的帖子和禮物紛至沓來，幸好有皇上在，探望的帖子統統都被回絕，並下旨，太子妃需要靜養，非要事不得隨便打擾。

海公公一力掌管王府多年，憑著經驗，如今東宮已經被他打造得滴水不漏，最高明的是東宮外緊內鬆，沈成嵐只覺得全宮上下，除了在她動作大一點的時候緊張兮兮地規勸她，其他的似乎並沒什麼太大的變化，這讓她覺得自在不少。

大統領批了她兩個月的長假，讓她安心養胎，不過請示過皇上和太子後，日常需要她批覆的公文還會送到東宮，畢竟她新設計的一整套訓練禁軍的方法非常得用，大統領下定決心要盡快實施下去。

「啟稟太子妃，老夫人和夫人已經到宮門了。」海公公在廊下稟道。「老奴已經派了軟轎去迎接，您看是直接迎到這邊，還是去蓮池旁的水榭，那邊視野開闊，也涼爽。」

沈成嵐放下手裡的文公，道：「那就去水榭吧，正好我也該走動走動了。」

轉眼再有十來天就滿三個月了，她也得回衙門去當值。

海公公見她終於肯放下公事，老懷欣慰地應了聲，忙去讓人準備。

東宮占地極大，至今有些地方沈成嵐都不曾親自去過，蓮花池算是她經常來的，冬天冰層結得夠厚，可以滑冰車、看冰嬉，夏天荷花開了可以划船，陸續還可以摘蓮蓬。可惜的是蓮池的水連著液清池，沒法像一般的蓮池那樣採蓮蓬。

不過，東宮的蓮池足夠大，正好滿足沈成嵐最大的愛好：釣魚。

「好孩子，快讓祖母看看，有沒有遭罪！」沈老夫人看到候在水榭外的沈成嵐，遠遠地迎上去，上上下下好一番打量，笑著對趕上來的許氏道：「沒瘦沒瘦，臉色看著竟還紅潤不少！」

許氏這會兒看到沈成嵐，還是高興得濕了眼睛，一迭連聲應著，目光卻捨不得從她身上移開。想到沈聿華懷孕的時候，弟妹三天兩頭往蒼府跑，吃的用的一箱一箱往那邊抬，有陣子沈聿華害喜吐得厲害，只能吃得下弟妹親手擀的麵條，蒼郁就把她送到國公府來住一個多月，方便弟妹照顧。一想到這些，許氏就有些遺憾，遺憾自己不能就近照顧女兒。

沈成嵐趕忙把她們迎進水榭裡，好生一頓安撫才讓許氏破涕為笑。

沈老夫人不動聲色地打量一圈，水榭三面掛著紗幔，還擺了屏風，留著前面正好眺望整個湖面，再看吃喝用具等，也沒有犯忌諱的地方。沈老夫人不禁暗暗點頭，看來東宮的掌事人辦事非常牢靠，即使已經入夏，也會注意不讓沈成嵐受風。

「妳到現在還沒有害喜的症狀？」許氏見沈成嵐吃喝一如往常，不禁問道。

沈成嵐點頭。「跟平時沒什麼不同，就是吃得更多了，還容易餓。」

沈老夫人見許氏眼裡一閃而逝的糾結，不禁失笑。「妳啊，真是個有福氣的，甚少有女子懷孕卻不害喜的。不過，聽說有的人害喜來得比較晚，妳也別大意了，有不舒服的地方要及早說，想吃什麼儘管告訴太子，或者派人告訴我們，不管是什麼東西，都能給妳弄來。懷了孕，妳就是最大的，莫要怕給人添麻煩。」

「我曉得。」沈成嵐眼珠轉了轉，順杆子往上爬。「我想喝茶，特別是大哥私藏的那種一甲子的普洱茶，娘，您下次來給我帶一點嘛！」

沈氏聞言，賞她一記白眼。「妳說說妳，從當太子的伴讀開始，一次次掏走妳大哥多少好茶，他自己都捨不得喝，當心肝寶貝，妳怎麼還惦記個沒完了！我不幫妳拿，有本事，妳自己回家去拿。」

沈成嵐笑嘻嘻湊到許氏身邊抱著她的手臂輕晃。「娘，您就幫我拿一點點嘛，我真的特別饞那個，都惦記好多年了。」

這話倒是真的，沈成嵐屢屢從大哥那裡偷拿他私藏的好茶，卻唯獨不敢對那些普洱下手，那可真的是大哥的心頭寶，動了它，甭管誰攔著都沒用，大哥非胖揍她一頓不可！

三個孩子裡，許氏罵沈成嵐罵得最多，實際上也最偏寵她，如今她又懷著孩子，別說嘴饞一點茶葉，就算是想吃龍肝鳳髓，她也會想辦法弄來。

沈老夫人看見許氏望過來的求助眼神，忍著笑避開她的視線。

想寵孩子，她自己寵，將來沈成瀚回來想找人算帳，她可不想蹚渾水。

「妳呀，我真是上輩子欠妳的！」許氏無奈地戳了戳她的額頭，猶不死心地問道：「妳還有什麼特別想吃的？娘親自做給妳。」

夙願得償，沈成嵐只顧著高興，完全沒領悟到娘親深一層的心思，想也不想就擺了擺手。「沒了、沒了，我不挑食，有肉就行，膳房的師傅們做得就很好吃。」

沈老夫人終究是沒忍住，笑出聲來。

許氏黑著臉輕擰了她一把，暗嘆：這麼沒情趣的人，難為太子能死心塌地守著她這麼多年。

沈成嵐不明所以，笑嘻嘻全盤接受娘親「別樣」的寵愛。

三人吃著茶，有一搭沒一搭地閒聊。

「謙兒想投軍？」沈成嵐其實並不是很意外。「不愧是我們沈家好兒郎，有志氣。不過，以他現在的年紀，就算是去京軍幼官舍人營也太小了些。」

沈老夫人臉上的笑意越甚，道：「那小子說了，不要跟他爹一樣去京軍，說要像妳，直接投軍去北境，不要留在他爹的遼東大營。」

沈成嵐撫掌大笑。「好啊，那您幫我告訴他，等他滿十四歲，我就親自寫封薦書給涼王。」

許氏卻忍不住嘆氣。「妳嫂嫂前兩日來信還說，浩兒才四歲，也鬧著要習武了，看起來也是個不安分的，怕是這哥兒倆沒一個能坐得住板凳、安心讀書了。」

許氏和大兒媳一輩子替夫君操心，都盼著孩子能走讀書的路子，起碼不用上戰場打打殺殺，她們晚上也能睡個安穩覺。然而事與願違，許氏不用操心沈成瀾，卻攤上了個比大兒子還不省心的女兒，在大寧跟草原騎兵動不動就兵戎相見，著實讓她提心吊膽了好幾年。再過幾年，恐怕大兒媳婦就跟她一樣了。

幸而，還有個看得開的沈老夫人三不五時開導這婆媳倆。

沈成嵐豈會不知道兒行千里母擔憂，但身為景國公府的子孫，守土安民本就是他們天生的使命。

氛。

「賢妃昨日被移往行宮，出宮前妳可有去探望？」沈老太君伺機錯開話題緩解氣

沈成嵐點頭。「我特向皇上請旨，去送她一程，不為旁的，只當是替殿下周全這最後一步。」

沈老夫人點頭。「合該如此。往後宮裡沒有她，能清靜不少。聽說莊妃帶著妳打理宮務？」

「消息傳得倒是挺快。」沈成嵐笑著點頭。「還在熟悉帳簿，宮裡帳目繁複，分得也細，內裡的講究更多，幸虧有莊妃娘娘手把手教我，否則我非得吃上大虧才能看懂裡面的門道。」

許氏雖然心疼女兒身兼數職，要操心的事太多，但也不會讓她推脫。「莊妃娘娘協理宮務多年，經驗老到，她肯教妳實在難得，妳要跟著人家好好學。不過眼下情況特殊，妳也要自己懂得節制，不能太累。」

沈成嵐握著她的手不放，點頭道：「放心吧，我曉得。而且太子盯得嚴，他不在宮裡，還有海公公管著我，不會累著。莊妃娘娘也早就打過招呼，這一年就讓我慢慢看帳。」

許氏聽她這麼說便放心了，話題又轉到沈聿華的幾個孩子身上。

中午，沈成嵐留著祖母和娘親在宮裡用午膳，又歇了一會兒，才不捨地讓人送她們出宮。

# 第三十四章

不知道是不是懷孕的關係，沈成嵐感覺自己敏感許多，送走祖母和娘親，午後小憩她完全沒有睡意。

一早就知道沈老夫人和岳母進宮，齊修衍特意中午沒回來用膳，讓她們祖孫母女三人好好說說體己話，但是一進門就聽海公公說她沒午睡，齊修衍不僅蹙眉，問了沈成嵐現下在何處，一邊走一邊問道：「常軼倫今日可有過來請脈？」

海公公回道：「請過了，說是一切如常，沒什麼不妥。」

齊修衍鬆了口氣，猜到她應該是捨不得沈老夫人和岳母，有些傷情了。

一踏進西花園旁的偏殿，齊修衍就看到將一把菜刀揮得虎虎生風的沈成嵐，嚇得一顆心提到嗓子眼，快步奔上前一把奪下她手裡的菜刀。

「妳、妳這是在做什麼！」

站在兩側被迫負責拋紅薯的小太監如蒙大赦，戰戰兢兢跪地請罪。

齊修衍雖然生氣，但也不會無故遷怒，沒有沈成嵐威逼，這宮裡誰也不敢做僭越的事。

「哈哈哈，你別生氣呀，是我讓他們陪我做紅薯粉的。」沈成嵐乾巴巴地笑著解釋。

果然如此！

齊修衍默默地一遍遍提醒自己，這是親媳婦，還懷著崽兒，現在教訓她不合時宜。

「怎麼突然想做紅薯粉了？想吃？」齊修衍接過青稠遞上來的濕帕子，親自替沈成嵐擦手，一臉很有耐性。「想吃的話就跟海公公說，膳房裡備有現成的紅薯粉和番薯粉。」

前些年沈成嵐雖然人在大寧，但福州港那邊一直沒有停止尋找蒼郁畫冊上的番邦作物，陸陸續續有所發現，經過蒼郁和莊頭們不厭其煩地試種和選育，番薯、紅薯、花生等新的作物，迅速在大昭境內推廣種植，其中紅薯因為產量大、易儲存且保存時間久，備受農戶喜愛。用紅薯充當口糧美中不足的是，吃多了會燒胃。

蒼郁就弄出不少以紅薯為原料的菜譜，很快就全國風靡，沈成嵐最喜歡的就是紅薯粉，燉菜、涮鍋子都特別好吃。

「我知道膳房有啊，就是閒來無事翻看蒼郁的食譜，發現我還從來沒見過紅薯粉是怎麼做的，就想親自動手試試，反正正好有空。」沈成嵐其實就是想摸刀，佩刀不給耍，能揮揮菜刀也行。

她眼睛一轉，齊修衍就能猜到她在想什麼，無奈笑道：「明兒我陪著妳診脈，常軼倫若是確定妳身體無礙，就准妳恢復早功，但是動作不能太大，舒展筋骨即可，如何？」

沈成嵐大喜，如果不是地點不對，她非撲上去猛親他一頓不可。

心情一好，食慾也跟著好了，見天色還早，沈成嵐就讓膳房準備熱鍋子。就像蒼郁說的，天氣越熱，吃火鍋越暢快。

酣暢淋漓地大吃一頓，等汗消下去，齊修衍就陪著她在蓮池邊散步消食，邊走邊閒聊。

「懷王今日已經正式上表請求長留京城，留中兩日，父皇就會批准。」齊修衍說道。

沈成嵐頷首，問道：「已經就藩的王爺們都要再召回京城嗎？那小十是不是也能回來？」

十皇子齊修明自小就跟他們生活在一起，如今大寧交給他守著，沈成嵐放心倒是放心，就是覺得以後常年見不到面，挺不習慣的。

齊修衍冷哼。「旁人端看意願，想回京的皇上也不會攔著，不想回來的也無妨，從咱們的孩子開始，就完全不就藩了。至於涼王，就先讓他在大寧待著吧，跟妳學了那麼多年，總不好浪費了，在大寧正好學以致用。」

從那麼點兒高開始，沈成嵐教導十皇子習武，在海防營裡歷練也是沈成嵐帶著，這些年下來，沈成嵐簡直把他當兒子在養，陪他的時間恐怕比陪自己的還長。

孩子長大了就該放出去，所以，涼王就在大寧好好守城吧！喔，對了，最好盡快再給他找個媳婦。

「今日父皇還跟我說，也該給涼王物色個合適的王妃了，問妳有沒有合適的人選。」齊修衍道。

沈成嵐懵了。「給小十物色王妃？他還小，不用這麼著急吧？」

齊修衍點了點她額頭，笑道：「他也只比妳小一些，其他皇子早在就藩前已經大婚了，咱們不也是嗎？」

沈成嵐這才恍然，小十已經二十一歲，她的印象裡還把他當成沒長大的孩子呢！

「哦，那是得開始物色了。不過也不用太著急，像我哥哥和三哥不是也沒急著成親嘛，總得他也喜歡才好。」

提起這兩位舅哥，齊修衍也是覺得有趣。沈成瀾倒還好，一路科考、金榜題名、進翰林院、入吏部，如今不過二十二歲，就已經是吏部考功司郎中，走的是標準入閣之路。對男子來說，二十二歲不算小，但也不算大，這幾年對他來說正是仕途最為緊要的幾年，以他的出身家世和前途，專注仕途，再拖上幾年成親也說得過去。

而沈聿懷呢，現年已經二十有七，同胞妹妹都有三個兒女，可愁壞了想要抱孫子的孟氏。反倒是沈三爺，放任兒子折騰，前些年有他幫著打理家業，福來旗下的商行、客棧、糧行、布行、茶莊等迅速擴大，如今，沈三爺已然躋身於大昭巨賈前三。

兩年前，沈聿懷突然提出要退出商場開書院，剛開始孟氏還挺歡喜，畢竟沈聿懷考中秀才後不再繼續讀書，始終是她的一大遺憾。

開書院好啊，起碼和讀書沾邊。然而，一年、兩年……當她發現沈聿懷滿腹心思都撲在書院上時，才醒悟過來，自己高興得真是太早了，開書院不僅沒讓她的兒子清閒下來，反而更加忙碌，而且越發孤芳自賞，簡直要有飄然成仙的架勢。

用沈老夫人的話說，他家這兩個少爺，一個對感情不開竅，一個對感情太開竅，看透了。所以，等他們成親，可有得等了。

舅哥們成不成親，齊修衍覺得順其自然就好，因為他們就算不成親，也不會跟他來爭沈成嵐的時間，但涼王就不同了，他若是回京，又沒老婆拴著，還不得追著沈成嵐進禁軍啊！

越想越有這種可能，所以齊修衍打定主意，弟弟什麼時候娶老婆，什麼時候才能從大寧回來。

沈成嵐雖然嘴上說著不著急，但被齊修衍這麼一點醒，覺得的確該替小十打算了，於是當晚便寫了封家書給他，問他自己是否有中意的姑娘，若是沒有的話，心裡喜歡什麼樣的姑娘。

齊修衍看著認真伏案寫家書的沈成嵐，一股危機感油然而生。當兒子養大的弟弟都要這麼費心，那對親生孩兒豈不是要更用心？等孩子生出來，沈成嵐會不會連多看自己幾眼的心力都沒有了？

越想越覺得自己的生活黯淡無光，危機四伏，齊修衍從榻上翻身下來，二話不說抱起沈成嵐就往床上撂，嘴上冠冕堂皇地勸著。「時候不早了，又不是很著急的事，明兒早上再寫也來得及，妳得早睡，對肚子裡的孩兒好！」

沈成嵐被他弄得哭笑不得，抬手把沒來得及放下的筆遞到他眼前。「已經寫完啦！你幫我把筆放回去，順便把信紙封好，明兒讓人送出去。」

齊修衍應著，把筆放回去就急匆匆折返回來，放下床幔，喊來多寶將床幔外的燈火熄了。

「怎麼了？你從散步的時候好像就有點不開心。」相守相伴多年，不只齊修衍對她瞭若指掌，她就算遲鈍一些，也能感受到他情緒的變化。

「政事太忙？還是碰上棘手的事？」沈成嵐背靠著他的胸膛，輕緩地摩挲他攬著自己的手臂。

「沒有。」齊修衍將下頷抵在她肩上，用面頰輕蹭她微涼的耳廓，昏暗的夜裡，只有他們兩個人的床榻上，這麼耳鬢廝磨著，讓齊修衍徹底放開心境。「等孩子生出來，妳是不是就沒多少時間能陪著我了？」

沈成嵐微愣，意會到他話裡的意思，不禁低低笑出聲來。

「妳還笑！」齊修衍沒好氣地輕咬她耳垂，猶覺不解氣。

沈成嵐被一陣陣酥癢弄得直躲閃，可是整個人都被齊修衍緊抱著，避也避不開，只好低聲求饒。

齊修衍不敢太鬧她，嘴上放過她了。

沈成嵐一邊平復著呼吸，一邊在齊修衍的懷抱裡轉個身，跟他面對面，伸手穿過他腋下將人緊緊抱住，埋在他胸前甕聲甕氣道：「孩子終究是要長大離開的，我們才是彼此最長久的陪伴，就算是死了，咱們也還要埋在一起，永遠不會分開，你怕什麼？」

齊修衍也說不清楚自己在不安什麼，可能是這輩子和沈成嵐在一起以來，他們就始終在一起，她的目光也始終看著他，這讓他覺得滿足，就越發恐懼突然失去。

「是我的問題，我會慢慢調整心緒。」齊修衍反抱住她，喃喃道。

沈成嵐手臂稍微用力，收緊擁抱，抬頭親了親他的喉結，道：「沒關係，就這樣也沒問題，無論什麼時候，如果你覺得我疏忽你了，一定要立刻告訴我，這世界上，誰也沒有你重要。」

齊修衍心口熨貼得隱隱發脹，不知該如何回應，只能一遍遍輕吻她的額頭。

懷裡這人，不僅是他的救贖，更是他的光。

這一夜兩人睡得格外酣甜，翌日早上用過早膳，常太醫照例來請脈，結論是太子妃的身體非常康健，只要不是劇烈打鬥，一切如常即可。

沈成嵐身著甲冑走出東宮，頓時覺得整個天地都變得開闊無比。

日子大致恢復如常，沈成嵐覺得時間過得飛快，她是頭一胎，又格外不顯懷，剛開始幾個月過得似乎跟以前沒什麼太大不同。

直到五個月上，肚子開始快速顯懷，就跟吹泡泡似的，待到七個月，她一低頭就完全看不到自己的腳，禁軍大統領每次看著她揣個球兒靈活地從自己眼前走過，就忍不住心肝發顫，一遍遍奏請皇上和太子，讓太子妃趕緊回東宮養胎。

沈成嵐也覺得自己現在的情況，不適合再挑戰同僚和宮婢們的心臟承受能力，沒等齊修衍開口，就主動提出在宮裡休養。

終於，所有人都鬆了口氣。

時間進入十二月，京城連著下了兩場大雪，宮人們雖然及時清掃路面，但難免還會有些積冰，為了以防萬一，沈成嵐外出的時間漸漸減少，夜裡腿腳抽筋的情況也時有發生。

常太醫日日來東宮報到，對沈成嵐的情況卻也無能為力，女人懷孕，本來就遭罪，加上沈成嵐在戰場上受過重傷，雖然經過仔細調理恢復得很好，但無可避免要留下暗傷，平時不顯，如今懷孕月分越大，暗傷的影響就越大。

「太子殿下不必過於憂慮，陳年暗傷雖然會使得太子妃比尋常孕婦多吃些苦頭，但微臣擔保，並不會危及性命。」儘管知道這話說出來是戳太子的心，但見他日益惶惶不安，常太醫只能硬著頭皮說。

齊修衍從心底漫上一陣陣苦澀，當初得知沈成嵐懷孕的欣喜近來被消磨得幾乎殆盡，有時候看著沈成嵐整夜輾轉反側，只能坐著才能小憩一會兒，就會萌生出當初不要這個孩子的念頭，過後回想起來又自責又矛盾。

「有什麼法子能緩解一下嗎？」齊修衍問道。

常太醫如實搖頭。「望太子見諒，孩子八個月了，不能再隨意動作，免得影響胎位。只能請太子妃再忍耐忍耐了。」

齊修衍也知道事實如此，強求常太醫也沒用，只得跟他多學幾招按摩的手法，晚上睡前替沈成嵐按一按，稍微緩解。

臨走前，常太醫當著沈成嵐的面提醒太子和海公公，太子妃最近肚子大得太快，得控制孩子的重量，太子妃不僅要多走動，還要適當控制飯量。

全宮上下如臨大敵，就連皇上也親自過來看望叮囑一番，就此，沈成嵐吃飯的頓數雖然沒變，但分量明顯減少。

這一日，齊修衍特意早回來陪她吃午膳。待飯菜擺上桌，屏退左右，齊修衍親自動手先給沈成嵐盛了碗飯，然後才給自己盛，剛放下飯鏟，一抬頭就看到沈成嵐低頭看著面前的飯碗，大顆眼淚往下滴。

「這……這是怎麼了？不舒服？」齊修衍嚇得扔下飯碗湊過來安撫，見沈成嵐的眼淚反而掉得更凶，不禁手足無措，作勢就要喊多寶宣太醫。

沈成嵐眼疾手快地攔住他，一邊用衣袖抹眼淚，一邊抽抽噎噎道：「我、我沒事，就是突然很想哭。你讓我哭一下就好了，不用宣太醫，很丟人。」

齊修衍拉住她抹眼淚的袖子，掏出手帕一點點替她揩眼淚。「真的沒有哪裡不舒服？」

沈成嵐點頭，隨即又搖搖頭，誠懇答道：「心裡不舒服。」

「心裡怎麼不舒服？是不是困在宮裡覺得難受，我又太少陪妳了？」齊修衍問道。

沈成嵐搖頭，微垂眼睫看到桌上的兩碗飯，不好意思地紅著臉，看了眼門口，發現沒人進來，才小聲對齊修衍說道：「我最近好像有點怪，常常莫名其妙就想哭，剛才看到你盛飯，你給自己盛的比我多，一下子就想哭了……」

齊修衍大覺意外，沒想到竟然是這樣的原因，忍住想笑的衝動，伸手把桌上的兩碗飯調換過來。「最近才開始出現這種狀況嗎？最早是什麼時候？」

沈成嵐想了想。「沒多久，就五、六天前吧，突然就這樣了，我是不是病了？」

看到沈成嵐眼底流露出的無助，齊修衍心下一痛，抱著她道：「別瞎想，常軼倫日日來請脈，如果有問題他早就發現了，這樣吧，我讓人請岳母過來，咱們問問她。」

沈成嵐也很想見娘親，忙點頭。

齊修衍陪她吃完飯，片刻沒耽擱，讓人去景國公府將許氏給請進宮。

許氏聽了他的講述，再看看難得面露羞澀的女兒，一時既覺好笑又覺心酸。女兒因為曾經身受重傷，懷孕要比一般婦人多吃苦頭的事，她一早就有心理準備，可看著身子沈重的她，仍心疼得要命。

「不妨事，這不是什麼病，妳莫要瞎想，有的孕婦是會出現這樣心緒悲喜不定的狀況，大多只是暫時的，妳不要刻意壓制著。想哭的時候就痛快地哭一哭，但是不要太長時間，免得傷眼睛，想生氣的時候也不要忍著，還煩勞太子跟宮人們說一聲，讓大家多包容她一陣子，待生完孩子就好了。」

齊修衍忙不迭應下，表示這都不算什麼，自己也會多抽出時間陪她。

沈成嵐大驚。「還會生氣發怒嗎？」

稍微想像一下自己莫名其妙又哭又鬧的情景，沈成嵐不禁抖了抖肩膀。

呃，這還不算病嗎？

許氏看穿她的想法，輕戳她額頭。「妳以為懷孩子是輕輕鬆鬆的事嗎？」

沈成嵐搖頭。「不輕鬆、不輕鬆，比打仗累多了！」

這個時候還想著打仗！

許氏不顧太子在場，習慣性地擰她耳朵，教訓道：「妳給我老老實實生孩子，甭再想著那些打打殺殺的事，不然生出的孩子像妳一樣，仔細妳的皮！」

「娘娘娘……我知道錯了，不想了、不想了，我就天天看花看畫、聽琴讀書，孩子將來肯定像太子更多，一點兒也不會像我！」沈成嵐立刻認錯，告饒的話張口就來，極為熟練。

齊修衍避開沈成嵐求救的目光，坐觀岳母教訓媳婦。

說起來也奇怪，不知是母親過來教訓她一頓起了作用，還是齊修衍陪她的時間多了不少，沈成嵐的情緒很快就恢復正常，唯一美中不足的是，因為便秘的情況越來越嚴重，飯桌上的蔬菜越來越多，肉越來越少。

齊修衍將不少政務帶回東宮來處理，午膳後也不得休息，晚上她睡不著，他也不睡，陪著她，眼見著齊修衍瘦了一圈，沈成嵐不忍心，想讓他搬到前殿去睡，吃飯也不必跟自己吃一樣的菜。齊修衍卻堅決不同意，沈成嵐沒辦法，只得順著他來。

好在所有的忍耐終有結束的時候，正月十四的亥時剛過，沈成嵐的腹痛突然發作，齊修衍早就預演過，還算冷靜，招呼多寶宣穩婆，又叫海公公把一早準備好的東西都拿來。

常太醫估算出沈成嵐大致生產的時間，這幾日一直宿在東宮客殿候著，被小太監一路引過來，剛跨進內院就看到齊修衍披著大氅在院子裡來來回回踱著步，緊閉的房門內隱隱傳出沈成嵐壓抑的呼痛聲。

齊修衍見他過來，忙讓青稠帶他進去。一切如常太醫之前的診斷，孩子足月，胎位也很正，沈成嵐的身體狀況很好，趁著陣痛暫歇之際，常太醫讓青稠趕緊餵些麵條給她，自己先退出去。

等他重新回到院內，發現皇上竟然也來了，忙上前行禮，回道：「太子妃一切安好，體力也足夠，定能安然生產。」

皇上大喜，當即下旨，太子妃平安生產，東宮上下皆有重賞。院內眾人紛紛謝恩。

「父皇，夜裡太冷，您還是先回正陽殿歇息吧！孩子一出生，兒臣立刻派人去給您報喜。」齊修衍勸道。

現在正是京城最冷的時候，眼下又是半夜，皇上身體雖康健，但也不能大意。元德帝也知輕重，不想給太子惹麻煩，便聽了勸，由郭公公陪著先回去，臨走前還不忘叮囑齊修衍，不管孩子什麼時候出生，一定要立刻去正陽殿報喜。

齊修衍應下，待皇上一走，立刻站不住，聽著房裡越來越清晰的痛呼聲，心焦難耐地在院子裡一趟趟來回走。

或許是孩子的胎位特別正，也或許是沈成嵐的身體爭氣，一個時辰後，正月十五子時初刻，一道洪亮的孩子啼哭聲撥開齊修衍滿心的迷霧，明明是深夜，他卻有種天光豁然的感覺。

青稠衝出來報喜，太子妃生了個小皇子，母子平安。

齊修衍大喜，忙賜厚賞，並讓海公公立刻派人去給皇上報喜。

這一晚，東宮燈火通明，內殿的宮人們來來往往忙碌著，臉上堆滿喜色。

不過，這些暫時都和沈成嵐無關，她躺在被收拾得清爽的寢殿內室裡，屋裡暖融融的，床榻邊守著她最愛的男人，床榻裡躺著一個跟她血脈相連的小嬰孩，睡得渾然忘我。

「我娘說我生下來的時候可醜了，瘦瘦小小，皮膚紅紅的，還發皺，像隻小耗子。

幸好咱們的孩子不像我，你看他頭髮生得多好，身子也肉肉的，一點也不皺……」沈成嵐不敢碰他，怕把他驚醒，只能用眼睛細細描摹著，低聲和齊修衍說著。

齊修衍的目光也黏在孩子身上，之前怕孩子生出來跟他爭寵的念頭早就煙消雲散，聽著沈成嵐在耳邊輕聲低喃，他終於切身體會到蒼郁所說的那句話是什麼感受了。

果然，自家的孩子總是越看越喜歡，越看越是誰家的也比不了。

「睡吧，妳太累了，我就在這裡陪著妳，放心睡。」齊修衍放柔聲音在沈成嵐耳邊安撫，不多時見她終於睡安穩了，才徹底放鬆下來。他站起來傾身將孩子抱出門，交給奶娘在隔壁的內室照顧，自己又回到沈成嵐這邊。

因為她剛生產完，接下來一段時間內還要陸陸續續排除惡露，不能同床，所以他就提前讓人抬一張軟榻進來，海公公之前一直以為這是給青稠準備的，方便她夜裡照顧太子妃，沒想到竟是太子替自己準備的。

按照常例，男子是不能和剛生產完的妻子同房，太子執意如此，海公公也沒勸阻，只讓宮中上下都閉緊嘴。

齊修衍則完全不放在心上，大昭律令可沒有一條明文規定，他不能和剛生完孩子的妻子同居一室，就算有老頑固找麻煩，頂多也就挨頓訓誡，皇上還極可能只是做做樣子。

不過，這一晚他睡得格外警醒，哪怕沈成嵐只是翻身時下意識悶哼兩聲，他也會起身過去仔細查看。

這麼一陪就是三天，沈成嵐精神抖擻地下床，齊修衍卻明顯精神不濟。東宮上下默默把一切看在眼裡，對太子妃越發敬重起來。

因為天氣寒冷的緣故，自皇孫出生後，東宮就婉拒紛至沓來的拜帖，讓沈成嵐安安靜靜、舒舒服服坐完月子，其間只有沈老夫人、許氏、孟氏和沈聿華得以一窺皇孫的真容。

「這孩子可真俊，看看這壯實勁兒，哪裡像是還沒滿月的樣子！」沈聿華一抱上孩子就愛不釋手。

沈成嵐看著被人抱在懷裡依然睡得渾然忘我的兒子，不禁納悶道：「他睡得是不是太多了，一直在睡，也就餵奶的時候才肯醒一會兒。」

許氏暖過手，伸出手指輕輕碰了碰孩子細膩的小臉，笑道：「妳呀，真是身在福中不知福，咱們乖乖這是心疼妳，不讓妳遭罪！」

沈老夫人坐在床榻邊的繡墩上，替沈成嵐拉了拉被子，寬慰道：「剛生下來的孩子就是要多睡的，不妨事，太醫不是也瞧過了嗎？」

沈成嵐點頭。「院正親自帶著一位兒醫聖手給仔細瞧過，說是很健康。」

沈老夫人頷首。「這就是了，妳院裡的秦嬤嬤是太子精心挑選的，必定信得過，妳有不懂的儘管問她，若覺得不方便，就差人去家裡，咱們家別的不說，養孩子個個有經驗。」

沈聿華笑著應和，屋裡頓時笑作一團。

就是這樣，沈聿華懷裡的孩子也沒醒來的意思。

姨母抱抱，嬸婆抱抱，外祖母抱抱，太婆婆抱抱。小皇孫被抱著傳了一圈，回到母親懷裡時仍睡得香甜。

不過，說來也奇怪，這小子一放到皇上懷裡就睜眼睛，不哭也不鬧，就瞪著水潤潤的大眼睛盯著皇上瞧，也不知道他到底能不能看清皇爺爺的臉。

這差別待遇可把元德帝給高興壞了，天氣冷，捨不得折騰孩子，他就三不五時往東宮來一趟，眼見著小娃娃吐著泡泡長到滿月。

元德帝花了整整一個月的時間，終於想好皇孫的大名——齊湛，並令內務府操辦了一場隆重的滿月宴。

就在皇孫滿月宴後的第一次大朝會，元德帝再次宣布一個讓群臣驚掉下巴的決定：封齊湛為皇太孫。

# 第三十五章

「此處路黑，還請太子殿下小心腳下。」獄卒提著燈籠畢恭畢敬地提醒道。

齊修衍淡淡應了一聲，隱在寬大衣袖內的手緊握成拳，指甲深深掐進掌心的肉裡，他卻絲毫沒有所感。

地牢，曾是糾纏他一生的惡夢，即使重來這一世，他也下意識避開，說起來，這還是他這輩子第一次親自來這種地方。

多寶跟隨齊修衍多年，敏銳察覺到自從走進來後，主子的身體就很緊繃，似乎在抵抗某種不適，他有些擔心，但又不能出聲勸說離開，只能提著燈籠盡可能靠近，盡可能為他驅走身前的黑暗，同時打起十二分精神注意殿下的狀態。

這次殿下是瞞著太子妃過來的，要見的不是別人，正是廢王齊修正——曾經風光一時譽滿京城的的二皇子。

一路走到地牢的最裡面，獄卒停下腳步，將牢門外的兩盞油燈點亮，瞬間，一個蜷縮在牆角的人出現在光暈之內。

獄卒先行告退，多寶不必主子多說，自覺地把燈籠放在原地，轉身走到一段距離之外守著。

齊修正遲鈍地感受到光亮，伸手擋在額頭上，仔細打量站在光亮處的來人，好一會兒才認出他，扯著嘴角擠出一抹自嘲的笑，開口聲音嘶啞。「原來是三弟，喔不，是太子殿下啊，稀客，沒想到第一個來這裡看我的人竟然是你。」

「我來送你最後一程。」齊修衍毫不避諱地道明來意，語調平直，聽不出任何波動。

任誰也想不到，齊修衍曾經有多麼痛恨眼前這個人，曾經，用世上最痛苦慘烈的方式結束他的性命。

長期被關押在這不見天日的地牢裡，齊修正的臉上早就沒什麼血色，獄卒雖不敢對他動輒打罵，但在飯食上給得不及時，更沒有什麼好飯菜，導致他整個人都非常虛弱。即使是這種不知何時是盡頭的煎熬日子，齊修正也沒有一刻想過了此殘生。

「你……你憑什麼殺我，父皇准許你了嗎？」齊修正眼裡閃過驚駭，但想到齊修衍突然的到來，很可能意味著發生某種變故，眼底迸發出光亮，掙扎著挪出陰暗的角落。

「我要見父皇！我要見父皇！」

齊修衍站在柵欄外，身姿挺拔，紋絲不動，彷彿什麼風雨也無法撼動。

「你是不是以為懷王那個廢物起事了？」齊修衍意料之中看到齊修正臉上閃過的慌

亂。「由始至終，你早就認定他是個廢物，做你的走狗都不配，竟然還幻想他會起事，你說你是自作聰明呢，還是蠢？」

給人，給錢，手把手教他，竟然也沒成事，齊修安果然是個徹徹底底的廢物，跟廢太子一樣！

「那你今日是為了什麼而來？特意來嘲諷我蠢嗎？」齊修正咬緊牙關，盯著背光而站的齊修衍，因為不能十分看清他的臉，心底的不安如浪般層層推高，捲起莫名的恐懼。

齊修衍忽地輕笑，道：「我剛剛不是說了嗎？為了送你最後一程而來。你的自以為是也好，蠢也好，對我來說都不重要，你從此徹底消失，對我來說才是最重要的。」

齊修正由心生出顫慄感，不解地高聲問道：「為什麼？我注定後半生都要被圈禁在這裡，不會對你再有任何威脅，為什麼你不惜違背聖意也要置我於死地？你就不怕激怒父皇嗎？」

「我原本的確沒打算把你怎麼樣，本想著就這麼讓你在這裡無聲地自生自滅。可惜啊，你偏要弄出些聲響來讓我無法忽視你的存在。」齊修衍坦言道。「你是不是快有一年不知道外面的情形，徹底體會到與世隔絕的滋味了？賢妃和懷王已經把你和廢太子的殘部都招了個乾乾淨淨，你自以為懷王是個廢物，沒想到有天會栽在一個廢物手裡吧！」

「這不可能！他們怎麼可能知道——」齊修正回過神，立刻閉嘴，懊悔一時大意踩進齊修衍的圈套。

「你以為我在套你的話？」齊修衍不屑地扯了扯嘴角，從袖間拿出一份謄抄的名冊隔著柵欄甩到他腳邊。「這就是你自以為的廢物，看看吧，也好走得瞑目。」

齊修正不相信地拾起名冊翻開來，藉著幽暗的光線仔細辨別上面的字，越看心越涼，最後拿著名冊的手開始不受控制地微微發抖。看完最後一個名字，名冊應聲落地，齊修正臉色難看，扭曲如同鬼魅，在這昏暗不見天日的牢房裡油然生出一股陰惻顫慄之感。

齊修衍卻絲毫不受他影響，彷彿他的喜怒哀樂都不再有意義。

「成事不足，敗事有餘。」齊修正幾乎要咬碎自己一口牙，陰惻惻地開口。「太子當真幸運，始終遠離這種廢物，儘管你們才是一母同胞的兄弟。」

齊修衍懶得與他爭辯，從腰間摸出一個白色瓷瓶扔到他面前。「我知道你和鳳仙閣的一個名伶生有一外室子，現今已經四歲有餘。你此生絕無希望從這裡出去，你若肯痛快地上路，我保證，會讓那孩子一生順遂，不受你拖累。」

齊修正頹然委地，好一會兒悲愴大笑，嗓音嘶啞得彷彿下一刻就能濺出鮮血。

「太子殿下，可是喜獲麟兒了？」齊修正終於明瞭，他為何會突然來對自己下手了。

一個男人，可以無所畏懼任何明槍暗箭，可一旦成為父親，便不會縱容一絲一毫威脅愛子的隱患。

他想成為一個為兒子遮風擋雨的好父親，齊修衍也想，或許，他們的父皇曾經也想。然而，生在帝王家，父慈子孝、兄友弟恭到頭來終是水中月、鏡中花。或許，當初不生貪念，本本分分做個王爺，命運對自己會不會寬待許多？

「父母之愛子，必為之計深遠。你此生注定無望，唯一還能做的，就是盡最後一點為人父母的本分。」齊修衍不欲與他多費唇舌，留下這句話後就提起燈籠，轉身往外走。

「等等！」齊修正撿起地上的瓷瓶緊緊握在手裡，掙扎著湊到柵欄前急切地問道：「玲瓏，玲瓏郡主現下如何了？」

齊修衍腳步微頓，轉過身看著他，如實說道：「當日你被廢，長公主出面強行讓玲瓏郡主與你和離後，很快和賢妃勾結在一起，將玲瓏嫁給懷王，如今她已是懷王妃。不然，你以為賢妃為何會如此了解你的底細。」

「果然，果然是她！」齊修正赤手狠狠捶擊柵欄，發洩心中怒氣。

齊修衍見狀完全不為所動，道：「你也不必覺得委屈，當初你娶她，不也是為了借長公主的勢嗎？玲瓏郡主拜你所賜，此生都不會有自己的孩子了。」

齊修正在這一刻真正從心底生出對眼前這人的畏懼。「我很好奇，你是否對一切都瞭若指掌？」

「我對你們，其實並沒有了解的興趣。」

齊修正聞言低低笑出聲來。「你真相信，你那個親娘和廢物弟弟會就此安分？」

齊修衍勾了勾嘴角，眼底卻沒有一絲笑意，道：「不安分正好，對於你們這種自認不凡的人來說，到死都平庸無為，豈不是最大的折磨？」

說罷，齊修衍轉身，毫不遲疑地大步向外走去。

在他身後，齊修正扯著殘破的嗓音低吼。「齊修衍，你一定要說到做到，否則我做鬼也不會放過你！」

多寶隱隱聽到裡面傳出的聲音，佯裝充耳不聞，一察覺到有亮光，抬眼就看到提著燈籠的殿下走過來，忙迎上前接過燈籠。

仍舊是這段路，但是多寶敏銳地察覺到，殿下的身體很放鬆，整個人彷彿釋然。他不知道為什麼會這樣，但是只要殿下好，便是好事。

「今日之事，不必對太子妃說。」一走出地牢，齊修衍低聲道。

多寶應下，他的腦子記不了太多的東西，既然主子這麼說，那睡一覺，明天早上這件事就忘了。

年初政務繁忙，齊修衍晚一些回來是常事，所以沈成嵐並沒有發現異樣。

翌日一早，送走齊修衍去上早朝，沈成嵐給兒子餵過奶，晃動著撥浪鼓吸引他多動一動，不讓他吃完就睡。但是，顯然這小子不想讓她稱心如意，尋著撥浪鼓的聲音沒伸幾下胳膊腿兒就放棄了，大腦袋一歪就閉上眼睛呼呼大睡，任憑沈成嵐又揉又捏也不為所動，定力好得令人瞠舌。

沈成嵐拿他沒辦法，只能讓奶娘抱著他去內室睡。

沈成嵐身體底子好，吃得了苦又受得了疼，生下孩子第二天就讓穩婆按摩催奶，常太醫又給她開了催乳湯，是以齊湛只喝她的奶就足夠了。

沈成嵐本想著孩子太小，多留在宮裡陪著他，奈何這小子似乎只有在喝奶的時候才需要她，其他時候幾乎都在睡，就算醒著也不鬧，身邊有個人陪著就行。

認知這個現實，沈成嵐有點受打擊，決定回到衙門證明自己的用處。

「太子妃，剛剛收到的消息，廢王……沒了。」海公公稟道。

沈成嵐愣了一下，問道：「怎麼沒的。」

海公公回道：「聽說，是服了毒。」

看守嚴密的地牢怎麼會有毒藥？只能是有人帶進去的。會是誰呢？

不知怎的，沈成嵐腦海中第一個想到的人，竟然是昨晚回來有些晚的齊修衍。是他嗎？

「皇上那邊怎麼說？」沈成嵐穩住心神問道。

海公公答道：「皇上只讓內務府出面準備後事，聽說，是不入皇陵。」

「沒追究死因？」沈成嵐問道。

「沒。」海公公喟嘆道：「那位爺向來心思深沈，為自己多準備條後路也不奇怪。」

聽到皇上並沒追查毒藥的來源，沈成嵐暗暗鬆了口氣，讓海公公吩咐廚房，中午燉一鍋酥爛的牛肉，近來倒春寒，讓太子回來吃口熱呼呼的美食。

午膳時間一到，齊修衍準時回來吃飯，桌上對齊修正的死一帶而過，沈成嵐也沒多問，兩人的話題大多圍繞著嗜睡的兒子。

聽說沈成嵐要回禁軍衙門，齊修衍想也不想就贊成，反正皇宮和東宮之間就隔著液清池，沈成嵐巡城的時候順便就能回來餵奶。

最主要的原因是，常太醫和他說過，很多女子生產後日日圍著孩子，夫君若是關愛少，極容易產生心情低落感，輕則影響睡眠，重則產生輕生的念頭，不可不重視。或許，讓沈成嵐早些上衙，生活恢復充實，就不會有過多的時間心生雜念了。
不得不說，只要事關沈成嵐，齊修衍都能當機立斷做出最明智的選擇，哪怕有些選擇會在短時間內遭到非議，譬如這次讓沈成嵐早早回禁軍，前朝後宮甚至坊間都有非議，認為他不顧及妻子的身體，只在乎自己太子位置的穩固。
沈成嵐聽聞後氣得不行，又懊悔自己太任性，給太子惹麻煩。
「沈副統領，可否借一步說話？」沈成瀾剛結束公差回京，御前奏對之後打算先去東宮看望小外甥，然後再回家，沒想到乾清殿前的廣場上正好遇到帶著人巡城的妹妹。
沈成嵐看到哥哥也十分高興，低聲跟身邊的副將交代兩句，然後奔向沈成瀾。「二哥，你什麼時候回來的？」
沈成瀾看了眼走遠的禁軍小隊，問道：「耽誤妳當值了？我今日不用再去衙門，本打算去東宮看看小外甥。公務要緊，妳先去忙吧，我在那邊等妳。」
「不妨事，太子向皇上請了恩，許我這半年可以自行調整上衙時間，也不必當值。我跟二哥好久不見了，晌午就在東宮用膳吧！」
沈成瀾毫不推脫，兄妹倆緩步朝東宮方向走。
「怎麼了，有煩心事？」妹妹在他面前向來不懂掩飾，因而沈成瀾很快察覺到她的異樣。

沈成嵐終於忍不住，一股腦兒道出煩悶，問道：「二哥，你說我是不是太任性了，平白讓太子遭受非議。」

「太子這個位置，本就是做什麼都要經受非議。之前妳感受不深刻，是因為他們沒拿妳作筏子罷了。」沈成瀾一語中的。「在苛責挑剔的人眼裡，事事都能是錯，妳若活在這種人眼裡，怕是什麼都不能做了。」

這個道理沈成嵐不是不懂，她自己遭受的非議難道還少嗎？可是一旦是自己連累到齊修衍，她就控制不住自責懊悔，心情也跟著低落。

「如果明日街上盛傳，我是因為妳的緣故才受皇上器重，一路官途順遂，妳怎麼辦？」沈成瀾忽然問道。

沈成嵐想也不想就撇了撇嘴，道：「當他放屁，我哥哥狀元及第，戴著大紅花打馬遊過街，就算沒我，皇上照樣器重！」

說著說著，她忽然就明白哥哥的用意。

「我對他還是見外了。」沈成嵐恍然。

沈成瀾見她終於找到問題癥結，欣慰地拍了拍她的肩，笑道：「妳與太子已經做得很好了，剩下交付給時間便是。不信妳問問祖父祖母、父親母親、三叔三嬸，他們哪個不是一起生活小半輩子才不跟對方見外的。莫心急，順其自然就好。」

沈成嵐點頭，心情豁然不少，話題自然而然轉移到孩子身上。

嘴上說著嫌棄，其實是滿滿的喜歡，說的人就是沈成嵐。

沈成瀾在心裡無限感慨，當真是親母女，妹妹說起小外甥的模樣，簡直就是母親的翻版。

等沈成瀾到了東宮，見到小外甥，抱上手，第二個被皇太孫特殊對待的人出現了。

齊修衍一邊淨手一邊聽海公公的描述，目光落在被沈成嵐抱在懷裡、睡得跟小豬似的兒子，眼裡噙滿了笑。「看來湛兒很喜歡舅舅。」

沈成嵐心有不甘地輕輕摸了把兒子肉乎乎的臉頰。「我怎麼覺得他好像特別會找靠山？」

齊修衍不禁失笑。「妳也太高看他了。」

很快，事實就印證沈成嵐的直覺有多麼準確。

有了孩子比照，就會發現時間過得特別快，時光荏苒間，會翻身了，會站起來了，會磕磕絆絆走路了，然後走得越來越穩，等到會跑了，彷彿帶著時間也跟著往前跑，恍惚間，昔日那個裹在襁褓裡天天呼呼大睡的孩子轉眼就長到三歲多了。

「他今天又跑哪裡瘋了？」齊修衍走近床榻，看了眼睡在床裡的兒子，見他只穿了大紅肚兜，睡得憨憨甜甜，一看就是白日裡玩累了。

沈成嵐嘆了口氣。「跑去御花園捉蛐蛐了，如果不是海公公苦口婆心勸著，就要在花叢裡搭個窩了！」

或許是聽到父親的聲音，小孩兒嚶嚀兩聲，卻因為太累而沒有睜開眼睛，在母親身側翻個身，那隻白嫩的小腿不屈不撓地再次抬了起來，膝蓋的地方有個紅紅的小點。

沈成嵐無奈至極，伸手指著那條執拗的小腿給齊修衍看。

齊修衍忍著笑走上前，從沈成嵐手裡接過清涼膏給小腿上的紅點塗了一點，又吹了吹。

「你說這矯情勁兒到底是隨了誰？被蚊子叮了個包而已，睡覺的時候說什麼也不肯穿衣服，還總抬著腿往你臉上踩。這臭小子，就是欠收拾！」沈成嵐嘴上憤憤，按下兒子小腿的手勁卻放到最輕。

齊修衍就當聽不出她話裡的色厲內荏，放下床幔，躺到沈成嵐給他讓出來的床榻外側，很有耐心地把兒子再次抬起來的小腿按下去，放柔聲音道：「自然有人鎮得住他，我尋思著，他也到開蒙的年紀，就讓妳哥哥來教他如何？」

沈成嵐恨不得舉雙腳贊成。「你不知道，昨兒安嬪院子裡有盆特別金貴的牡丹開花了，這小子打從門口過，見了喜歡，非要把那盆牡丹種到花圃裡，坑都是他自己刨的。

種就種吧，種好了，他還往花上撒了泡尿！」

沈成嵐說起來都覺得丟臉。「宮裡的娘娘們都喜歡縱著他，皇上更是連句重話都不說，再這麼下去，就要成混世魔王了，必須給他立規矩。」

齊修衍察覺到兒子又要抬腿，先一步伸手握住他的小腳丫子，捏了捏，道：「是調皮搗蛋了些，再長大一點就好了。」

被人寵著，無憂無慮的孩子才會這麼淘氣，齊修衍私心裡很喜歡兒子這樣，並不希望他太早懂事。

沈成嵐聞言，很不客氣地翻了個白眼。「等他長大，恐怕膽子也跟著一起長大。下次我教訓他，你不許再攔著。」

齊修衍連聲應是，心想：妳也得真下得了手教訓才行啊。

「近來要批閱的摺子很多嗎？你回來得越發晚了。」沈成嵐問道。

齊修衍低低嘆了口氣，癱躺著，對她張了張手臂。

沈成嵐會意，把兒子小心翼翼挪到床榻最裡側，自己窩到他懷裡，反抱著他，安撫地摩挲著他的脊背，低聲問：「怎麼了？」

「我覺得，父皇可能要當甩手掌櫃。」齊修衍的下頜抵在她髮頂，輕輕磨蹭著。

沈成嵐身體一僵，抬頭看他。「是讓你監國，還是……」

齊修衍搖頭。「我也猜不透，不管怎樣，以後怕是要忙上一陣子了。」上輩子真正是孤家寡人一個，所以他的生活裡只有政事和悼念。這一世他有妻有子，有大把的好日子，才不會整天泡在奏摺裡。權力下放是必然，只是怎麼個下放法，他還需要更謹慎處理。

「嗯，端看皇上怎麼決定吧。」沈成嵐早有心理準備。齊修衍做了皇上，自己入主中宮，日子其實也沒太大的變化，就是需要適應一下身分的改變。

齊修衍抱著她緊了緊手臂，略帶遺憾道：「本還想著今年得了閒，陪妳出去走走。」

沈成嵐低笑。「從福州到大寧，你還沒走夠啊？」

「怎麼會夠，我想和妳一起去更多的地方，看山看水，看世俗的煙火氣。」若有選擇，齊修衍是真的想偏安福州，跟沈成嵐過一世富貴閒人夫妻。

沈成嵐拍著他的背，寬慰道：「會有機會的，你看湛兒長得多快，咱們好好教導他，等他能撐得起這江山，你就學皇上，也當個甩手掌櫃，咱們無牽無掛去遊歷江湖。」

「好。」

昏昏欲睡之際，齊修衍腦海裡想的是，自己得重新好好練武。

不得不說，沈成嵐夫妻倆的直覺都很準，進入六月第一個大朝會，皇上就當廷宣布了一個震驚朝堂的決定，他要禪位。禪位的理由讓朝臣們想要勸諫也無從開口。

元德帝曾無數次表示，他最敬佩的人是他的祖父隆武帝。祖父隆武帝文治武功，開創了大昭的盛世，更是在元德帝年幼的時候就讓他跟在身邊，對他的學業言傳身教，祖孫間感情極為深厚。

隆武帝在位四十四年，元德帝懷揣對他的敬畏之心，覺得不應該超過祖父，且太子足以擔負起社稷重任，故而決定在年底前正式退位。

這讓朝臣們怎麼勸？怎麼攔？一個孝字壓在頭頂，而且還是隆武帝，誰長得開嘴？

更何況，誠如元德帝所說，齊修衍這個太子的確足以扛起大昭的社稷。

大昭開朝至今，最為平和的皇位更迭由此誕生，朝中向來不乏揣測帝心、阿諛逢迎之輩，立即上表歌功頌德，民間更是有術士預言，這是大昭空前盛世的先兆。

元德帝把皇位甩給兒子，但總算還有些良心，給了小半年的緩衝期，等到這年年底，欽天監擇吉日，新皇正式登基，隨後就是冬至大典，連著兩場盛大的儀式結束，沈成嵐消瘦了一圈。好在離除夕夜宴還有一個多月，能讓她好好喘口氣。

然而，生活常常事與願違，沈成嵐想安生過日子，偏偏有人不想讓她如願。

臘月初八，青州府傳來急報，泰安縣發生地動，當地百姓損傷慘重。

泰安縣地處泰山腳下，而泰山歷來是天子封禪之地，此處發生地動，勢必引起軒然大波。

果然，翌日大朝會，禮科都給事中曹孟唐當廷犯顏直諫，認定泰安縣地動乃上天降怒示警，新皇當下罪己詔自省，以安民心。隨即又有數名言官出列附和，言詞激烈，大多咄咄逼人之勢。

齊修衍自成為太子以來，一直以溫和寬仁的面貌示人，蓋因這一世有沈成嵐，消滅他大半的戾氣，但他從骨子裡就不是個仁君，也沒打算做仁君，太累。

沈成嵐在齊修衍正式登基後，從禁軍副統領擢升為大統領，原大統領被調往京軍，因為還有一層皇后的身分在，所以她也不方便身著甲冑隨侍早朝，只另安排人當值。沒想到不跟著上朝才幾天，就鬧出這麼大的事。

「殿上現在是什麼情形？」沈成嵐焦急地問道。

罪己詔！那幫子言官也真敢想！

「陛下當廷龍顏震怒，要將那幾個言官統統關進詔獄，被蒼大人給勸阻了。」海公公也是慌了神。「娘娘，眼下該怎麼辦？」

沈成嵐穩住心神，思索片刻，道：「莫慌，越是這個時候越要穩住陣腳，先看皇上如何處置。」

齊修衍不是安樂窩裡長大的皇子，他從少年時就與江南官場的老手們過招，經年磨練，不是那麼容易就被人左右。她要做的，就是相信他，以及無條件地支持他。

海公公受她影響，也漸漸平復下來，奉命繼續關注前朝的情況。

沈成嵐坐回桌前，將海公公打聽來的那幾個言官的名字一一寫在紙上，看了好一會兒也沒看出端倪，念頭一動，便讓人宣龍鱗衛北鎮撫使薛同。

薛同納悶皇后為何突然宣召，當看到皇后遞給他的那張紙上寫著的幾個名字，頓時明瞭。

當年賢妃和懷王招供的那兩份名錄，就是薛同整理成最終名冊，清除過程中龍鱗衛亦有參與。

「薛鎮撫，你幫本宮查查，這幾個人，可與那份名冊上的人有牽連。」沈成嵐道。

皇上還是太子的時候就早有吩咐，沈成嵐不過問則已，若有詢問，無須隱瞞，如實稟報即可。

薛同抱拳，回道：「卑職一直在清查名冊上隱藏較深的幾人，目前可以確定的是，這個禮科都給事中曹孟唐，與通政司左通政徐旻，暗中有所往來。」

徐旻是隱藏甚深的廢太子一派，當初就是他暗中引薦督軍校尉給懷王，助他訓練私兵。曹孟唐與他沆瀣一氣，以上天降怒示警來解讀泰安縣地動，無非是賊心不死，還想伺機助廢太子東山再起。

「徐旻，正是泰安縣人。」薛同稟道。「卑職早前已派人去泰安縣查探，今早剛剛收到飛鴿傳書，吏部考功司員外郎賀大人恰好也在當地考評，昨夜已快馬加鞭離開泰安縣返回京城，最遲今夜便能抵達。」

沈成嵐眉心微蹙，沈吟片刻後問道：「泰安縣的地動當真傷亡慘重？」

薛同眼裡飛快掠過一絲讚賞，如實稟道：「據飛鴿傳書回報，地動發生在白日，泰安縣當日正好舉辦盛大的祭禮，萬民空巷，故而地動時房屋雖然倒塌不少，但百姓傷亡得其實並不多。且泰安縣丞救治安撫得力，並未出現嚴重的慌亂。」

「這麼說，曹孟唐是在誇大其辭？」沈成嵐眼底緩緩聚起風暴。

薛同心神一凜，老虎收起利爪久了，他差點忘了，眼前這位可是久經沙場的悍將。

「確是如此。」

手指輕叩桌面，沈成嵐斟酌少頃，道：「令泰安縣丞速速統計出受災詳情，務必求實，由龍鱗衛盡快送呈皇上。」

薛同領命，旋即退下。

沈成嵐起身走出書房，循著孩童的笑聲一路找尋過來，看清眼前的情形，險些氣得一佛出竅、二佛升天。

只見齊湛騎在一棵桃樹的枝上，還蹬著小腿一晃一晃的，壓得桃樹枝顫顫巍巍，炫耀地對圍在樹下的宮人們咧嘴笑。

沈成嵐不敢大聲吼他，怕驚到他失足從樹上跌下來，只能放輕腳步往前靠，怎知那臭小子坐得高視野好，一眼就看到她，哈哈笑著朝她揮手。

顯然，皇太孫過於低估自己的體重，桃樹枝不堪其重，發出清脆的斷裂聲，在宮人們驚慌失措趴下來準備當肉墊之際，一道身影矯捷地躥上前來，穩穩地將小胖子夾在腋下，足尖輕鬆著地。

宮人們抹抹滿頭虛汗，跪地告罪。

沈成嵐抬了抬手，夾著笑得咯咯的小胖子疾步往內殿走。

不多時，孩童尖銳的哭聲穿透內殿的上空向四周擴散，據說隔著一重宮殿都能聽到，哭聲極為慘烈。

齊修衍跨進坤寧宮內殿，一眼就看到鼻尖貼著屏風站著的小小背影，站得也不安分，左腳踩踩右腳，右腳踩踩左腳，好幾次險些歪倒。海公公在一旁如臨大敵地守著。

「父皇——」聽到腳步聲，齊湛回頭，黯然的大眼睛瞬間一亮，作勢就要往人腿上撲，被齊修衍毫不留情地阻止，指了指暖閣的方向。「受罰中途逃跑，可是要罪加一等的！」

齊湛癟了癟嘴，認命地轉過身，繼續把鼻尖貼在屏風上。

齊修衍含笑拍了拍他的屁股，提步往暖閣裡走。

「聽說妳今日打他了？」齊修衍坐到沈成嵐身邊，端起她手邊的茶碗就喝。

沈成嵐放下帳簿，給他續了些熱茶，無奈道：「我就拍了他幾巴掌，哭得震天響，我耳朵嗡嗡好一會兒才緩過來。這一下午，過來打聽的人就沒斷過，各宮娘娘就不提了，就連郭公公也過來了，還要接他去福康殿，我沒讓，等明兒一早再送去。」

這是真動怒了。

不過，齊修衍這次堅定地站在沈成嵐這一邊。平時調皮搗蛋也就算了，但是竟然爬樹，還掉了下來，就算有宮人跟著，不會真傷到他，但事情總有萬一，必須教訓他一頓，長長記性。

「我已經和妳哥哥說好了，年後就正式給他開蒙，蒼郁家的老三跟他年歲相仿，正好跟著他作個伴。」齊修衍說道。

「望望？」沈成嵐笑道：「望望是個乖孩子，性格也好，誰能想到小時候是個哭包！」

齊修衍道：「咱們湛兒從小除了吃就是睡，省心得不得了，誰能想到現在這麼調皮搗蛋。」

「你別說他，我頭疼。」沈成嵐趴在桌在上嘆氣。「我娘總說，三歲看老，我覺得我這輩子都要為他操心了。」

齊修衍撫著她的臉頰，笑道：「無妨，還有我呢！」

沈成嵐很想給他個白眼，心想：我教訓他的時候，你不要拆臺就不錯了。

不過看齊修衍的臉色還不錯，她總算放了心。

「我知道大朝會上的事了，你可想好了對策？」沈成嵐問道。

齊修衍也不瞞她。

「我只隱約記得今年泰安縣有地動，具體時間記不清，就提前讓薛同派人去準備。他們不發作則已，一旦像這樣尋釁滋事，正好整窩端掉。」

除去徐旻，名冊上的隱患就基本上肅清，餘下的卒子之所以隱藏那麼深，並非他們多厲害，而是一直沒派得上用場，假以時日，可用的留下，不可用的找個由頭剔除了。

既然一切都在他的掌控之內，沈成嵐便也不再多問，專心準備除夕夜宴，順帶管教兒子，日子過得波瀾不驚。

然而，前朝的情況就很跌宕起伏了。

先是泰安縣丞派人八百里加急進京報喜，稱在泰安縣地動時震裂的巨石裡發現祥瑞石盤。

曹孟唐一眾當庭反駁，說是百姓罹難，即使是天降石盤，恐怕也非祥瑞之兆。

泰安縣丞又呈送一份詳細的災情統計，實際情況與曹孟唐等人口中描述的截然不同。

曹孟唐一眾又詭辯，稱這份統計乃泰安縣丞為了逃避責難而偽造的，不足為信。當即有朝臣讓曹孟唐拿出確切傷亡統計，曹孟唐洋洋灑灑胡扯一通，根本就拿不出泰安縣丞那樣詳實的統計。

最後，地動時恰好在泰安縣出公差的禮部考功司員外郎賀大人出列，陳述當時所見所聞，證實泰安縣丞的統計才是可信的，曹孟唐等人純屬毫無根據信口開河，妄圖玷污聖譽，罪無可恕！

曹孟唐等人無可辯駁，當即跪地請罪，聲稱心急於百姓安危，才會一時大意被謠傳所蒙蔽，懇請皇上寬待。

大昭朝堂向來寬待言官，開朝至今還沒有因直諫而受責的言官，是以曹孟唐等人才敢藉著泰安縣地動一事大作文章。然而，他們還沒有意識到的是，如今坐在龍椅上的不是元德帝，也不是元德帝之前的任何一位先帝，而是齊修衍。

當曹孟唐一眾被校尉拖出大殿，直接在殿前石臺上當眾實施廷杖的時候，高喊的告鐃聲、廷杖擊打肉體的沈重聲清晰地傳進大殿內，每一下廷杖彷彿都擊打在眾人的心頭，讓他們如醍醐灌頂般醒悟：世界已經變了。

校尉用刑時一點也沒手下留情，十廷杖直接打殘了兩個，曹孟唐便是其中之一。齊修衍無懼史官筆下的自己會被寫成什麼樣，但在他的朝堂之上，隨意攀咬、毫無證據地中傷人，是絕不被允許的。

上一世景國公府的悲劇，絕不可重蹈覆轍。

消息傳到福康殿，元德帝正在陪皇孫兒用炭盆烤黃豆，自從宮裡翻建火牆、火炕、地龍，炭盆就很少用了，這還是從郭全的雜物房裡翻出來的。

「他比我看得透澈，將來建樹必在我之上。」元德帝感嘆道。

郭全笑著奉承。「那也是您慧眼。」

元德帝笑罵了他一句，看著身邊專心扒拉著豆子的孫兒，笑得老懷欣慰。忽地神色一轉，問道：「在你面前嚼舌根的那個人可查清楚了？」

郭全也臉色嚴肅，道：「外殿一個聽差的小黃門，被徐旻府上的管家使了些銀子，已經送去掖庭司了。」

元德帝點頭。「回頭把口供直接送到御書房，咱們就不管了，清靜帶孩子！」

郭全應下，絞了條濕帕子蹲身替皇太孫擦手。

看看這花臉蛋、這小髒手，還有蹭了炭灰的袍子，嘖嘖嘖，不收拾乾淨了，回頭皇后娘娘看見了非得又揍人不可。

# 第三十六章

自從殿前杖刑言官事件後，朝堂為之一肅，無謂的雜聲和沒有意義的攀扯越來越少出現在朝會上，各部司的辦事效率顯著提高，漸漸形成良性迴圈，朝堂可謂一片平和務實。

相較之下，後宮就熱鬧多了，太子三天兩頭被皇后追著打，這麼上躥下跳、吵吵鬧鬧著，時間就走到建安十年。

「娘娘、娘娘！不好啦！」海公公急匆匆從外面跑回來，臉色蒼白地一邊順著胸口，一邊遞上一張紙。「太子，太子離宮了！」

沈成嵐接過紙，看著上面龍飛鳳舞、力透紙背的一行字：孩兒伴駕皇爺爺去大寧，父皇母后勿念。

隨手將紙放到一旁，沈成嵐面不改色地反而寬慰起海公公。「別擔心，跟著太上皇去的，有護衛還有暗使，傷不到他。」

海公公猶不放心。「聽說草原那邊這些年不甚太平，前太師蘇赫的孫子糾集殘部又坐大勢力，正跟漠北王廷鬥得厲害。再有一個月不到就是秋收了，保不齊又要來打劫穀草，太上皇這時候過去，就怕王爺軍務繁忙，照顧不過來。」

「涼王鎮守大寧十多年，從未出現紕漏，你就放心吧！再說了，他們就算去了，頂多也就在地堡防線之內的草場上跑跑馬，不會出什麼事。」沈成嵐道。

大寧軍紀嚴謹，沒有守城將領的手令，任何人都不能隨意進出地堡防線，就算是太子也不例外。

然而，沈成嵐終究還是低估這皇家爺孫倆惹禍的能力。

一個月後，大寧傳來緊急軍報，太上皇誤出地堡防線，遇到一小隊草原遊騎打劫穀草，搏鬥中腿部受了一處刀傷，無大礙，但是太子失蹤了。

沈成嵐又氣又急，被齊修衍好一通安撫才冷靜下來，帶著兩名龍鱗衛連夜出城，一路馬不停蹄趕往大寧城。

齊修衍站在最高的城牆上目送沈成嵐馳進夜色，不知為何，心裡並不慌亂。

他相信，她一定會帶著兒子平安歸來。

踞風關，守備府。

沈成嵐風塵僕僕在門前下馬，看到迎上來的齊修明心裡總算鬆了口氣。她最怕齊修明會心懷愧疚，親自帶兵出去尋找太子。

「嫂嫂，對不住，是我沒照顧好湛兒！」一進內堂，齊修明就垂頭道歉，如今，他是真的沒臉見嫂子。

沈成嵐捶了他肩頭一拳。「是他不遵守軍令亂跑，出事也是他自己的責任，反倒是我該替他跟你道歉，平白給你惹這一通麻煩。」

齊修明聞言險些當場灑淚。嫂子來了，他頓時覺得頭頂壓著的大山，瞬間就輕鬆大半。

「多大的人了，可別對著我哭啊。先帶我去看看父皇，順便跟我講講現在具體什麼情形。」

齊修明連連應聲，一邊帶著她往內院走，一邊將父皇他們那日的遭遇詳細說給她聽。

「你是說，他們在確定父皇無大礙，親眼看著侍衛護送父皇進了地堡防線之內後才離開的？」沈成嵐蹙眉。「他們都有誰？」

齊修明如實數給她聽。「除了太子，還有沈指揮使家的大公子沈謙、蒼尚書家的大公子蒼霖、右參將塗圖，和五十五輕騎。」

沈成嵐問道：「此次遇襲除了父皇，可還另有傷亡。」

齊修明搖頭。「我派了六十名輕騎伴駕，遇襲後，其中五名輕騎護送父皇回來。據他們回報，那一小隊遊騎不足百人，且裝備一般，傷了父皇後見勢頭不妙就迅速撤退了。」

「這幫臭小子，一定是追過去給父皇報仇了！」沈成嵐咬牙切齒。「給我點五百輕騎，兩名鷹兵，和出關權杖，我稍後就去把他們逮回來。」

齊修明勸道：「有塗參將在，他們應該暫時是安全的。嫂嫂，妳還是歇上一晚再出關吧！」

沈成嵐無奈。「你是不知道你那姪兒惹禍的本事多厲害，我怕人家不惹他，他偏要自己去挑事。」

齊修明無語反駁。把太上皇送回去，自己帶人去報仇這種事，恐怕只能是太子的主意，剩下那些人誰也沒那個膽量。

想到當年沈成嵐率領一支輕騎軍在北白杜山雪埋太師蘇赫及其親部的壯舉，齊修明只敢在心裡暗嘆：有其母必有其子！

誠如軍報上所說，太上皇的傷勢並不嚴重，因為止血及時，這會兒連臉色都沒有明顯的異樣，見到沈成嵐還反過來寬慰她不用太擔心，太子心裡有數。

他心裡有數個屁！

沈成嵐心裡暗罵，確認太上皇真的沒事，便先行告退，趕緊去逮人。

儘管已經離開十多年，但這片廣袤壯美與危機四伏並存的草原仍時時在她的夢裡出現。

「梁指揮使，多年不見，風采不減當年啊！」沈成嵐策馬而行，還不忘打趣身邊的梁翟。

故人相逢，若非時機不對，該是先痛飲一頓才是。

「大統領卻是更勝當年了。」梁翟發自內心佩服，他以為沈成嵐回京，從太子妃到如今的皇后，功夫恐怕要荒廢了。不承想非但沒退步，看著隱隱竟還精進了。

沈成嵐看穿他的想法，笑道：「我在禁軍研究出一套新的練兵方法，等逮回那幫不省心的臭小子，咱們切磋切磋？」

「好啊！」梁翟想也不想就應下，好奇心大起。

要知道，邊軍現在普遍使用的練兵方法，就是沈成嵐當年研究出來的，實用有效，新兵訓練一年以上，戰鬥力絲毫不輸給以前的三、五年老兵。

「您也不用太擔心，塗參將不用說，在大寧戍衛多年，可以說是對這片草原最為熟悉的人之一，沈謙和蒼霖剛過來的時候都在輜重營待過兩年，對地形和游騎的打法都了解，之後在各營的表現也非常好，有他們在，保太子平安應不成問題。」

沈成嵐頷首，心想：可惜他們的目標並不是單純地保太子平安。

不得不說，身為母親，沈成嵐非常了解她的兒子。

黑山峽一處隱蔽的山坡後，塗圖矯捷地翻過一截枯木，穿過一小片灌木叢，才抵達臨時的駐地。

「情況如何？」沈謙問道。

「看起來族群不大，氈房不到五十頂，有巡邏隊十幾個人，西北角兩個大氈房裡囤放著糧食，應該是最近一段時間搶來的。大帳照例在最中央，有點奇怪，看大帳的規格，像是地位挺高的族長。」塗圖道出心裡的疑惑。

沈謙在地上大致勾勒出塗圖打探出來的布局圖，手裡的樹枝點了點現有氈房兩側較為平敞的地方，道：「也有可能部分騎兵派出去打劫穀草還沒有回來，咱們誤打誤撞找到這處老巢了。」

「那咱們現在怎麼辦？如果真有騎兵散布在外，不確定他們什麼時候回來，咱們貿然現身，很可能會被前後包抄。而且，以咱們現在的兵力，只對付山谷裡的現有騎兵也屬勉強，並沒有十足的勝算。」蒼霖說道。

話裡的意思很明顯，身負太子安危，沒有十足把握，就不能冒險。

那就只剩撤退一個選擇了，反正之前傷了太上皇的那支遊騎已經被他們盡數殺了，就是追擊他們的過程中才誤打誤撞發現這個駐地。

他們已經深入草原，想請援軍，又不分散現有兵力，有能力安全穿過草原回到踞風關的就只有塗圖一個人，但是讓他扔下這幫孩子，那是絕不可能。

唯一的選擇就是先記下這裡的位置，然後他們回踞風關，稟明指揮使後派一支五百人以上的輕騎過來圍剿。不過，沒人能確定那時候，他們有沒有遷徙離開。

莫說幾個小輩，就算是塗圖也有些不甘心，看那兩個裝糧食的氈房大小，就能推測出多少邊城百姓被劫掠。眼睜睜放過他們，實在是憋氣。

「太子，你是不是有什麼辦法？」沈謙見齊湛一直沒出聲，一會兒看看地上的布局圖，一會兒四處環望，似乎另有想法。

齊湛抱臂蹲在布局圖旁邊，哪還有半分皇家子弟的端儀，在場的眾人卻倍覺他平易近人。

「塗參將，你熟悉草原，可有辦法驅狼？」齊湛問道。

塗圖的腦海裡頓時一片豁然開朗。

對啊，戰鬥力不足，還可以借勢啊！

「末將不會，但是輕騎軍裡正好有人會。」塗圖回道。

齊湛眼底浮上驚喜。「輕騎營真是人才濟濟呀，待這次回去，本宮定要去你那裡多待些時日！」

塗圖被誇得有些不好意思，如實稟道：「其實這都歸功於皇后娘娘。當年鎮守大寧時，皇后娘娘改進輕騎營的訓練方式，除了常規的馬術槍術等，還要求每個人選一項馴術，有馬、鷹、狼等。娘娘說了，技多不壓身，說不準什麼時候就是救命的本事。」

說起沈成嵐，塗圖的敬佩之情溢於言表。

齊湛暗暗咋舌，原來他娘這麼厲害，看來平時抽自己的時候當真是手下留情了。

沈成嵐狠狠打了兩個噴嚏，草原晝夜溫差大，視野開闊，不方便燃火，太容易暴露，所以只能裹緊毛皮褥子喝烈酒、啃乾糧。

「大統領，有消息了。」梁翟帶著個輕騎校尉走過來，陰沈幾天的臉上終於看到笑模樣。

沈成嵐收起乾糧和烈酒，裹緊毯子聽著輕騎校尉的稟報，心裡也跟著鬆了口氣。

幸虧塗圖帶著鷹衛，不然還真要多費許多功夫找他們。

少頃，輕騎軍整裝出發，也只有像他們這種老騎兵才敢在夜裡行軍，馬蹄依然裹著厚布，一邊向目標行進，一邊搜索紮營休息的遊騎。這一路走來，他們已經先後剿滅五隊遊騎。

第二日傍晚，黑山峽附近。

一名校尉突然稟報，附近狼群有異動，必須立刻停止行進。

草原中的狼群是非常可怕的，一個中型的狼群甚至能抵得上二、三百輕騎的戰鬥力，絕對不能小覷。非必要不正面招惹狼群，是在草原行軍打仗的默認法則。

鷹衛的臉色卻很難看，因為據他判斷，他跟蹤上的那個鷹衛此時應該就在黑山峽內。

沈成嵐並沒有糾結多久，將學過訓狼的輕騎校尉集結起來，由她親自帶領進入黑山峽，梁指揮使守在峽口以作策應。

脫下甲胄，換上輕便的夜行衣，沈成嵐帶著三十多名輕騎悄聲融進夜色裡。

「大統領，是狼群！」隱身在一片山坡後，一名校尉震驚地看著眼前的情景。「狼群在攻擊部落。」

狼雖狡詐凶殘，但通常情況下不會主動攻擊人，尤其是像眼前這種成群攻擊部落居住地的情況，更是少見，除非發生什麼激怒狼群的事情。

「有人！」另一名校尉提醒他們仔細看，那行進的姿態和隊形，越看越熟悉，校尉不禁一喜。「是自己人！」

這個地方會出現自己人，不用多想也知道是誰了。

「大統領，咱們現在過去跟他們會合？」校尉問道。

沈成嵐搖頭。「先看看再說。」

齊湛這個不知天高地厚的小子，她倒要看看他能做到什麼地步。

狼群攻擊後的居住地一片狼藉，除了集中被保護在氈房裡的女人和孩子，在外面對抗狼群的人，幾乎身上都帶著傷，哀號聲、呼痛聲、咒罵聲、哭聲交織成一片，籠罩在居住地的上空。

然而，他們的惡夢還只是剛剛開始。

烏恩奇聽到外面再次響起的哀號聲，猛地從被褥中驚起，胡亂套上外袍就想往外衝，到了門口卻戛然停住。他從縫隙中偷偷打量外面的情形，頓時驚得目眥盡裂，不知從哪裡冒出來一隊人，砍瓜切菜似地收割著族中戰士的性命。

抖著手脫下外袍，換上一身玄色夜行衣，烏恩奇將頭臉也嚴嚴實實地裹住，只露出一雙眼睛，躡手躡腳匍匐著摸出氈房。在他身後的氈房被褥裡，低聲哀求帶她一起走的舞姬，喉管被利刃一刀割開，已經沒有生機。

「喂，去哪兒啊！」齊湛抬起手臂指向魚目混珠的某糙漢，他的腕上赫然是一架小型弩機。「看什麼看，說的就是你，隔老遠就能聞到你身上的肉膻味！」

弩箭的箭頭在火堆的映照下閃爍著幽幽暗光，竟是淬了毒。

「都控制住了，現在就去搬糧食，這個人……」蒼霖打量眼前的黑衣人，體型壯實，看著也像是沒受傷，不好控制。「直接殺了吧。」

分明眉眼尚且稚嫩，奪人性命卻連眼睛都不眨一下，真是殺神一個！

烏恩奇當即撤下布巾露出臉，高聲表明身分。「我乃太師蘇赫之孫烏恩奇，是這個部族的頭領，你們不能隨便殺我！」

蘇赫？

齊湛這一路上可沒少聽塗參將講他娘的豐功偉業，其中最著名的就是北白杜山一役，奠定大寧數十年的安穩太平。

蘇赫不就是在北白杜山一戰中，被他娘用雪埋了的北漠王廷前太師嗎？

呸！真不要臉！這麼大的人了，還扯死去爺爺的大旗！

齊湛腕間一抖，弩箭應勢而出，精準地射中烏恩奇的右臂。

「你！」烏恩奇捂著手臂臉色鐵青。「我已表明身分不抵抗，你怎還要殺我？」

「放心，短時間之內這毒還要不了你的命，等爺們忙完正事，再慢慢想怎麼處置你。」齊湛跟蒼霖交換了個眼神，示意他放心。

這弩弓是他送給齊湛的，箭頭上的毒也是他塗的，自然清楚它的毒性，便放心地把他交給齊湛看著。

直到天色將亮，居住地裡的糧食才被一顆不落地轉移到安全地，塗圖讓人把俘虜一個串一個綁起來，熄滅了火，準備撤離。

烏恩奇待遇比較好一點，堵上嘴，綁上手腳，麻袋一樣扔到馬背上。不是不想讓他跟別人串在一起，而是毒性發作，靠他自己走太拖大家後腿。

等他們一走，沈成嵐帶人摸到他們存放糧食的山洞，嘴上沒說什麼，心裡卻是滿意的。

「走吧，跟他們會合。」

在看到沈成嵐的那一刻，齊湛第一反應就是想逃。但是殘存的理智告訴他，逃跑的後果不是現在的他所能承受的。

於是，在廣袤無垠的大草原和五、六百名輕騎將士的見證下，他被他娘揮著馬鞭狠狠地抽了一頓屁股。以至於他現在只能特別沒形象地趴在運糧車的麻袋上，旁邊大馬金刀坐著他的親娘。

「您打就打了，幹麼只打屁股，太丟臉了。」齊湛把腦袋湊近他娘跟前小聲嘀咕。

沈成嵐痛快地喝了口酒，白他一眼。「你丟的是臉面，別人丟的是命！幸好這次你沒事，不然就連你十叔也要受你連累。」

齊湛垂著眼睫不說話，其實他也知道自己這次魯莽了，所以老老實實挨了母親一頓鞭子。

「這次的事都是我的錯，是我逼表哥和塗參將他們跟我一起去替皇爺爺報仇的，也是我出的主意，驅使狼群攻擊烏恩奇的部落。我……您怎麼罰我都行，求求您跟父皇說，不要牽連他們。」

沈成嵐看著兒子終於低下去的腦袋，眼底迅速掠過笑意，繃著嗓音道：「清剿蘇赫殘部，活捉他孫子烏恩奇的計謀，是你想的？」

齊湛剛想點頭，立馬又搖頭像撥浪鼓似的，否認道：「不是我，是塗參將和表哥他們一起想出來的，我就是湊個熱鬧。」

好個湊熱鬧！

沈成嵐忍無可忍，拍了他後腦勺一巴掌。

感受到後腦勺上熟悉的力道，齊湛大大鬆了口氣。這是他和母親之間的默契，代表放過他了。

「娘，草原真美。」齊湛將下頜抵在沈成嵐伸過來的胳膊上，眼前仲秋的草原比他之前看過的所有景致都震撼人心。

沈成嵐與他看向同一個方向，湛藍得彷彿觸手可及的天空，蒼茫的草場一望無垠，直到目之所及之處與天連成一線，悠悠天地，彷彿置身其中，人的胸襟也跟著寬廣起來。

「想在這兒多待兩年嗎？」沈成嵐低聲問道。

齊湛眼底湧上驚喜。「可以嗎？」

沈成嵐雖有不捨，卻還是鄭重點了點頭。「但是，你必須跟我約法三章。違反一條，你就馬上給我回宮，以後再別想出來歷練。」

「好，我保證絕對遵守約定！」齊湛抬起手臂，與母親鄭重地擊了三掌。

沈謙悄悄打量運糧車那邊的動靜，見狀大鬆了口氣，低聲對蒼霖道：「看來危機已經解除了。我的天哪，看到姑姑那一刻，我差點轉身就跑！」

蒼霖自小長在景國公府東苑，他比沈謙還了解姨母的事，但是看著他劫後餘生的模樣，沒敢立刻掃他的興。以姨母的性格，他們倆誰都跑不了，等著回去之後被秋後算帳吧！不知道現在給爹爹寫信求救還來不來得及……

「報——」斥候快馬至隊伍前稟報。「前方發現漠北王廷騎兵，約兩千人，距離不足十五里！」

六百對兩千，不是沒勝算，但皇后娘娘和太子皆在此，冒這個險並不值得。梁指揮使當即建議，捨棄俘虜和糧車，避開漠北王廷騎兵。

沈成嵐看了眼被扔在馬背上苟延殘喘的烏恩奇，沈吟片刻後問道：「可探到領兵的是何人？」

斥候回道：「無法靠得太近，但中軍打的是王旗。」

漠北可汗？吉日格勒？

沈成嵐挑了挑嘴角，起身躍下糧車，翻身上馬，對梁指揮使道：「我帶塗圖和兩百人去會會老熟人，這裡就交給指揮使了！」

說罷，率先打馬而出，塗圖應聲點兵跟上，轉眼間就飛馳出老遠。

梁指揮使看看趴在運糧車上張大嘴巴的太子，再看看面面相覷的沈謙和蒼霖，焦躁得直想揪頭髮。

孩子們都在看著呢，皇后卻是這麼做榜樣言傳身教的！

此時，行進的騎兵大軍戛然停止，一隨行官出列陣前，高聲喝道：「來者何人？速速報上名來！」

沈成嵐單騎上前，揚聲回道：「沈成嵐！吉日格勒，不出來見見嗎？」

一騎棗紅寶馬聞聲揚蹄奔馳上前，馬上端坐著的青年正是吉日格勒！

「大將軍，多年不見，可一切安好？」吉日格勒率先下馬，恭敬地行了個禮。

沈成嵐哈哈大笑，也跟著翻身下馬，走上前來抱了抱拳，道：「託你的福，我很好。今日有緣，能在這裡相見，正好有份見面禮送給你。」

吉日格勒一愣。「這，這怎麼好意思……」

沈成嵐促狹地笑了笑，道：「別急著拒絕，先看看我的禮物再說，保證你喜歡。」

說罷，讓塗圖派人將烏恩奇和他的族人都帶過來。

在看到烏恩奇的那一刻，吉日格勒就明白了沈成嵐所說的意思。先前王軍主力和烏恩奇的主力騎兵正面遭遇，一場惡戰後，烏恩奇的主力軍被擊潰，人卻跑了，他決意乘勝追擊，不給烏恩奇再喘息的機會，然而這傢伙十分狡猾，將餘部打散，自己不知道躲在哪一支裡，害得他率軍在外搜索半個多月也沒有找到一點行蹤。

踏破鐵鞋無覓處，得來全不費功夫。大昭這句俗語他現在算是深有感觸了。

「大將軍的禮物對我來說實在是太貴重了，僅是言語和物品都不足以表達我的謝意，我願許諾大將軍一個願望，只要不違背王廷的利益，我都會幫您實現。」

沈成嵐別有深意地打量他，笑道：「吉日格勒啊，士別三日當刮目相看，你現在真是學精了，一個空口白牙的許諾就換走你的心腹大患，厲害呀！」

吉日格勒被她打趣得滿臉通紅，忙解釋道：「您可以隨便提要求，只要我能做到的，一定不會推辭！」

沈成嵐心中暗喜：等的就是你這句話！

「來來來，咱們借一步說話。」沈成嵐說道。

隨行官聞言想要勸阻，被吉日格勒止住，毫不猶豫地跟著沈成嵐走向不遠處的河灘邊。

「此處說話方便，大將軍請儘管講。」吉日格勒笑道。

沈成嵐也不再跟他客氣，直言道：「我想替涼王向你們賽罕哈敦求親，希望你能成人之美。」

齊修明遲遲不肯選妃，在沈成嵐的逼問下，才知道他竟鍾情於漠北前可汗阿古達木的哈敦賽罕。

賽罕是阿古達木第四任哈敦，嫁給阿古達木的時候才十二歲，而阿古達木卻已經人至暮年，這是純粹的部族聯姻。阿古達木過世後，吉日格勒繼承汗位，多虧有賽罕和她部族的支持才能坐穩，按照漠北的習俗，吉日格勒可以娶賽罕為大哈敦，但是在他的心裡，一直將賽罕視為最尊敬的姊姊，在最艱難的時刻兩人相依為命、互為支撐，已將彼此視為至親。

他其實知道，賽罕對涼王心懷愛慕。只是這兩人身分都太過敏感，所以一直這麼拖著，似乎都在等一個機會，或者，等對方先大婚了才死心。

現在聽到沈成嵐提出求親，吉日格勒欣喜若狂，卻又怕表現得太積極而連累到賽罕被看輕，只能勉力克制，道：「只要涼王殿下能與我擊掌為誓，無論什麼時刻，都對賽罕不離不棄，我願排除所有的阻礙，成全這樁婚事！」

「好，一言為定！」沈成嵐伸出手。「我可以先與你擊掌為誓，無論將來何種境地，都會保全賽罕和她的子女。」

吉日格勒心神顫動，幾乎熱淚盈眶，毫不猶豫地抬手與沈成嵐擊掌三下，結下誓言。

漠北和大昭，不可能永世無紛爭，但是起碼在他活著的時候，會儘量避免流血，以和談的方式延續和平。

為了部族，也為了他的姊姊賽罕。

齊修明怎麼也沒想到，嫂子出去一趟，不僅逮回兒子，順帶還把他的親事也給解決了。

威震草原年過而立的七尺男子漢竟像個孩子一樣蹲在嫂子腳邊嗚嗚哭泣，簡直讓小輩們笑話一輩子。

幸好，屋裡都是自家人。

元德帝恨鐵不成鋼，為了個媳婦兒哭成這個慘兮兮的模樣，太丟人了！

涼王要成親的消息火速送抵宮中。

齊修衍正在批摺子，刑部呈送上來關於通政司左通政徐旻及其泰安縣家族的累累罪行，竟有一百三十多條，齊修衍逐一仔細看過，提筆毫不遲疑地批了紅。

合上奏摺放到一邊，他才拿起沈成嵐火速送回來的家書，厚厚的一疊，洋洋灑灑表述自己如何逮回兒子，順帶幫齊修明找了個媳婦的英明壯舉，透過字裡行間，齊修衍彷彿能看到她肆意張揚的臉龐與兒子的小臉重疊在一起。

猶記得當年她信誓旦旦，說將來孩子會像自己更多，一點兒也不像她，其實湛兒的性情簡直就是她的翻版。

大寧城因為涼王即將到來的大婚而歡騰起來，不過，各城門關卡的盤查也更加嚴格。因為太上皇、皇后、太子都在涼王府上。

當沈成嵐將吉日格勒的話轉告給齊修明，跟他說盡快準備彩禮讓他去提親，齊修明漲紅著臉打開庫房的暗室。

夜明珠、金銀首飾、玉石擺件、緙絲帛畫……甚至還有不少機巧的小物件，林林總總幾乎放滿偌大的暗室，一看就不是兩、三年之功。

看著眼前如同藏寶洞一樣的暗室，沈成嵐想笑，又有點心酸，用力拍了拍他的肩膀。

苦盡甘來吧！

為了表示對賽罕的尊重，婚禮按照大昭的傳統三書六禮，為了節省時間，方便禮官往來，吉日格勒甚至力排眾議，將臨時王帳設在踞風關地堡防線之外的六十里處。

很快，大婚的日子就定下來了，在半個月後。

之所以這麼倉促，是因為齊修明和賽罕都希望沈成嵐能觀禮，但她是皇后，不能長時間離宮，所以只能把婚期盡可能提前。當然，以涼王府的家底，半個月準備大婚還是綽綽有餘。

飛鴿傳書將齊修明的婚期告訴齊修衍，沈成嵐心裡有一點點遺憾。這個弟弟自小跟在他們身邊，自己是真的把他當兒子教養，如今他終於要成家了，若是齊修衍也能在就好了。

然而，齊修衍現在日理萬機，可不能說出宮就出宮。

罷了，哪能事事都十全十美呢！

想通之後，沈成嵐又恢復精氣神，每日和大寧的舊部們喝酒切磋，最後竟直接在練武場上各帶一支隊伍較量，她經過改良後的訓練方法徹底驚豔全軍，就連準備大婚的齊修明也不務正業地跑過來圍觀。

「我終於知道為什麼大寧的將士們一提到姑姑就都既敬又畏了。幸虧她是咱們大昭的將軍。」沈謙忍著屁股上的餘痛蹲穩馬步，這幾日秋老虎發威，姑姑罰他們在沒遮沒攔的空地上蹲馬步，不消一刻鐘整個後背就被汗水打透了。

蒼霖點頭，深有同感。

齊湛的腦袋上多頂著一碗水，他雖比兩個表哥小幾歲，但因為惹的禍更嚴重，所以沈成嵐罰得也更狠。像這會兒，兩個哥哥還能說說話，他卻連嘴都不敢張，怕一張嘴，頭上碗裡的水就會灑出來。

等蹲完馬步，碗裡剩多少水，他晚上的飯碗裡就有多少飯。連著十多天晚上他都餓得爬起來喝涼水了。

今晚必須吃一整碗米飯！

沈成嵐從校場上下來，看了看蹲馬步的三個小子，滿意地抬了抬手，表示今天可以過關了。

齊湛雙手捧著一整碗的水跌坐在地上，一臉傻笑。

「娘，後日就是十叔大婚的日子，爹真的不能來？」回王府的路上，齊湛和母親同乘一車，不死心地問道。

沈成嵐替他按摩小腿和膝蓋，隨口道：「你以為你爹跟你一樣，動不動就能離家出走啊。」

齊湛近來總和兩個表哥混在一起，聽了好多母親小時候的「光輝事蹟」，覺得自己跟她相比簡直就乖得不像話。

虧得母親能理直氣壯地批評他是個禍頭子，真是羞！

雖然都有遺憾，但是母子倆也都接受齊修衍不會來參加涼王大婚的現實。

回到涼王府，母子倆先去太上皇院裡請安。

見爺孫倆半天不見就熱絡地湊在一起，沈成嵐看不下去，自己先離開了。

回到自己暫住的跨院，沈成嵐發現其中一個丫鬟的神色似乎有些異樣，便問道：「怎麼了？」

「沒事，奴婢們就是想問問，您是先沐浴，還是先用膳。」另一個丫鬟微微垂首，答道。

沈成嵐不疑有他，便道：「先用膳吧。」

兩人福了福身退下，沈成嵐看著她們的背影，發現好像又沒什麼不同，覺得應該是自己想多了。但是一踏進寢室，她就敏銳地察覺到屬於另一個人的氣息，很微弱，但卻逃不過她的感知。

「誰？出來！」沈成嵐站在門口，低喝道。

忽地，她腦海中靈光一閃，神色有異的丫鬟，自己的寢室，一個最有嫌疑的人出現在她的腦海裡。

「齊修衍，是不是你！」

分明就是肯定的語氣。

齊修衍從床幔後走出來，笑得無奈又寵溺。「嵐兒，妳這樣可真沒情趣！」

沈成嵐一個乳燕投林撲上去，下一刻被穩穩接入懷裡。

「你怎麼來了？」

齊修衍輕笑。「因為我知道妳一定很希望我來，所以我就來了。」

沈成嵐緊緊反抱住他的腰，有種如願以償的滿足感。

臨時興起，沈成嵐拉著齊修衍去逛街，曾在大寧城那麼多年，街上隨便一處都承載著她美好的記憶。

暮色漸漸沈下來，夜市街兩旁的店鋪陸陸續續將燈籠點亮，各種麵、餅、肉的香氣紛紛飄出來，匯聚出大寧城夜市獨有的味道。

像那些年一樣，齊修衍牽著她的手從街頭開始吃，常常吃到半條街就撐得走不動了，走到僻靜的街道就要賴，非得齊修衍揹著才行。

沈成嵐沒想到，他們還會有重溫這種日子的機會。

齊修衍的背依舊那麼寬，自己趴在上面穩穩的，像極他給自己的感情。

沈成嵐將下巴抵在齊修衍的肩窩處，耳邊是他輕輕淺淺的呼吸聲，和著隱隱的夜市嘈雜聲。

他陪著她走過人間煙火，她伴著他走向寂靜高處。

「睏了嗎？睡吧。」齊修衍發現她漸漸放鬆身體，哄道。

沈成嵐模糊地應了一聲，安心睡去。

這次待她醒來，依舊會是現世安穩，歲月靜好。

——全書完

2020年10月出版

# 歪打正緣

文創風 893～895

她家相公看起來肩不能挑、手不能提的，還三天兩頭就生病臥床，
可抵不過他有張俊美好看的臉，而且又博學多聞、親切有禮，
就算擺著當飾品，她天天看著也覺得賞心悅目、開心舒坦啊，
但不知是不是她多心了，總覺得他彷彿瞞著她不少事，
而且，他似乎沒她想像中的文弱呢，這男人，該不會是扮豬吃老虎吧?!

## 良緣天賜　歪打正著／畫淺眉

因為皇帝表舅的一道口諭，馮纓千里迢迢地從戰事不斷的邊陲小鎮河西返京，
不就是嫁人嘛，沒事，她連穿書這麼大的事都能接受了，成親有何難？
之所以拖成現如今二十有五的大齡姑娘，不過是一直沒遇到合適的人罷了，
可她那二十年來都對她不聞不問的親爹竟已幫她找好了對象──
魏韞，簪纓世家魏家的長房長孫，人稱長公子，是太子好友兼皇帝跟前大紅人，
簡單來說，這男人不僅身家好，前途更好，長得又極好看，是最佳夫婿人選，
如此各方面條件都絕佳的男子，卻年近而立都未娶妻，身邊連個通房也無？
原來他體弱多病，連太醫都掛保證，說他的病對壽數有損，
這般病秧子，她親爹竟要她嫁去沖喜，到底是有多討厭她這個女兒啊？
不過轉念一想，嫁他倒也不是不行，畢竟她與長公子投緣，且她是顏控，
可偏偏有人不想讓她好過，婚後她才發覺，這魏府裡亂七八糟的事一堆，
最令她震驚加惱怒的，是一個偶然發現的秘密──
原來魏韞不是底子差，而是長年被府中人下毒，並且下手的還不只一人！
哼，這一個個的，看來是太平日子過久了，都忘了她馮纓是什麼人了吧？
想動她的男人？那也得先問問她肯不肯當寡婦！

三生有妻 實乃夫幸／踏枝

2020年9月出版

# 聚福妻

她萬萬沒想到，重生後最難的不是發家致富，
而是幫自己找個——不怕被剋死的好丈夫?!

文創風 882 1

重生的姜桃只想求個能走跳的健康身子，孰料老天爺開了個大玩笑——
她因命格帶凶被當成掃把星，生個小病就被抬進山上破廟自生自滅。
幸虧她懂得採藥養身，不但救了小白貓作伴，還救下苦役沈時恩。
病癒下山後，她打算靠著前世習得的高超繡藝撫養兩個弟弟，
可伯母們居然說動祖父祖母，打算隨便找人把她嫁了，替姜家解厄？
嫁就嫁，既然嫁誰都是賭，不如設法嫁給在廟裡看對眼的沈時恩吧！

文創風 883 2

成家後，姜桃的日子過得有滋有味，可她的廚藝卻完全走味——
煮的蛋是焦的、菜是爛的，做個飯居然險些燒了廚房啊⋯⋯
幸虧沈時恩出得廳堂入得廚房，在他支持下，她的繡活生意越做越好，
巧手穿針繡出一家人的富足，孰料懂事聰明的大弟卻鬧出逃學風波，
原來他受她先前的掃把星之名所累，被同窗取笑，連老師病倒都怪他。
唉，古代家長也難為，她定要想出辦法，替無端受屈的大弟討回公道！

文創風 884 3

重新安排好弟弟們跟小叔上學的事，姜桃旋即被另一個消息震驚了——
原來她收養的雪團兒不是貓，而是繡莊東家苦尋的瑞獸雪虎?!
如此因緣下，她與繡莊合作開了十字繡繡坊，卻因生意紅火招來毒手，
見沈時恩帶著小叔解圍，姜桃越發不懂，為何出色的丈夫會淪為苦役？
可沒待她想清楚，便在沈時恩因故出遠門時遇上地牛發威，
且縣城因這突如其來的急難缺糧，她該如何幫助鄉親度過危機呢⋯⋯

文創風 885 4

沈時恩果然不是一般的苦役，而是受了冤屈的當朝國舅爺！
瞧小皇帝親自來接沈時恩回京，姜桃自告奮勇擔下招呼之責，
結果小皇帝先震驚於她的黑暗料理，晚上又被雪團兒嚇得急召護駕，
隔天她喊賴床的弟弟們起來吃飯，竟一時不察拍了小皇帝的龍體⋯⋯
如此招呼不周卻弄拙成巧，小皇帝因重溫家庭和樂之感而龍心大悅，
她總算鬆了口氣，這下上京平反夫家冤屈，可就容易多了呀～～

文創風 886 5 完

沈家陳年冤屈得雪，姜桃原以為能輕輕鬆鬆當個國舅夫人，
可該回本家英國公府的小叔卻因長年不在京城，失了父母寵愛，
姜桃氣壞了，如果英國公夫妻不珍惜這個好兒子，國舅府自會替他撐腰！
然而考驗又至，來朝研議邊疆商貿的番邦公主瞧中小叔，帶嫁妝上門，
但兩國素無秦晉之好，生意又談得不順，小皇帝為此頭疼萬分，
她該如何讓朝廷制勝，又幫心儀公主的小叔抱得美人歸呢？

文創風
908

# 將門俗女 3 完

國家圖書館出版品預行編目資料

將門俗女 / 輕舟已過著. --
初版. -- 臺北市 : 狗屋出版社有限公司, 2020.12
冊 ; 公分. --（文創風）
ISBN 978-986-509-165-1（第3冊 : 平裝）. --

857.7 109017279

| | |
|---|---|
| 著作者 | 輕舟已過 |
| 編輯 | 黃鈺菁 |
| 校對 | 黃薇霓 |
| 發行所 | 狗屋出版社有限公司 |
| 地址 | 台北市104中山區龍江路71巷15號1樓 |
| 電話 | 02-2776-5889～0 |
| 發行字號 | 局版台業字845號 |
| 法律顧問 | 蕭雄淋律師 |
| 總經銷 | 知遠文化事業有限公司 |
| 電話 | 02-2664-8800 |
| 初版 | 2020年12月 |
| 國際書碼 | ISBN-13　978-986-509-165-1 |

本著作物由北京晉江原創網絡科技有限公司授權出版

定價260元
狗屋劃撥帳號：19001626
網址：love.doghouse.com.tw　E-mail：love@doghouse.com.tw